BIBLIOTHÈQUE
DES MERVEILLES

PUBLIÉE SOUS LA DIRECTION
DE M. ÉDOUARD CHARTON

LES MERVEILLES DU FEU

8833. — PARIS, IMPRIMERIE A. LAHURE

9, rue de Fleurus, 9

BIBLIOTHÈQUE DES MERVEILLES

LES
MERVEILLES DU FEU

PAR

ÉMILE BOUANT

ANCIEN ÉLÈVE DE L'ÉCOLE NORMALE

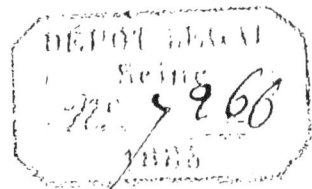

OUVRAGE

ILLUSTRÉ DE 97 VIGNETTES DESSINÉES SUR BOIS

PAR DOSSO, ROUJAT, DE NEUVILLE, ETC.

PARIS

LIBRAIRIE HACHETTE ET Cie

79, BOULEVARD SAINT-GERMAIN, 79

1883

INTRODUCTION

« Qui se représentera jamais, a dit M. Albert Réville, le bonheur, le ravissement, l'extase radieuse de celui de nos pères inconnus qui, le premier, montra en triomphe à la tribu stupéfaite le tison fumant d'où il avait réussi à faire jaillir la flamme ? »

Le feu est en effet absolument nécessaire à l'homme, et l'on ne conçoit pas que nous puissions exister sans son secours. Sans le feu il ne peut réchauffer ses membres engourdis par le froid, ni éclairer sa demeure pendant les longues nuits d'hiver. Sans le feu il lui est impossible de procéder à la cuisson de ses mets : la dure nécessité de l'alimentation quotidienne se dresse devant lui comme un problème presque insoluble.

Il est remarquable que les produits naturels dont se compose la base principale de notre nourriture, froment, riz, maïs, pomme de terre..., ne sauraient être consommés s'il n'étaient soumis à une cuisson préalable. Sans le feu, par conséquent, pas de cultures, mais seulement des tribus errantes, composées de chasseurs et de pêcheurs, et, par suite, pas de vie de famille.

Avec le feu, au contraire, devaient naître l'agriculture, la sociabilité qui en est la conséquence, la vie de famille et les saintes joies qui l'accompagnent.

Le foyer domestique marque, comme l'a très justement fait observer Virchow, la limite la plus certaine entre l'état de l'homme nomade et celui de l'homme fixé au sol.

Mais ce n'est pas tout : le mythe de Prométhée, qui dérobe le feu du ciel, est l'image de la civilisation naissante au sein de la société primitive. Le feu est le symbole des premières connaissances que l'homme s'appropria, lesquelles amenèrent son développement intellectuel, moral et politique : c'est l'emblème des sciences et des arts.

« Voulez-vous, avec Edgar Quinet, voir naître une grande civilisation? Voulez-vous surprendre le moment où l'homme crée, d'une première impression et d'un fait qui vous semble très simple aujourd'hui, tout un monde de mystères, de rites, de poésie, qui sera la substance de l'avenir? Voulez-vous mesurer, en peu de mots, tout ce que l'esprit humain au berceau est capable de faire avec un premier germe, tout ce qu'il peut bâtir de solide et d'immortel sur un peu de fumée? Voulez-vous, une fois, saisir la société humaine et toute l'histoire renfermée dans son embryon? Vous le pouvez.

« Approchez. Voyez-vous ce feu de berger qui s'allume sur la pente de cette colline sub-himalayenne? Quoi de plus simple et de plus indigent? Une poignée de feuilles sèches amassées sur un lit de terre; deux bergers qui frottent l'un contre l'autre deux morceaux de bois d'arani; une étincelle rougeâtre qui jaillit, les touffes sèches qui s'enflamment. Où est le prodige? Cela se voit tous les jours. Que peut-on tirer d'un événement aussi insignifiant? Passons et cherchons autre chose. Non, c'est là qu'il faut s'arrêter si l'on veut assister à la naissance d'un monde. »

Ce n'est donc plus seulement la famille qui va naître de la possession du feu, mais la société elle-même, l'industrie et les arts, en un mot la civilisation. Le premier foyer est le foyer du genre humain. Comment s'étonner, dès lors, que nombre de peuples aient adoré et adorent encore le feu, ou le soleil, qui en est la plus brillante incarnation.

Le rôle industriel du feu est éloquemment décrit dans une page de Daniel Wilson traduite par M. N. Joly.

« Le minerai de fer, masse noire, disgracieuse, inerte, gisait sous la terre. A côté de lui, dans des couches contemporaines de celles où il se trouve enseveli, la chaleur accumulée pendant les siècles oubliés des temps géologiques s'était condensée pour former le charbon végétal. Et maintenant le feu allait accomplir ses triomphes, et faire des vastes plaines et des grands cours d'eau du Nouveau Monde le théâtre de révolutions sans égales depuis le temps que lui-même était né. La houille et le fer se marient ensemble. Les nouveaux fabricateurs de foudre travaillent sans relâche dans les forges rugissantes de Birmingham, de Glascow, de Wolverhampton et de Woolvich. Watt, Arkwight, Brunel, Stephenson, deviennent les Tubal-Caïns et les Wieglands-Smiths de notre âge moderne. Leurs steamers couvrent l'Atlantique comme d'un pont de bateaux; et là où le génie de l'Europe, ce croyant solitaire à un monde occidental, guidait les caravelles de l'Espagne vers un autre continent, à travers les effrayants mystères de l'Océan,

les navires marchands de toutes les nations précipitent
leur course et défient les vents et les flots, sous l'impulsion de ces nouvelles forces qui sommeillaient, attendant leur réveil d'une faible étincelle allumée par le
Prométhée des forêts. Servi par cet esclave volontaire,
le génie mécanique remplit, sans se lasser, sa tâche
grandiose. L'ouvrage entier des vieux siècles est dépassé
en quelques simples années. Partout et sous toutes les
formes, les nouveaux développements de cet élément
primitif de la science nous font tressaillir à la vue de
ses forces récentes et à jamais inépuisables. Au nord,
au sud, dans la solitude de l'horizon occidental de la
civilisation, les voies ferrées s'étendent, les chevaux de
fer s'élancent essoufflés, hennissant, impatients d'arriver
à l'Océan pacifique, et l'émotion qui les agite ne cessera
qu'au moment où, de concert avec les navires de commerce qui voguent sur les mers, ils auront formé une
ceinture autour du monde entier. »

Nulles *merveilles* ne sont donc plus étonnantes, ni
plus dignes d'attention, que celles du feu! Nulles non
plus ne se présentent à nous sous des aspects plus
variés. Certes, nous n'avons pas formé le projet de les
passer toutes en revue : la tâche serait au-dessus de nos
forces. Nous indiquerons seulement celles qui nous
paraissent rentrer dans le cadre d'une étude générale
sans insister spécialement sur aucune application industrielle. Le foyer domestique, avec son histoire et l'examen de son double rayonnement calorifique et lumineux, suffira presque à lui seul à remplir ces pages.
Puisse l'auteur contribuer à le rendre plus cher en le
faisant mieux connaître !

LES

MERVEILLES DU FEU

I

LE FEU DANS L'ANTIQUITÉ

I

L'ORIGINE DU FEU

Le feu, considéré à la fois comme source de chaleur et de lumière, nous entoure de toutes parts dans la nature. Le soleil et les étoiles innombrables sont autant de foyers qui nous chauffent et nous éclairent incessamment. Sous la mince croûte solide de notre globe se trouvent un ou plusieurs amas de matières liquides incandescentes ; ce feu central arrive en maints endroits jusqu'à nous par les cratères des volcans. Des gaz spontanément inflammables, feux follets et sources ardentes, se dégagent souvent du sol crevassé, nous montrant de véritables flammes naturelles.

Il est incontestable, cependant, que les premiers hommes ont ignoré l'usage du feu et la manière de le produire. La preuve en est dans les mythes nombreux imaginés par les anciens peuples pour expliquer sa découverte.

D'après les Védas, livres sacrés des Hindous, *Agni*, le feu céleste, est blotti dans une caverne. Il est chassé par Matarichvan, qui le communique à Manou, le premier homme.

Chez les Égyptiens, puis chez les Grecs, Vulcain était considéré comme l'inventeur du feu. Le mythe de Prométhée est plus connu : le Titan, après avoir dérobé au ciel le principe de la vie, l'avait communiqué à un morceau d'argile pétri de ses mains. Mais, à l'homme ainsi créé, il fallait donner le moyen de vivre. Prométhée lui apporte un rayon de soleil et le met en possession du feu, principe de toute existence et de toute végétation; puis il lui enseigne les premiers éléments des arts et de l'industrie.

Jupiter ne pouvait laisser impunie une pareille usurpation de pouvoir. Il commence par envoyer parmi les hommes Pandore avec une magnifique boîte d'or. Le coffret, bientôt ouvert, laisse échapper mille maux qui s'abattent sur la terre et rendent misérables ceux que Prométhée avait voulu faire heureux. Puis Jupiter attend l'occasion de châtier le Titan coupable.

Celui-ci, un jour qu'il avait offert un sacrifice au roi de l'Olympe, eut l'idée de faire deux parts de sa victime, l'une avec les chairs, l'autre avec les os, de recouvrir chacune d'elles avec une peau de taureau, et de donner ensuite à Jupiter le choix entre les deux. Le dieu prit les os, et, furieux d'avoir été mystifié, chargea

Vulcain d'enchaîner son ennemi aux rochers du Caucase. Là, chaque matin, au lever du soleil, un vautour
venait lui ronger le foie, qui repoussait pendant la nuit.
Ne reconnaissons-nous pas là, dès cette antiquité si
reculée, la triste destinée réservée aux inventeurs de
presque tous les temps?

Les sauvages de notre époque ont aussi leurs légendes sur l'origine du feu. Lisons la suivante, racontée par Wilson, et attribuée aux Australiens. « Un
petit *handicoot* (animal assez semblable au cochon
d'Inde) était d'abord seul possesseur du feu. Malgré les
instances des autres animaux, il refusait obstinément
de le partager avec eux. Ceux-ci tinrent conseil et réso-
lurent d'obtenir, de gré ou de force, le feu, objet de
leur convoitise. Le pigeon et le faucon furent députés
vers le *handicoot*; mais il se montra inébranlable en
son refus. Alors le pigeon tâcha de s'emparer du précieux élément : mais le légitime possesseur lança le
feu dans la rivière afin de l'éteindre pour toujours.
Heureusement le faucon, à l'œil perçant, vit le brandon
au moment où celui-ci allait tomber dans l'eau, et d'un
coup d'aile il le lança sur les herbes sèches de la rive
opposée. Des flammes jaillirent : l'homme noir sentit
le feu et dit qu'il était bon. »

De même, d'après M. de Roepstorff, dans les îles An-
daman (golfe du Bengale), on vénère Suratut, un petit
oiseau mystique, ami de l'homme, qui apporta le feu à
la première femme.

Mais aucune de ces légendes n'indique à quelle
époque eut lieu la découverte du feu. Aussi haut que
l'on remonte à travers les temps préhistoriques, on voit

l'homme en possession du précieux élément; il nous serait même difficile de nous figurer l'état misérable dans lequel il aurait vécu, s'il n'avait eu pour se chauffer et s'éclairer que le seul secours du soleil. Dans toutes les habitations préhistoriques de l'homme que l'on a découvertes, quelle que soit l'antiquité qu'on leur attribue, on a pu recueillir des traces de charbon de bois : il a donc été allumé des feux domestiques dans toutes ces habitations.

On a établi, il est vrai, que quelques misérables peuplades ont pu vivre jusqu'à nos jours sans avoir l'usage du feu; mais ce sont là de rares et tristes exceptions.

On affirme, par exemple, que les compagnons de Magellan trouvèrent aux îles Mariannes, en 1521, des sauvages auxquels le feu était inconnu. « Pour le leur faire connaître, il fallait que le ressentiment des premiers Espagnols arrivés sur ces côtes brûlât quelques centaines de cabanes. Cet usage du feu n'était guère propre à leur en donner une idée favorable. Aussi le prirent-ils pour un animal qui s'attachait au bois et qui s'en nourrissait. Ceux que l'ignorance d'un objet si nouveau avait portés à en approcher s'étant brûlés, leurs cris inspirèrent de la terreur aux autres, qui n'osèrent plus le regarder que de très loin. Ils appréhendèrent la morsure de cette bête féroce, qu'ils croyaient capable de les blesser par la seule violence de sa respiration. »

Plus nombreuses sont les peuplades qui, tout en possédant le feu, ne savent pas le produire. Certaines tribus australiennes tirent le feu des tribus voisines, soit à titre gracieux, soit comme article de commerce. Dans leurs migrations ces malheureux portent avec eux du feu à l'état de braise allumée : les femmes en sont gardiennes.

Si la torche vient à s'éteindre, on entreprend des voyages quelquefois assez longs pour aller la rallumer chez une autre tribu.

« Qu'était-ce que le feu pour l'homme contemporain de l'ours de caverne? dit Edgar Quinet dans *la Création*. S'accoutuma-t-il promptement à cet hôte nouveau? Trembla-t-il de le perdre après l'avoir trouvé? En approcha-t-il avec piété, avec terreur, comme d'une puissance surhumaine, d'un dieu qu'il pouvait évoquer avec la certitude de le voir apparaître? Ou n'éprouva-t-il qu'une muette stupeur en allumant deux branches sèches après les avoir frottées l'une contre l'autre comme le sauvage de nos jours? »

A ces nombreuses questions nul ne répondra jamais. Mais nous pouvons rechercher, au moins, comment s'est faite la découverte de notre élément, et quels moyens l'homme préhistorique pouvait employer pour produire le feu.

Il existe dans le voisinage du Caucase, dans la région sud de la mer Caspienne, à Baku, des sources de pétrole qui dégagent des gaz spontanément inflammables. D'autres sources semblables jaillissent en divers points du globe. Est-ce là que l'on doit placer l'origine du premier foyer humain? Ou bien encore a-t-il été allumé à la lave de quelque volcan?

Les mythes précédemment exposés sembleraient plutôt attribuer au feu une origine céleste. Les incendies déterminés par la foudre, *le feu du ciel*, auraient bien pu donner aux premières tribus humaines l'idée d'employer la flamme à leur usage.

L'incendie spontané des forêts, des matières végétales en fermentation, le frottement mutuel de deux branches d'arbre desséchées et agitées par le vent, peuvent aussi être considérés comme l'origine possible de l'utilisation du feu par les hommes.

Nous aimons mieux, pour notre compte, considérer le foyer, ce père de toutes les industries, comme provenant directement de la première industrie humaine. Représentez-vous, en effet, nos ancêtres les plus éloignés taillant à grand'peine les silex qui devaient être leurs seuls outils et leurs seules armes. Du rude choc de la pierre contre la pierre jaillissent des étincelles innombrables. Il suffit d'une circonstance heureuse, capable de se produire chaque jour et partout où se trouvent des travailleurs, pour qu'une de ces étincelles enflamme les feuilles sèches sur lesquelles elle tombe, pour que l'homme surpris, mais non effrayé par cet incendie naissant, songe à l'utiliser plutôt qu'à l'éteindre. Ne trouvons-nous pas aussi, parmi les objets les plus anciens de l'âge de la pierre, des silex, des coquilles, des dents et des os percés d'un trou circulaire. Le frottement rapide, nécessaire pour forer ces objets, n'a-t-il pas pu développer une chaleur suffisante pour aller jusqu'à la production de la flamme? Ici nous avons presque des preuves positives.

On a trouvé, en effet, dans les grottes des Eyzies (Dordogne), des pierres de granit creusées à leur partie supérieure d'une cavité assez profonde. Elles paraissent avoir subi l'action d'un frottement répété, effectué avec un corps assez mou pour n'avoir pas produit le polissage. Ces pierres étaient destinées, suivant toute apparence, à se procurer du feu en faisant tourner rapidement un morceau de bois dans la cavité centrale.

Du reste, si l'on en croit la critique moderne, Prométhée ne serait autre que le premier homme qui produisit le feu par frottement. C'est ce que nous explique le professeur N. Joly dans l'*Homme avant les métaux*. « Le nom de Prométhée, dit-il, a une origine toute védique, et rappelle le procédé employé par les anciens brahmines pour obtenir le feu sacré. Ils se servaient, dans ce but, d'un bâton qu'ils appelaient *matha* ou *pramatha*, le préfixe *pra* ajoutant l'idée de *ravir avec force* à celle contenue dans la racine *matha* du verbe *mathnâmi*, produire dehors au moyen de la friction. Prométhée est donc celui qui découvre le feu, le fait sortir de sa cachette, le ravit et le communique aux hommes. De *Pramanthâ* ou *Pramâthyus*, celui qui creuse en frottant, qui dérobe le feu, la transition est facile et naturelle, et il n'y a qu'un pas à franchir pour arriver du Prâmâthyus indien au Prométhée des Grecs, qui déroba le feu du ciel pour allumer l'étincelle de l'âme dans l'homme formé d'argile. »

Quoi qu'il en soit du premier procédé employé pour allumer le feu, il est certain que cet élément était connu et employé dès l'âge de la pierre. Aujourd'hui nous le produisons si aisément, et de tant de manières diverses, que nous ne pouvons comprendre quel labeur exigeait son inflammation et sa conservation pendant les premiers âges du monde. La manière la plus usitée consistait sans doute dans le frottement de deux morceaux de bois secs l'un contre l'autre. M. N. Joly, qui nous a servi de guide pendant ce premier chapitre, va nous montrer comment ce procédé a pu se modifier dans ses détails en raison du plus ou moins d'ingéniosité des peuples qui l'ont adopté.

« Ainsi tout d'abord le frottement s'effectue à l'aide d'un bâton que l'on fait glisser rapidement par un mouvement de va-et-vient, sur un morceau de bois tendre et sec placé à terre (*Taïti, Nouvelle-Zélande, îles Sandwich, Timor*, etc.). C'est le procédé que Tylor nomme *Stick-an-groove* (bâton et sillon), par opposition au *fire-dill* ou vilebrequin à feu, bien plus

Le *stick-and-goove*.

généralement employé. Dans sa forme la plus simple, le *fire-drill* consiste en un bâton dont l'une des extrémités repose sur une cavité creusée sur un morceau de bois sec, et que l'on fait tourner entre les deux mains, qui exercent en même temps sur lui une pression verticale aussi grande que possible.

« On retrouve cet instrument non seulement en Australie, à Sumatra, aux îles Carolines, au Kamtchatka, mais encore en Chine, dans l'Afrique du Sud et dans les deux Amériques. Il était usité chez les anciens Mexicains, il l'est encore aujourd'hui chez les *Yenadis*, dans l'Inde méridionale, et chez les sauvages *veddahs* de l'île de Ceylan.

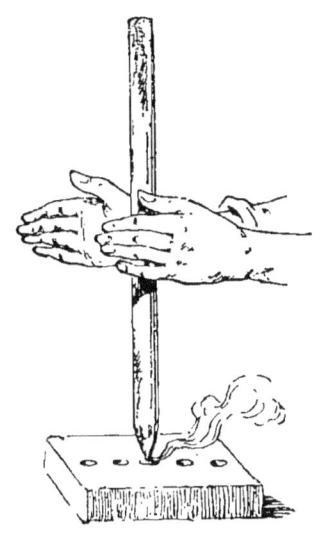

Le *fire drill*.

« Un progrès de plus s'accomplit; le bâton servant à allumer le feu tourne sur lui-même à l'aide d'une corde ou d'une courroie enroulée autour de lui, et dont les extrémités sont tirées alternativement en deux sens opposés. C'est là l'instrument décrit dans les Védas et encore employé par les brahmes de nos jours pour allumer le feu sacré. Car, ainsi que le fait très bien observer Tylor, il est assez fréquent de voir, dans les cérémonies religieuses, le feu s'obtenir par les procédés antiques, de préférence aux moyens plus faciles que l'art moderne a inventés. Ainsi le feu sacré que les Vestales laissaient s'éteindre se rallumait au moyen des rayons du soleil, concentrés par une lentille de verre. On sait qu'un moyen analogue était employé par les anciens prêtres du Pérou pour allumer le feu du sacrifice. C'était là un de ces hommages pieux que le cœur se plaît à rendre à la mémoire des ancêtres les plus lointains.

« Un instrument qui rappelle jusqu'à un certain point celui dont se servaient les Brahmines de l'Inde est usité aujourd'hui chez les Eskimaux et chez les habitants des îles Aléoutiennes

« Cet instrument se compose d'un bâton, appuyé

Ancien Mexicain allumant du *feu* au moyen du *fire-drill* (d'après une peinture ancienne du Mexique).

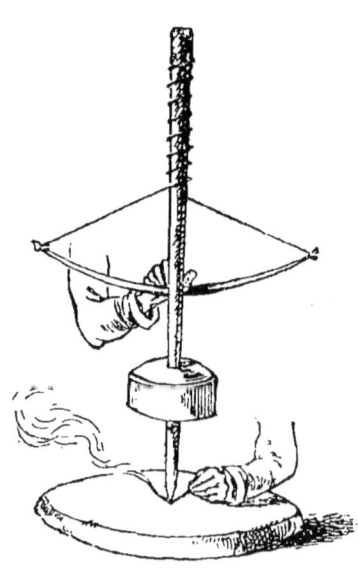

Le *pump-drill*.

d'une part sur une pièce de bois fixée entre les dents (mouth-piece), aboutissant de l'autre à une fossette creusée dans un autre morceau de bois sec, et mis en mouvement au moyen d'une courroie qui s'enroule deux fois autour de la tige rigide, et que tirent alternativement les deux mains, tantôt à droite, tantôt à gauche.

« De légères modifications s'introduisent dans la construction du *fire-drill*, et l'ingéniosité des peuples crée d'autres instruments servant au même usage. Tels sont, par exemple, le *bow-drill*, ou vilebrequin, mû à l'aide d'un archet qui rappelle le foret moderne, et le *pump-drill*, employé tout à la fois pour obtenir du feu et pour percer des trous dans le bois, la pierre et le métal.

« Parmi les autres moyens d'obtenir du feu, nous ne faisons que mentionner, en passant, la percussion réciproque de deux silex, ou d'un silex avec un morceau d'acier ou de pyrite de fer, le choc de deux morceaux de bambou l'un contre l'autre (moyen usité en Chine), la compression de l'air dans un tube d'ivoire ou de bois (procédé adopté par les Malais, etc., etc.).

« Le parenchyme desséché du bolet amadouvier (amadou), l'écorce du cèdre écaillée, des feuilles sèches, des fibres végétales préalablement carbonisées, etc., telles sont les matières combustibles ordinairement employées pour recevoir l'étincelle obtenue par le frottement ou par la percussion. »

LES ADORATEURS DU FEU

Les hommes les moins civilisés ont toujours été portés à attribuer à toutes les choses des pensées, des passions, des volontés semblables à celles qu'ils sentaient en eux-mêmes.

Les objets qui les frappaient le plus par leurs dimensions, leur beauté, le bien ou le mal qu'ils leur faisaient, ceux qui les remplissaient le plus d'admiration, de reconnaissance ou de terreur, devenaient dès lors des êtres bienfaisants ou redoutables, qu'il fallait remercier ou apaiser par des sacrifices et des prières, auxquels il était nécessaire de rendre un culte assidu.

De cette personnification des animaux, des végétaux, des minéraux et des astres est né le fétichisme, qui constitue la religion de la plupart des peuples primitifs.

Le Soleil, qui dissipe chaque matin les ténèbres de la nuit; qui, dans sa course majestueuse à travers les constellations, caractérise les saisons et les climats, donne la mesure du temps et organise en quelque sorte la société civile; qui anime tout par sa chaleur et embellit tout par sa présence; le Soleil, source presque unique de tout mouvement et de toute vie à la surface de la Terre, devait se trouver au premier rang parmi les objets de ce culte grossier. Et, en effet, quel être dans la nature est plus digne des hommages de l'homme ignorant que son éclat éblouit, de l'homme reconnaissant qu'il comble de bienfaits?

Le feu, représentant du Soleil sur la Terre, comme lui lumineux et bienfaisant, devait compter, comme l'astre du jour, ses adorateurs par millions.

Aussi retrouve-t-on le culte du feu, en même temps que celui du soleil, dans le nouveau comme dans l'ancien monde. Assyriens et Babyloniens, Syriens, Perses, Hindous, Égyptiens, Scythes, Grecs, Romains, Tartares, Mexicains, Péruviens, peuples de la Virginie, tribus sauvages de l'Afrique…. ont adoré ou adorent encore le soleil ou le feu.

Nous verrons, du reste, que ce culte grossier de la matière inanimée cachait, pour quelques-uns, des idées plus hautes. Le plus souvent le soleil et le feu n'étaient que les symboles sous lesquels étaient représentées des divinités immatérielles, éternelles, infiniment puissantes, infiniment bonnes et infiniment parfaites. Nombre d'initiés croyaient à l'immortalité de l'âme et à l'unité de Dieu, au milieu même des temples que remplissaient mille idoles. Mais le menu peuple ne comprenait pas toutes ces subtilités; il adorait réellement le signe représentatif du symbole comme s'il eût été Dieu lui-même.

Edgard Quinet, auquel nous nous adresserons une fois de plus, va nous faire une peinture poétique du culte du feu chez les Hindous.

« C'est dans les hymnes indiens du Rig-Véda que se retrouve le témoignage le plus ancien de la découverte du feu sur l'esprit de l'homme. Il possède la flamme, mais le foyer rallumé chaque jour n'est pas encore devenu une habitude. C'est un moment d'extase, un prodige.

« Si l'on n'appelait le dieu par des hymnes, c'est en vain que l'on frotterait l'une contre l'autre les deux tiges de l'arani; elles refuseraient de s'allumer. Le dieu refuserait de se montrer avec sa robe étincelante, sa chevelure dorée. Il dédaignerait de s'asseoir sur les touffes sèches du couza, et il laisserait le monde dans la nuit.

Agni, dieu ou génie du feu, la tête environnée de flammes (d'après Creuzer).

« Aussi que de cantiques, que de paroles de flamme pour éveiller, attirer le puissant Agni! Nul des immortels n'est célébré si souvent avec tant d'instance et de supplication, La prière se joint à chaque souffle pour faire jaillir la flamme; et quand elle a paru, quand le dieu, sous la cendre, a montré sa langue effilée, quand il est monté sur son char de lumière, quel chant d'enthousiasme éclate et monte vers la nue, avec la fumée du sacrifice ! »

. . . .

« Écoutez. Autour de ce premier foyer s'élève un chant dont les paroles arrivent jusqu'à vous : Chantez l'éclatant mystère de l'illustre Agni; ô mes amis, apportez vos hymnes et vos offrandes pour Agni le victorieux. »

« D'autres chants semblables éclatent au même moment, partout où une famille humaine est rassemblée sur les flancs ou dans les vallées de l'Himalaya. Que font ces groupes d'hommes? Ils frottent l'une contre l'autre la tige de l'acacia et celle du figuier. Rude travail. La sueur dégoutte du front des maîtres et des serviteurs. Pour s'encourager, après avoir repris haleine, ils continuent : Voici le moment d'agiter l'arani, d'enfanter le Dieu. Allons les premiers conquérir les rayons du sage Agni. Amis, travaillez à doubler sa force. »

Enfin le feu est allumé, il faut l'entretenir.

« Que faut-il pour que le nouveau-né grandisse? Il faut lui apporter les offrandes qui lui plaisent, les branches de couza dont il aime à se nourrir. Il faut verser sur lui, dans sa bouche dévorante, le beurre liquide. Si le souffle de l'homme est impuissant, il faut appeler, par la force du chant, les vents déchaînés, les Marouts. »

« Chose étrange, ajoute notre guide, je ne retrouve nulle part, dans aucun hymne, l'impression du froid qui se dissipe au souffle d'Agni. On remercie de toutes choses le dieu du feu, excepté de la chaleur qu'il apporte. Preuve manifeste que ces hymnes sont nés dans les régions heureuses de l'Inde, là où l'homme ne connut jamais le supplice de l'hiver.

« Dans les tièdes régions de l'Inde, ce que l'homme redoute, ce n'est pas le froid, ce sont les ténèbres. Nées dans la lumière, ces races ont horreur de l'obscurité. La nuit, le jour noir, voilà pour elles le fléau. Aussi le bienfait principal du dieu du foyer, du brillant Agni, c'est d'être un dieu de lumière. »

Le feu n'est pas la seule force de la nature qui soit adorée des Hindous : le feu et l'eau, le soleil et la lune, l'homme et la femme, le bœuf et la vache..., tels sont, d'après Creuzer, les principaux symboles dont se com-

pose le culte antique des forces productrices et généra-
trices de la nature, encore aujourd'hui dominant dans
l'Inde.

Et cependant les Indiens croient à un dieu suprême,
éternel, tout-puissant, c'est *Brahm*, qui n'a ni temples,
ni images. Au-dessous de lui arrivent Brahma, qui a la
terre pour symbole, Vichnou, symbolisé par l'eau, et
Siva par le feu.

Siva, c'est le modeste Agni, grandi jusqu'à établir sa
demeure dans le Soleil; c'est Agni, auquel les plantes et
les herbes séchées ne suffisent plus pour nourriture,
c'est Agni auquel on offre maintenant en sacrifice du
lait caillé, du beurre, puis des hécatombes de troupeaux
entiers, et peut-être même le sang humain.

Chez les Perses, le culte du feu suivit aussi de près
celui du Soleil. Vive image de cet astre lumineux et le
plus pur des éléments, il devint, là comme ailleurs, un
grand objet de respect et de terreur. Là aussi, du reste,
l'eau, la terre, l'air, les vents, les astres se partagent
avec le feu l'adoration populaire. Là aussi, enfin, le feu
n'est pas véritablement une divinité pour les initiés,
mais seulement le symbole de la divinité, une brillante
image de la pureté divine.

Le mage Zoroastre, l'auteur des livres sacrés des
Perses, a été le prophète de cette religion du feu. Il
visita le ciel et reçut d'Ormuzd, le dieu de la lumière, le
feu sacré avec la parole divine, écrite dans le Zend-
Avesta.

Les Perses distinguent « le feu matière ou terrestre
du feu élémentaire ou primitif dont celui-là est la simple
image, et duquel il provient. Le feu primitif est le lien

Grand prêtre perse officiant devant le feu (extrait des *Cérémonies
et coutumes religieuses de tous les peuples*).

qui unit Ormuzd avec la durée illimitée, et la semence
dont Ormuzd a créé tous les êtres. C'est lui qui suscite
tout ce qu'il y a de grand et de beau sur la terre. Toutes
les productions de la nature sont le fruit de l'union de
l'eau avec le feu : des deux naquit la lumière. »

Ce feu céleste est adoré sous le nom de Mithras, qui
est aussi le soleil, « l'œil d'Ormuzd, le héros éblouissant et parcourant sa carrière avec puissance ; celui qui
féconde les déserts. »

Le prophète Zoroastre avait rencontré, au début,
beaucoup d'incrédules. Pour arriver à les convaincre, il
se retire pendant dix ans dans une caverne, où il pré-
tend jouir de la présence continuelle d'Ormuzd. Là il
passe son temps à composer les livres sacrés, à consul-
ter les astres et à préparer des ingrédients chimiques,
capables de le rendre invulnérable à l'action du feu, et
d'opérer de prétendus miracles.

Enfin il réapparaît aux yeux de tous, et accompagne
ses prédications de jongleries qui confondent tous ses
contradicteurs. Il se fait arroser d'airain fondu et porte
des flammes à la main sans être brûlé. Bientôt le
triomphe de ses doctrines est complet.

D'après Zoroastre, « le feu est l'enfant d'Ormuzd, le
principe universel du mouvement et de la vie. C'est par
lui que tout respire : la terre lui doit sa fécondité,
l'animal son existence, l'arbre sa végétation. » Partout
on lui élève des temples, dans lesquels les prêtres ou
destours entretiennent le feu sacré. Jamais ce feu ne
devait s'éteindre. Les grands regardaient comme un de
leurs plus beaux droits la faculté de le vivifier par des
aromates et des bois odoriférants.

Pour les prêtres ce n'était pas là une idolâtrie véritable. « Les purifications, l'entretien du feu sacré, que rien ne doit souiller et qu'il est expressément défendu de souffler avec la bouche, indiquent avec quel soin l'homme doit veiller sur lui-même et prendre garde de laisser ternir la pureté du cœur par le souffle du vice. »

Strabon, Diogène Laërce, Hérodote soutiennent cependant que le culte des Perses pour le feu était une véritable adoration. « Les Perses, dit ce dernier, considèrent le feu comme un dieu, et pensent qu'il n'est pas permis d'y faire consumer le cadavre de qui que ce soit, n'admettant pas qu'on puisse légitimement associer un corps mort à une divinité. Les Égyptiens, de leur côté, ne voient dans le feu qu'une bête féroce vivante, et croient qu'après avoir dévoré tout ce qu'elle saisit, elle périt avec les objets qu'elle a engloutis. »

Les Guèbres, tristes débris de la puissance des anciens Perses, ont encore une vénération singulière pour le feu. Chacun de leurs temples ou pyrées contient un foyer sacré, où brûle un feu continuel en l'honneur de la divinité. Tavernier, qui parcourait au dix-septième siècle le pays de l'Iram, raconte à ce sujet une histoire singulière

Le khan de Kerman ayant désiré voir les temples et le feu sacré, les prêtres n'osèrent se refuser à ses vœux. Ce khan, qui s'attendait apparemment à quelque chose d'extraordinaire, n'ayant vu qu'un feu commun et tel qu'il est partout, cracha dessus avec autant de mépris que de fureur. A cette profanation, le céleste élément disparut, non qu'il s'éteignît, mais il s'envola sous la forme d'un pigeon blanc et ne revint qu'après que le peuple et les prêtres eurent mérité cette grande faveur par des aumônes et des prières nombreuses.

De nos jours, comme autrefois, les Guèbres ne

Vulcain. (Montfaucon suppl. I, t. I, pl. 30.)

peuvent rallumer le feu sacré, lorsqu'une négligence

coupable l'a laissé s'éteindre, qu'à l'aide de deux morceaux de bois frottés l'un contre l'autre, ou au moyen
de la chaleur solaire concentrée avec une lentille. Il est
encore permis de la rallumer à la flamme des feux follets,
mais ce moyen nous semble difficile à mettre en pratique.

Ceci tendrait à prouver que les Guèbres considèrent les
feux follets comme une émanation du feu élémentaire
ou primitif. Chez nous les croyances à ce sujet sont bien
différentes. Pour le peuple de la campagne ces petites
flammes sont de malins esprits ou des âmes damnées,
qui vont rôder partout, et qui, étant mortes excommu-
niées, conservent toujours leur malice.

L'anecdote suivante, extraite par M. Alfred de Vaula-
belle d'un célèbre chroniqueur, montre que les campa-
gnards n'ont pas toujours été les seuls à craindre les
flambards.

Le roi Charles IX, fort amateur de gibier, était un
jour en chasse dans la forêt des Lions (Normandie); toute
la cour assistait à cette fête et partageait, comme de
juste, les plaisirs de la journée. La chasse était brillante
et se serait peut-être prolongée davantage si la nuit
n'était venue forcer nos chasseurs à battre en retraite.
Bref, on allait se retirer content, lorsqu'un des chasseurs aperçut des flammes voltigeant çà et là dans les
allées de plus en plus sombres de la forêt. Tout le monde
aussitôt, les chasseurs en tête, de prendre la fuite, tant
et si bien que le monarque se trouva seul pour contenir
cette troupe désordonnée. Mais, par bonheur, le roi était
brave : il prit son épée et se mit à la poursuite de
l'ennemi qui, ô miracle! se mit à fuir à toute vitesse.

Les Égyptiens ne pouvaient manquer de donner une
place au feu et au soleil dans la liste si longue de leurs

Sacrifices humains au Mexique.

divinités. N'était-ce pas une véritable personnification du feu que ce Memnon, gardien sur la terre « du feu éthéré qui conserve toutes choses » ? Sitôt que les premiers rayons du soleil ont atteint sa statue, assise dans l'attitude du repos, les cantiques des prêtres qui veillent commencent à retentir en son honneur. « Le dieu lui-même salue ses fidèles adorateurs et leur fait entendre sa voix. »

Les Scythes plaçaient au premier rang de leurs divinités Vesta, la déesse du feu. Chez les Romains le feu était adoré sous plusieurs formes et sous différents noms. C'est d'abord Vesta, dont nous parlerons bientôt. C'est ensuite Vulcain, dont le palais était impérissable et brillant comme les étoiles ; Vulcain, qui avait ses forges dans l'Etna, et dont les Cyclopes étaient les ouvriers Ce sont enfin les Dioscures, Castor et Pollux. « Ces frères belliqueux, dit Creuzer, qui avaient combattu pour les Romains dans plus d'une bataille, dominateurs des vents, protecteurs des mers, étaient en même temps dieux du feu ; et, lorsqu'ils avaient apaisé l'orage et fait taire les vents, ils apparaissaient à la pointe des mâts, sous la forme de ces petites flammes d'heureux augure, que les marins aujourd'hui encore appellent le feu Saint-Elme. »

Mais il était nécessaire que les deux frères apparussent en même temps sur les mâts pour que le présage fût favorable. Un seul feu était un signe de tempête.

Au moyen âge, les aigrettes lumineuses qui se produisent à la pointe des mâts des navires étaient encore l'objet de superstitions analogues. On trouve dans l'histoire de Christophe Colomb, écrite par son fils, le récit suivant, bien caractéristique : « Dans la nuit du samedi (octobre 1493), il tonnait et pleuvait très fortement. *Saint Elme* se montra alors sur le mât de perroquet *avec sept cierges allumés*, c'est-à-dire qu'on aperçut ces feux que les matelots croient être le corps du saint. Aussitôt on entendit chanter sur le bâtiment force litanies et oraisons, car les gens de mer tiennent pour certain que le danger de la tempête est passé dès que saint Elme paraît. Il en sera de cette opinion ce que l'on voudra. »

Dans le Nouveau Monde le culte du feu s'était aussi répandu depuis la plus haute antiquité. D'après M. l'abbé Brasseur de Bourbourg, « on remarque, aux époques les plus anciennes de l'histoire mexicaine, deux principes opposés existant dans la religion, principes caractérisés, le premier par le feu et ses forces souterraines, le second par l'eau et le vent. L'un et l'autre, également puissants dans leur action sur la nature et dans l'ordre religieux, étaient déifiés dans des mythes qui se transforment cent fois. »

Là, des victimes humaines sont offertes solennellement à la divinité, « afin que le soleil eût des cœurs à manger et du sang dont il pût s'abreuver. » Les peuples voisins venaient demander des dieux aux Mexicains, mais on ne leur communiquait le feu sacré, destiné à brûler perpétuellement sur l'autel, qu'à la condition de fournir des victimes humaines.

Les Virginiens aussi adoraient le feu. Quand ils avaient été délivrés de quelque grand danger, hommes, femmes et enfants dansaient pêle-mêle autour des feux allumés pour la circonstance.

III

LE FOYER

Chez les Grecs et chez les Romains, chez ces derniers surtout, le culte du feu primait tous les autres cultes. A côté de Vulcain, « le dieu du feu qui dévore et détruit, qui dompte le fer et contraint les plus durs métaux à se plier aux besoins des hommes », on adorait Vesta, la déesse du foyer, qui marquait le centre de la vie domestique dans la maison, et celui de la vie politique dans la cité.

Dans chaque maison, même la plus pauvre, se dressait un autel, sur lequel devaient toujours se trouver un peu de cendre et des charbons allumés. Cette flamme qui brûle nuit et jour sur l'autel domestique, qu'on ne doit jamais laisser s'éteindre, c'est Vesta elle-même, la grande déesse, celle qui préside à la vie domestique, au bien-être des familles.

La croyance au foyer constituait une véritable religion domestique ; ses cérémonies, accomplies au milieu de la famille seule, loin de tout regard étranger, étaient simples, mais devaient être rigoureusement accomplies. La première obligation était celle de n'entretenir le feu qu'avec des espèces de bois déterminées et de le conserver toujours pur, exempt de toute souillure matérielle et morale. Aucun objet sale ne devait être jeté dans le foyer, aucune action coupable ne devait être commise en sa présence.

Autel domestique.

Au premier mars le feu sacré était éteint, puis rallumé aussitôt, soit par les rayons solaires concentrés au moyen d'une lentille, soit par le frottement de deux morceaux de bois pris à un arbre de bonheur, *felix arbor*. Ce *feu nouveau* se rencontre chez beaucoup d'adorateurs du feu, et aussi dans les religions monothéistes. L'empereur du Monomotapa envoie, dit-on, ou envoyait autrefois des commissaires dans tous les lieux de son empire pour porter à ses sujets le feu nouveau; c'est pour lui affaire de commerce, car le feu nouveau se paye cher, et nul ne peut se dispenser de l'acquérir. La religion catholique n'a-t-elle pas aussi son feu nouveau, produit par le choc de deux silex l'un contre l'autre, et à l'aide duquel on allume le cierge pascal? Pendant les premiers siècles du christianisme, les lampes de l'église du Saint-Sépulcre, qu'on éteignait le vendredi saint, étaient rallumées miraculeusement par une flamme descendue du ciel. Au milieu du douzième siècle le miracle cessa, paraît-il, de se produire.

Mais revenons au feu sacré des Romains. Chaque jour on lui offrait des sacrifices. « On lui donnait en offrande, dit Fustel de Coulanges dans la *Cité antique*, tout ce qu'on croyait pouvoir être agréable à un dieu, des fleurs, des fruits, de l'encens, du vin, des victimes. On réclamait sa protection; on le croyait puissant. On

lui adressait de ferventes prières pour obtenir de lui
ces éternels objets des désirs humains, santé, richesse,

Autel domestique (placé devant des peintures murales).

bonheur.... On voyait dans le foyer un dieu bienfaisant
qui entretenait la vie de l'homme, un dieu riche qui le
nourrissait de ses dons, un dieu fort qui protégeait la
maison et la famille. En présence d'un danger on cher-
chait un refuge auprès de lui. Quand le palais de Priam
est envahi, Hécube entraîne le vieux roi près du foyer;
« tes armes ne sauraient te défendre, lui dit-elle; mais
cet autel nous protégera tous. » Dans l'infortune

l'homme s'en prenait à son foyer et lui adressait des reproches; dans le bonheur il lui rendait grâces. Le soldat qui revenait de la guerre le remerciait de l'avoir fait échapper aux périls. Eschyle nous représente Agamemnon revenant de Troie, heureux, couvert de gloire; ce n'est pas Jupiter qu'il va remercier; ce n'est pas dans un temple qu'il va porter sa joie et sa reconnaissance; il offre des sacrifices d'actions de grâces au foyer qui est dans sa maison. L'homme ne sortait jamais de sa demeure sans adresser une prière au foyer; à son retour, avant d'embrasser sa femme et ses enfants, il devait s'incliner devant le foyer et l'invoquer. »

Le feu du foyer était donc la Providence de la famille. Malheur à la maison où il venait à s'éteindre, car si le feu s'éteignait, c'était un dieu qui cessait d'être. Aussi, avec quelle exactitude lui offrait-on chaque jour les sacrifices capables de l'entretenir et de le rallumer! « Le dieu recevait ces offrandes, les dévorait; satisfait et radieux, il se dressait sur l'autel et il illuminait son adorateur de ses rayons. C'était le moment de l'implorer; l'hymne de la prière sortait du cœur de l'homme. »

En toutes circonstances on invoquait le foyer. C'est à lui que la nouvelle mariée, en entrant dans la maison conjugale, offrait un sacrifice avec son époux; devant ce foyer dont elle allait être la joie, elle s'asseyait à la table commune. Le mourant même faisait au foyer ses derniers adieux; un repas funèbre réunissait toute la famille, les esclaves comme les hommes libres; le défunt y tenait la première place, en attendant qu'on lui confiât sa dépouille. Le foyer était aussi l'asile sacré où les suppliants imploraient la protection des habitants de la maison.

Mais Vesta n'était pas la seule déesse de l'autel domestique. Autour de lui se rangeaient les dieux secondaires, Génies, Lares, Pénates, représentés souvent par des figurines informes de terre à peine moulée et cuite au four.

Chaque habitant de la maison avait son Génie, sorte de Sosie qui présidait à tous les phénomènes de la vie physique ou morale.

Les Lares et les Pénates étaient des divinités protectrices. Les Lares, d'hommes devenus dieux, aimaient à demeurer autour de la maison qu'ils avaient habitée jadis, à veiller sur elle, à la garder comme des chiens vigilants. Ils écartaient les périls du dehors, partageaient les joies et les douleurs de la famille, s'associaient à sa bonne et à sa mauvaise fortune.

A l'intérieur les Pénates, dieux supérieurs, versaient les biens à pleines mains; c'étaient les puissances cachées d'où découlaient les biens de la famille et toutes les prospérités de la maison. Vesta était le premier et le plus vénéré de Pénates.

Chaque individu avait son Génie, chaque maison avait ses Lares, chaque famille avait ses Pénates.

En l'honneur de ces divinités tutélaires brillait le feu de l'autel, tout autant qu'en l'honneur de Vesta. Le même culte s'adressait à tous. En leur honneur étaient faits les sacrifices, en leur honneur le foyer s'ornait de fleurs. En leur honneur surtout se prenait le repas de chaque jour.

Le repas était l'acte religieux par excellence. La flamme du foyer, dieu brillant dans lequel tous les dieux domestiques étaient comme concentrés, y présidait. « C'était lui, dit encore Fustel de Coulanges, qui

avait cuit le pain et préparé les aliments; aussi lui de-
vait-on une prière au commencement et à la fin du repas.
Avant de manger, on déposait sur l'autel les prémices
de la nourriture; avant de boire, on répandait la libation de vin. C'était la part du dieu. Nul ne doutait qu'il
ne fût présent, qu'il ne mangeât et ne bût; et, de fait,
ne voyait-on pas la flamme grandir comme si elle se
fût nourrie des mets offerts? Ainsi le repas était partagé entre l'homme et le dieu; c'était une cérémonie
sainte, par laquelle ils entraient en communication
ensemble. Vieilles croyances qui à la longue dispa-
rurent des esprits, mais qui laissèrent longtemps après
elles des usages, des rites, des formes de langage,
dont l'incrédule même ne pouvait pas s'affranchir.
Horace, Ovide, Pétrone soupaient encore devant leur
foyer et faisaient la libation et la prière. »

Ces mots : *foyer éteint*, signifiaient *famille éteinte*.

Vesta, « flamme vivante qui ne donne ni ne reçoit
aucun germe de vie », protégeait la Cité tout autant que
la famille. Grâce à son rôle protecteur, elle était la patrie elle-même. De même que, dans la partie la plus se-
crète de chaque habitation privée, le foyer brûlait perpétuellement en son honneur, de même au centre de
chaque ville un édifice public lui était consacré, dans
lequel, sur un autel public, brûlait un feu éternel. A
Rome, c'était le temple de Vesta; on n'y avait placé aucune statue, mais seulement le foyer toujours lumineux.

A Athènes, l'édifice s'appelait le Prytanée, nom qui,
plus tard, désigna dans chaque ville le temple dans lequel on entretenait le feu sacré. Les autorités de la ville,
appelées Prytanes, y offraient chaque jour un sacrifice

Musée de Florence. — Vestale entretenant le feu sacré.

3

solennel, au nom de tous les habitants, car le Prytanée
était le véritable foyer de l'État personnifié. L'existence de la Cité, tout aussi bien que celle de la famille,
était attachée à son foyer. Aussi, au départ d'une colo-
nie, les émigrants emportaient-ils de la métropole le
feu sacré qui devait brûler au foyer de leur nouvelle
patrie.

Énée avait, dit-on, apporté de Troie le feu éternel de
Vesta avec les images des Pénates. Citons une dernière
fois Fustel de Coulanges : « D'après Virgile, Énée est
le gardien et le sauveur des dieux troyens. Pendant la
nuit qui a consommé la ruine de la ville, Hector lui est
apparu en songe. « Troie, lui a-t-il dit, te confie ses
dieux; cherche-leur une nouvelle ville. » Et en même
temps il lui remit les choses saintes, les statuettes protectrices et le feu du foyer qui ne doit pas s'éteindre. Ce
songe n'est pas un ornement placé là par la fantaisie
du poète. Il est au contraire le fondement sur lequel repose le poème tout entier; car c'est par lui qu'Énée est
devenu le dépositaire des dieux de la cité et que sa
mission sainte lui a été révélée. La ville de Troie a péri,
mais non pas la cité troyenne; grâce à Énée, le foyer
n'est pas éteint, et les dieux ont encore un culte. »

Le culte public de Vesta ressemblait au culte domestique. De même que le chef de la famille n'entrait jamais dans la maison sans aller se prosterner devant le
foyer, de même préteurs, consuls, dictateurs sacrifiaient
aux Pénates et à Vesta avant d'entrer en fonction. Le
culte du foyer public était caché aux étrangers, comme
le culte du foyer domestique l'était à toute personne
qui ne faisait pas partie de la famille. Enfin un repas,
pris en commun par tous les citoyens, était servi plu-

sieurs fois par an en l'honneur des divinités protectrices.
Bien plus, un certain nombre d'hommes choisis par la
cité venaient chaque jour se ranger autour de la table
dressée devant l'autel, et y manger le frugal repas préparé suivant les rites. Nul ne pouvait, quand son tour
était venu, se soustraire à cette obligation. Le repas
commençait par une prière, par des libations et par le
chant des hymnes sacrés. Chaque convive était vêtu de
blanc et couronné de fleurs.

Au foyer de la cité, comme au foyer domestique, les
suppliants venaient demander aide et protection.

Du reste les sacrifices qu'on offrait à Vesta étaient innombrables; car, en sa qualité de déesse du feu sacré de
l'autel, elle avait une part dans les sacrifices offerts dans
tous les temples à tous les dieux. Pour elle était toujours
la première part.

Les Prytanes étaient les prêtres de Vesta, les Vestales
en étaient les prêtresses. Celles-ci avaient pour mission
de veiller à tour de rôle à l'entretien du feu sacré. En
Grèce, les vestales étaient choisies parmi les veuves ou
les vierges des plus grandes familles; à Rome, les vierges
seules étaient jugées dignes de s'approcher de la chaste
déesse. Elles étaient entourées du respect de tous; le
consul, lorsqu'il en rencontrait une sur son passage,
faisait abaisser ses faisceaux devant elle.

L'extinction du feu sacré était considérée comme le
plus funeste de tous les présages, comme un signe des
malheurs qui menaçaient la cité. Ces malheurs, on ne
pouvait les conjurer qu'en faisant subir un châtiment
terrible à l'infortunée qui, par sa négligence, avait
aissé la flamme sans aliment. Elle était souvent ense-

velie vivante et tout au moins battue de verges dans un lieu obscur par le grand pontife. Après avoir châtié la coupable, les Prytanes rallumaient le feu de l'autel au moyen des rayons solaires concentrés avec une lentille, ou par le frottement de deux morceaux de bois l'un contre l'autre.

Malheur surtout à la vestale qui violait ses vœux de chasteté! On lui creusait un tombeau souterrain, dans lequel on l'enfermait vivante en présence du peuple rassemblé.

On ne craignait pas de pousser trop loin la sévérité, car on savait que la bonne déesse ne manquait pas d'intervenir quand la coupable était digne de pitié. Valère-Maxime nous donne deux

La vestale Tuccia.

exemples de cette intervention miraculeuse de Vesta en faveur de ses prêtresses injustement accusées.

« Une élève d'Émilia, la première des Vestales, ayant laissé éteindre le feu sacré, fut mise à l'abri de tout reproche par la puissance de Vesta. La jeune prêtresse se mit en prière, après avoir étendu sur le foyer le voile le plus précieux qu'elle possédait, et tout à coup elle vit le feu s'allumer. »

« Un secours du ciel protégea Tuccia, jeune Vestale, accusée d'inceste. Sa réputation, enveloppée comme d'un affreux nuage d'infamie, en sortit pure à l'aide du ciel. Forte de sa conscience et du sentiment de sa vertu, la vestale saisit un crible, et, s'adressant à Vesta : « Puissante divinité, dit-elle, si j'ai toujours approché de tes autels avec des mains pures, accorde-moi de remplir ce crible de l'eau du Tibre et de le porter jusque dans ton temple. » Quelque hardi et téméraire que fût un pareil vœu, la nature elle-même céda au désir de la prêtresse. »

Nous le voyons donc, nul part le feu n'eut plus d'adorateurs qu'en Grèce et qu'en Italie. Là il avait un temple domestique dans chaque maison, un temple public dans chaque cité. La pierre du foyer fut, avec la pierre du tombeau, la principale assise de la société romaine. La singulière vénération qu'ont encore les peuples modernes pour le foyer domestique, qu'ils considèrent comme le représentant de la famille, leur vient de cette antique adoration.

Nous pourrions presque encore, après deux mille ans, répéter cette invocation que cite Duruy dans son *Histoire des Romains* : « O foyer, toi qui es toujours jeune et beau, rends-nous toujours heureux ! Toi qui nourris, reçois de bon cœur nos offrandes et, au retour, donne-nous le bonheur et la santé ! »

« Avec moins de ferveur religieuse, mais avec une émotion qui fait comprendre ce culte éternel du foyer, Cicéron dira plus tard : « Ici est ma religion, ici ma race et les traces de mes pères. Je ne sais quel charme je trouve en ce lieu qui pénètre mon cœur et mes sens. » Et nous, modernes, nous parlons encore comme Cicéron, quand nous revenons nous asseoir au foyer paternel. »

IV

LE FEU DANS LES CÉRÉMONIES RELIGIEUSES

Là même où on ne l'adorait pas, le feu jouait un rôle important dans les cérémonies religieuses. Chez les Grecs et chez les Romains, on entretenait le feu sur l'autel dans les temples de presque toutes les divinités. Au Prytanée, le feu représentait la divinité elle-même, il remplaçait la statue de Vesta; ailleurs, il brûlait en l'honneur du dieu, à côté de sa statue.

C'est que l'autel était le plus ancien monument de tous les cultes; il était l'indispensable instrument des sacrifices. C'était d'abord un simple tertre de terre ou de gazon, ou bien un monceau de pierres. Sur l'autel se faisaient les libations et expiraient les victimes; le feu consumait ensuite les objets ou les

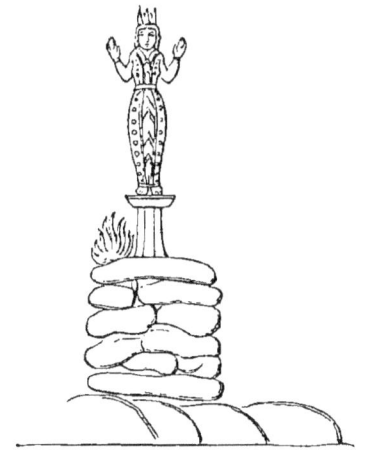

Autel de pierres amoncelées.

animaux sacrifiés, après que les prêtres avaient pris la part du dieu et la leur.

Tous les sacrifices sanglants se faisaient en dehors

des temples: au dedans on n'entretenait allumés que les autels brûlant en l'honneur du dieu, et les brasiers

Autel et table d'offrandes.

sur lesquels on répandait des parfums. Une fumée de bonne odeur devait toujours se mêler à celle du sacrifice.

Dans les temples chinois et japonais, on rencontre encore les mêmes foyers sacrés.

Chez les Hébreux, Moïse avait ordonné que le feu fût sans cesse entretenu sur l'autel, en souvenir des flammes qui étaient descendues du ciel lors de la consécration des tabernacles. Comme chez les Grecs, on faisait des libations, on égorgeait des victimes qui étaient ensuite consumées sur l'autel.

Le caractère symbolique de certaines flammes a même été conservé par la religion catholique. En présence du Saint-Sacrement est allumée une lampe qui ne doit jamais s'éteindre. La cérémonie exige qu'il se trouve toujours au moins deux chandeliers sur l'autel; quand il y en a quatre, ils représentent les quatre évangélistes qui ont répandu dans l'Église la lumière de leurs doctrines. Le cierge pascal, allumé avec le *feu nouveau*, représente Jésus ressuscité. Il sert ensuite à enflammer tous les cierges, dont l'usage s'est perpétué depuis l'époque où les chrétiens, forcés de se cacher, officiaient la nuit dans des souterrains obscurs.

Dans nombre de fêtes antiques, célébrées en l'honneur de diverses divinités, on voyait, non seulement les autels destinés aux sacrifices, mais encore des flambeaux auxquels étaient attachés des symboles. Dans la fête des Panathénées, par exemple, on n'oubliait jamais la course des flambeaux, souvenir de Prométhée ravis-

Autel et vase à parfums.

sant le feu du ciel. Voici le récit qu'en fait l'auteur du *Voyage du jeune Anacharsis* : « Plusieurs jeunes gens sont placés dans la carrière à des distances égales. Quand les cris de la multitude ont donné le signal, le premier allume le flambeau sur l'autel et le porte en courant au second, qui le transmet de la même manière au troisième, et ainsi successivement. Ceux qui le laissent s'éteindre ne peuvent plus concourir. Ceux qui ralentissent leur marche sont livrés aux railleries, et

même aux coups de la populace. Il faut, pour rempor-
ter le prix, avoir parcouru les différentes stations. »

La tendance qu'avaient les anciens à toujours sym-
boliser le feu et le foyer leur faisait voir des présages
dans tous les mouvements de la flamme. Les Augures
observaient le vol des oiseaux, les Aruspices observaient
les autels, les victimes, la flamme, la foudre, les phénomènes célestes. On lit dans l'*Histoire de la législa-
tion* de Pastoret : « Prométhée, suivant Eschyle, avait
enseigné à connaître l'avenir par l'inspection des entrailles des victimes. La manière unie ou divisée, large
ou pyramidale, dont montait la flamme autour de
l'animal immolé, les oscillations qu'elle éprouvait
au-dessus de la lampe dont les vierges entretenaient le
feu sur l'autel de Minerve, devenaient un signe d'espérance ou d'effroi. Le présage était funeste, si la flamme
d'un flambeau enduit de poix pétillait; si elle s'éteignait, plus funeste encore; se partageait-elle en trois
pointes, elle était favorable. Hérodote raconte comme
un prodige, assez mémorable en effet, qu'avant la naissance de Pisistrate, Hippocrate, son père, ayant offert
un sacrifice, les chaudières près de l'autel, remplies
de victimes et d'eau, bouillirent et débordèrent sans
feu. »

Mais les flammes de l'autel n'étaient pas les seules à
fournir des présages. Les feux-follets qui résultent de
la putréfaction des matières riches en phosphore, le
phénomène de phosphorescence que produisent parfois
en mer des animaux microscopiques, le dégagement
des gaz spontanément inflammables dans le voisinage
de certaines houillères, de certaines sources de pétrole,
la production d'aigrettes lumineuses sur les lieux éle-

vés en temps d'orage, tout cela prenait le caractère d'une

Autel à parfums.

Vainqueurs de la course aux flambeaux.

manifestation de la volonté des dieux, et était considéré

comme annonçant des événements heureux ou mal-heureux.

Nous allons citer quelques exemples de ces miracu-leux présages. Nous nous contenterons de raconter. sans chercher à faire, dans chaque récit, la part de l'exagération et de l'imagination et celle de la réalité explicable par la science actuelle. Ce serait là une tâche souvent fort malaisée.

Quand Énée prit les armes pour voler au secours de Troie surprise par les Grecs, on vit une flamme briller sur la tête de son fils. Le vieil Anchise leva immédiate-ment ses mains vers le ciel, priant Jupiter de confirmer l'heureux présage qu'il reconnaissait dans cette flamme.

Pendant la guerre des Romains contre les Carthagi-nois, en Espagne, Marcius haranguait un jour ses sol-dats : on vit se poser sur sa tête une flamme miracu-leuse qui, sans lui faire aucun mal, causa beaucoup de frayeur à toute l'armée.

On lit dans Tite-Live que le javelot dont Lucius Atreus venait d'armer son fils, récemment enrôlé parmi les sol-dats, jeta des flammes pendant plus de deux heures sans être consumé !

Sénèque raconte qu'une étoile alla, près de Syracuse, se reposer sur le fer de la lance de Gylippe.

On voit, dans les *Commentaires* de César sur la guerre d'Afrique, qu'après une nuit orageuse pendant laquelle il tomba beaucoup de grêle, le fer des javelots de la cinquième légion parut en feu.

La légende de Servius Tullius, ce fils d'une esclave qui devint roi de Rome, est plus connue. « Un jeune enfant nommé Servius Tullius s'était endormi, dit Tite-Live ;

durant son sommeil sa tête parut étincelante de feux ;
les cris d'une foule de spectateurs, à la vue d'un phénomène aussi extraordinaire, attirèrent la famille royale ;
un des officiers apportant de l'eau pour éteindre le feu,
la reine le retint, fit cesser le bruit, défendit qu'on trou-
blât le sommeil de l'enfant, jusqu'à ce qu'il se réveillât
de lui-même ; et à son réveil la flamme avait disparu. »
Cette auréole de feu, c'était le signe de la grandeur
future de Servius Tullius.

Le feu du ciel n'est pas toujours un présage. Quelquefois, comme à Sodome et à Gomorrhe, il est un signe
de la colère divine, il apporte le châtiment mérité par
des crimes ou des impiétés. Ailleurs il vient rompre les
liens d'une victime prête à être sacrifiée, comme nous
l'indique la légende sanscrite de Cunacépha. Ailleurs
encore il purifie et peut même procurer l'immortalité.
C'est ce que nous montre l'une des légendes relatives à
l'enfance d'Achille. Il était fils de Pélée, roi des Mirmi-
dons et de la nymphe Thétis. Celle-ci voulut rendre son
fils immortel. Pour y arriver elle ne lui donnait aucune
nourriture ; le jour elle assouplissait ses membres avec
des onctions d'ambroisie ; la nuit elle le tenait sur le
feu, afin de détruire toutes les parties mortelles de son
corps. Elle le plongeait comme une torche dans les
flammes qui ne le brûlaient pas. Mais un jour Pélée
étant survenu et ayant voulu, dans sa frayeur, sauver
son fils des flammes, l'opération fut interrompue. Thétis abandonna son époux et son fils, et s'en retourna
dans la mer.

Même après la mort, le feu intervenait, dans un grand
nombre de religions, pour purifier et châtier. Les Perses
de nos jours, à l'exemple de leurs ancêtres les plus

reculés, croient à l'existence d'un enfer où les méchants
sont victimes d'un feu dévorant qui les brûle sans
jamais les consumer. L'enfer de Mahomet est aussi rempli de torrents de feu et de soufre; les pervers, les
scélérats, ceux qui ont préféré la vie du monde à la vie
future, seront précipités dans cet abîme de feu, où ils
seront en proie aux tourments et à l'opprobre. D'après
la doctrine catholique, les démons et les hommes ré-
prouvés de Dieu seront plongés dans une fournaise qui
ne s'éteindra jamais. On discute pour savoir s'il s'agit
là d'un feu spirituel ou d'un feu matériel.

Ce feu est de même nature, sans doute, que celui qui
accompagnait autrefois le Dieu des Hébreux dans
ses apparitions. L'Écriture nous enseigne en effet
que le Seigneur se compare à un feu ardent, se rend
visible sous l'apparence d'un buisson enflammé, ou
formidable par des menaces d'un feu dévorant; quelquefois, avant de parler aux Juifs, il attire leur
attention par des éclairs; d'autres fois, enfin, quand
il marche avec eux, il se fait précéder par une colonne
lumineuse.

Tout ceci nous fait comprendre sans peine pourquoi
on rencontre le feu dans presque toutes les cérémonies
religieuses chez les anciens. Il jouait, par exemple, un
rôle important dans les cérémonies nuptiales des Perses,
des Grecs et des Romains. Chez les anciens Perses,
comme chez les catholiques modernes, un flambeau
allumé entre les époux symbolisait l'ardeur qui les
unit, et montrait qu'ils doivent édifier leur famille par
une vie exemplaire.

Chez les Grecs et chez les Romains la jeune fille, au

Cunacépha délivré par le feu du ciel.

moment de quitter le foyer paternel et les divinités de
sa famille, leur offrait un dernier sacrifice. Puis elle se
rendait à sa nouvelle demeure, précédée du flambeau
nuptial. Dès ses premiers pas dans la maison dont elle
allait devenir la joie et l'ornement, elle recevait, des
mains de son époux, le feu sacré et l'eau lustrale.
C'était là une purification symbolique ou un gage de
bienvenue : on sait en effet que l'interdiction du feu et
de l'eau, c'était la formule du bannissement.

Partout et dans tous les temps le culte des morts a été
consacré par la religion, la morale et les lois. Chez les
anciens, il avait une importance aussi grande que le
culte du foyer. Le plus souvent on se contentait d'ense-
velir les corps, mais souvent aussi on les brûlait sur un
bûcher. Le feu intervenait dans cette cérémonie à la
fois par son action toute physique de décomposition et
aussi comme symbole de purification.

Les Hébreux, les Japonais, les Grecs, les Romains, les
Siamois, les Indiens de l'Amérique du Nord, prati-
quaient l'incinération des corps par le feu, sinon pour
tous, au moins pour les personnages les plus importants. La cérémonie était toujours solennelle et souvent
somptueuse. Chez les Grecs et chez les Romains le bûcher, plus ou moins élevé suivant la qualité des personnes et leur fortune, avait toujours la forme d'un
autel ; ses quatre côtés étaient égaux. Au sommet on
disposait le cadavre, sur un lit de parade. Puis on ar-
rosait le corps de liqueurs précieuses, et les plus proches
parents allumaient l'incendie en détournant la tête. Des
parfums, des liquides odoriférants, des aromates, de
l'huile, de l'encens, étaient jetés dans la flamme, pour

en activer la combustion et pour atténuer l'odeur désagréable qui se dégageait du bûcher. On livrait en outre
aux flammes des plats chargés de mets, des ornements,
des vêtements, et tous les objets que l'on supposait de-
voir être agréables au mort. Des sommes considérables
étaient ainsi dépensées.

Souvent même les offrandes de mets et d'objets de
luxe ne semblaient pas suffisantes. Pour calmer plus

Bûcher funèbre, destiné à consumer le corps de Patrocle.

sûrement les mânes du défunt et se les rendre favorables, on faisait brûler sur son bûcher des bœufs, des
moutons et même des victimes humaines, prisonniers,
esclaves ou gladiateurs. Aux funérailles de Patrocle,
Achille fait brûler des moutons, des bœufs, des chevaux,
des chiens et douze captifs moyens.

Depuis longtemps tous les peuples civilisés ont re-
noncé à la coutume de brûler les corps après la mort.
Il faut sans doute attribuer ce changement aux diffi-

cultés que l'on rencontre dans la pratique de l'incinération et aux dépenses qu'elle entraîne. Nul doute, cependant, que la crémation ne remplace un jour ou l'autre
l'ensevelissement. Déjà les progrès de la science permettent, au grand cimetière de Milan, par exemple,
de construire des appareils qui opèrent rapidement
et à peu de frais.

Le culte des morts n'aura rien à perdre à ce retour
aux anciennes coutumes, et l'hygiène publique aura
tout à y gagner.

LES SUPPLICES ET LES ÉPREUVES PAR LE FEU

Nous devons enfin nous occuper du feu considéré comme instrument de supplice. Un grand nombre de peuples de l'antiquité, et beaucoup de peuples encore dans les temps modernes, ont employé le feu pour faire subir la peine capitale.

Chez les Assyriens et les Babyloniens on brûlait les victimes à petit feu dans une fournaise ou dans une poêle ardente.

Les Syriens agissaient de même, mais avec des raffinements de cruauté. On connaît le supplice des Macchabées. « Antiochus Épiphane ordonne de faire rougir au feu des poêles et des chaudières d'airain ; on coupe la langue, les extrémités des pieds et des mains à une de ses victimes, on lui arrache la peau de la tête ; on jette ensuite le condamné, respirant encore, dans la poêle brûlante. Les six frères de cet infortuné périssent des mêmes tourments. »

En Egypte on étendait les parricides sur des masses d'épines qu'on enflammait ensuite.

Les Hébreux punissaient du feu dix crimes différents. L'incestueux, le malheureux possédé du démon, devaient être livrés aux flammes. Le procédé employé n'était pas toujours le même. « Tantôt, avec des branches d'arbre, on érigeait un bûcher, tantôt on jetait l'accusé dans des chaudières bouillantes ; d'autres fois on le plongeait dans le fumier jusqu'aux genoux, et, serrant son cou d'un linge qu'on tirait des deux côtés, pour le forcer à ouvrir la bouche par une espèce de bâillement, on y versait du plomb fondu qui dévorait les entrailles. » A Syracuse, on enfermait les victimes dans le *laconium*, qui faisait partie des bains, et on les étouffait dans l'air chaud ; on les brûlait avec des lampes ardentes ; on les jetait dans des chaudières pleines d'eau, d'huile ou de poix bouillante. Un nommé Peryllus avait imaginé, pour satisfaire la cruauté du tyran Phalaris, de construire un bœuf d'airain, qu'on faisait rougir par le feu, et dans lequel on introduisait le patient. Les cris du malheureux semblaient être les mugissements du bœuf. Cet horrible instrument eut cela de remarquable qu'on y fit brûler d'abord, dit-on, l'inventeur Peryllus, puis le tyran Phalaris.

Dans les persécutions qu'ils firent subir aux chrétiens, les Romains employèrent de préférence le supplice du feu sous toutes ses formes. On alla jusqu'à recouvrir les condamnés d'une tunique qu'on enflammait, et à les faire servir de flambeaux pour éclairer les réjouissances publiques.

Saint Laurent, déchiré d'abord à coups de fouet par les mains du bourreau, fut ensuite attaché à un gril de fer sous lequel étaient des charbons ardents. Il endura ces tourments affreux avec une constance admirable.

Plus tard, en Espagne, le supplice du feu fut pour ainsi dire réservé au tribunal de l'Inquisition. Pendant plus de cinq siècles le Saint-office couvrit l'Espagne de bûchers ; ses victimes se comptèrent par millions.

L'autodafé, cette épouvantable cérémonie où l'on brûlait en l'honneur de Dieu, des victimes humaines, était regardé comme l'instrument sacré du triomphe de la foi.

En France, l'Inquisition ne fut jamais florissante, mais elle fit cependant parler d'elle. Sous François Ier, en 1535, son esprit subsistait encore : six luthériens qui avaient affiché dans Paris des placards contre le Saint-Sacrement furent brûlés vifs. « On conduisit les six coupables à la place publique, où l'on avait préparé des feux pour les brûler. Il y avait au milieu de chaque bûcher une espèce d'estrapade élevée, où on les attacha ; ensuite on alluma le feu au-dessous d'eux, et les bourreaux, lâchant doucement la corde, laissaient couler jusqu'à la hauteur du feu ces misérables pour leur en faire sentir la plus vive impression ; puis on les guindait de nouveau en haut ; et après leur avoir fait souffrir ce cruel tourment à diverses reprises, on les laissa tomber au milieu des flammes où ils expirèrent. »

Au Moyen Age, et surtout au quinzième et au seizième siècle, on livrait au bûcher ces malheureuses hallucinées qu'on accusait de sorcellerie. Pour n'en citer qu'un exemple entre mille, mais le plus célèbre et le plus triste, disons que Jeanne d'Arc, qui venait de sauver la France, fut brûlée vive à Rouen le 31 mai 1431 comme convaincue de sorcellerie.

On trouve quelques exemples de sorcières jetées dans une marmite d'eau bouillante. Plus généralement on brûlait soit après strangulation, soit d'emblée. Dans quelques cas, la sorcière était rôtie à petit feu pour que la douleur fût plus longue et plus cruelle.

Je ne puis résister à la tentation de donner ici,

d'après M. P. Regnard, le récit des tortures auxquelles fut soumis le prêtre Urbain Grandier, accusé d'avoir ensorcelé les Ursulines de Loudun en 1635.

« Le tribunal s'assembla et déclara Grandier magicien. Il fut condamné à faire amende honorable en chemise, tête nue, la corde au cou, et à être ensuite brûlé vif.

« L'arrêt ajoutait qu'il subirait en outre la question.

« Mais auparavant, il fallait chercher sur Grandier le *stigma diaboli*, point insensible provenant de l'attouchement du diable, qu'on pouvait piquer sans provoquer de douleur et sans qu'il s'écoulât la moindre goutte de sang. Laubardemont ne put trouver pour cela de chirurgien, il fut obligé d'en faire arrêter un par les archers. On ne rencontrait nulle part le sceau du diable. Laubardemont ordonna alors au chirurgien d'arracher à Grandier les ongles des mains et des pieds pour voir si le fameux sceau ne serait pas au-dessous. Le chirurgien refusa d'obéir, il fondit en larmes et demanda pardon à Grandier de ce qu'il avait déjà été obligé de faire.

« On conduisit alors le malheureux condamné à la chambre de la torture où le tribunal était assemblé.

« Les moines exorcisèrent les instruments de supplice, et on commença la question du brodequin ; dès le premier coup de maillet, on entendit un horrible craquement : c'étaient les jambes du pauvre prêtre qui venaient de se briser. Le malheureux poussa un tel cri que le bourreau recula. Le moine Lactance se jeta sur le tortionnaire en lui criant : « Cogne ! mais cogne donc ! » Grandier, revenu à lui, déclara qu'il n'était pas coupable de magie. Le bourreau, les larmes aux yeux, lui montra alors quatre coins qu'il allait être obligé d'enfoncer. « Mon ami, lui dit Grandier, vous pouvez en mettre un fagot. » Le père Tranquille fit alors remarquer au bourreau qu'il s'y prenait mal et lui montra comment il fallait faire pour que la douleur fût plus grande. Les huit coins furent placés.

« Le bourreau n'en avait plus.

« Laubardemont lui ordonna d'en mettre deux autres : ému comme il l'était, cet homme ne put y parvenir. On vit alors un horrible spectacle : les capucins Lactance et Tranquille, relevant leur froc, s'emparèrent des maillets et enfoncèrent eux-mêmes les coins avec rage.

« Laubardemont, pris de pudeur, ordonna d'arrêter : les jambes du malheureux prêtre étaient crevées, réduites en bouillie, et les esquilles d'os sortaient de toutes parts. La torture avait duré trois quarts d'heure. On coucha Grandier sur de la paille en attendant l'heure du supplice. A quatre heures, on le porta sur une charrette et, au milieu d'une foule immense, on le conduisit devant l'église Saint-Pierre, où il fit amende honorable, et finalement au bûcher, autour duquel se trouvaient des estrades chargées des plus belles dames de la ville. Le bourreau le prit à brassée sur la charrette et l'assit sur le bûcher. Là, on lui lut pour la cinquième fois son arrêt.

« Dans un moment de douceur, Laubardemont lui avait promis qu'on l'étranglerait avant d'allumer le feu ; mais les moines avaient, pendant le trajet, fait des nœuds à la corde. Ils repoussèrent le bourreau, se jetèrent sur Grandier et le frappèrent à grands coups de crucifix. Comme la foule commençait à se soulever et que le condamné refusait toujours d'avouer son pré-

Diverses manières dont le Saint-Office faisait donner la question (tiré des *Cérémonies et Coutumes*).

tendu crime, le moine Lactance prit une torche et emflamma lui-même la paille du bûcher. Le bourreau se précipita pour l'étrangler; mais la corde était nouée, et il ne put y parvenir.

« En quelques minutes les flammes gagnèrent la chemise de Grandier et on put le voir se tordant au milieu du brasier. »

Le bûcher n'était pas seulement réservé aux malheureux condamnés à périr. On brûlait fréquemment à petit feu les accusés auxquels on voulait arracher des aveux par la souffrance. L'opération s'appelait la *question*, ou la *torture*, procédé barbare employé pour la première fois en Égypte pour la recherche des crimes, et qui fut longtemps en usage chez la plupart des nations modernes.

Pour les accusés de l'Inquisition on avait imaginé le supplice du *brodequin*, celui de l'*estrapade*, celui du *chevalet*, celui du *collier*. Nous parlerons seulement de ce dernier.

L'appareil se composait d'un collier garni de pointes à l'intérieur. Il était attaché à un poteau et on y mettait le cou de l'accusé. Les pointes étaient calculées pour entrer à peine dans les chairs. Mais on rôtissait avec des brasiers ardents les jambes de l'accusé, et la douleur faisait qu'en remuant, il s'enfonçait lui-même les pointes de fer dans la gorge.

D'autres fois on allumait un feu fort ardent; après quoi on frottait de lard, ou d'autres matières combustibles, la plante des pieds du criminel. Dans cette situation, on les lui brûlait sans pitié jusqu'à ce qu'il eût fait une confession complète.

Quelques patients résistaient héroïquement à ces horribles supplices, et refusaient de s'avouer coupables; plus souvent on arrachait ainsi à des innocents l'aveu de crimes qu'ils n'avaient pas commis.

Les sorcières se faisaient remarquer, entre tous, par une constance qui ressemblait beaucoup à de l'insensibilité. Un tel fait n'a rien qui puisse nous surprendre, nous qui savons que ces prétendues sorcières, qu'on brûla par milliers, et qui s'accusaient elles-mêmes de crimes épouvantables dont elles étaient complètement innocentes, étaient tout simplement des folles : elles étaient anesthésiques. « Quelquefois aussi l'immensité de la douleur les faisait tomber dans une sorte d'extase. Elles apercevaient tout à coup leur démon favori; elles se vantaient de le voir, et, disaient-elles, il leur conseillait de ne rien dire, d'avoir courage, car il leur supprimait toute douleur. » Cette insensibilité à la douleur était précisément considérée par les juges comme une preuve d'un commerce diabolique, et déterminait la condamnation de l'accusée. Ainsi l'aveu et la négation amenaient le même dénouement fatal : le bûcher.

Ne voyons-nous pas encore, de nos jours, des malheureux, rendus insensibles par le fanatisme religieux, se soumettre volontairement à des supplices atroces qui ne semblent leur causer aucune souffrance? Tels sont par exemple les fakirs indiens. « Les uns tiennent un bras levé dans une position fixe jusqu'à ce qu'il soit raidi, et ils demeurent dans cet état le reste de leurs jours. D'autres tiennent leurs poings fermés avec force, de manière que leurs ongles entrent dans la chair et percent à travers leurs mains. D'autres enfin se balancent

Bramine qui se balance par dévotion au-dessus d'un feu ardent.

par dévotion, pendant une demi-heure, au-dessus d'un feu qu'ils attisent eux-mêmes. »

Plus employée encore, dans tous les temps et par presque tous les peuples, était l'épreuve judiciaire, ou *jugement de Dieu*, destinée à prouver l'innocence ou la culpabilité des accusés. Là, par une singulière contradiction de l'esprit humain, on attribuait à l'intervention divine l'insensibilité qu'on prétendait due dans la question appliquée aux sorcières à l'intervention du diable. Ce qui, dans un cas, entraînait la mort de l'accusé, lui valait son acquittement dans l'autre.

Nous ne dirons rien de l'épreuve judiciaire chez les anciens, pour l'examiner tout de suite chez les chrétiens du Moyen Age. M. de Rochas nous a donné récemment, dans la *Revue scientifique*, de nombreux renseignements sur ce sujet. Nous les lui emprunterons.

La première épreuve authentique du feu que l'on trouve chez les chrétiens est rapportée par Grégoire de Tours au sujet de saint Simplice, évêque d'Autun. Ce saint, qui vivait au quatrième siècle, avait été fait évêque étant marié. Sa femme ne put se décider à quitter son époux ; elle résolut de vivre auprès de lui, mais dans la chasteté, suivant les lois de l'Église, et continua à coucher dans la même chambre. Dans la suite, ayant appris que les fidèles murmuraient en les accusant d'user du mariage, elle se fit apporter des charbons incandescents en public, le jour de Noël, et, après les avoir tenus dans ses habits pendant près d'une heure, elle les mit dans ceux de l'évêque, en lui disant : « Recevez ce feu qui ne vous brûlera point, afin qu'on voie que le feu de la concupiscence n'agit pas plus sur nous que ces charbons n'agissent sur nos habits. »

A dater du cinquième siècle, les chroniques nous ont conservé de nombreux exemples de l'épreuve judiciaire; on l'emploie, non seulement pour découvrir les hérétiques, mais encore pour discerner les vraies reliques des fausses. Le concile de Saragosse, tenu en 592, ordonna qu'on ne vénérerait que celles que le feu aurait respectées.

Les réformes judiciaires de Childebert et de Clotaire, de Dagobert, de Charlemagne, de Louis le Débonnaire, déterminent les cas dans lesquels sera employée l'épreuve du feu, soit par l'eau chaude, soit par le fer rouge.

L'épreuve de l'eau chaude consistait simplement à enfoncer le bras dans une chaudière pleine d'eau bouillante, et à y prendre un anneau, un clou ou une pierre qu'on y suspendait à une profondeur plus ou moins grandes selon la gravité du cas : il y avait des causes pour lesquelles on plongeait la main jusqu'au poignet, d'autres le bras jusqu'au coude. Les roturiers faisaient l'expérience par eux-mêmes et les gens de qualité la faisaient faire par d'autres. Ceux qui se brûlaient étaient déclarés coupables, et ceux qui étaient préservés étaient réputés innocents.

L'épreuve du fer chaud se faisait de diverses manières. Quelquefois on prenait à la main un fer rouge ou plusieurs successivement qu'on portait à une certaine distance. Dans d'autres circonstances on marchait sur ces fers rouges, les pieds et les jambes nus jusqu'au genou. En Danemark, on se servait d'une espèce de gant de fer rouge qui allait jusqu'au coude.

Les épreuves avaient lieu en présence des prêtres

Épreuve du fer chaud (tiré des *Cérémonies et Coutumes*.)

5

délégués par l'évêque et des officiers de la justice séculière. On obligeait ceux qu'on y soumettait à se laver d'abord les mains, les bras ou les pieds, avec de l'eau fraîche, de peur qu'on ne les eût frottés de quelque substance capable d'amortir l'action du feu. Le prêtre jetait alors de l'eau bénite sur eux, prononçait des exorcismes et des bénédictions, leur faisait baiser l'Évangile, puis l'épreuve commençait. Quand elle était finie, on enveloppait la main, le bras ou le pied avec lequel on avait touché le feu, dans un linge sous le scellé du juge, scellé qui ne devait être levé qu'au bout de trois jours.

Nous trouvons la manière d'opérer décrite dans tous ses détails dans l'*Histoire de France* de M. de Cordemoy (1689). Louis, second fils de Louis le Germanique, ayant été chassé de ses États par son oncle Charles le Chauve, envoya trente hommes disposés à montrer son bon droit par l'épreuve du fer chaud, par celle de l'eau chaude et par celle de l'eau froide (975).

Après que l'évêque eut procédé à toutes les cérémonies religieuses en usage, messe, communion, bénédiction, exorcismes, après qu'il eut adjuré Dieu de montrer de quel côté était la justice, il fit commencer les épreuves.

« Il choisit dix hommes des trente pour l'épreuve de l'eau : on leur ôta leurs habits ordinaires pour leur donner des habits ecclésiastiques; on leur fit baiser le livre des Évangiles et la Croix; on leur fit une aspersion de l'eau bénite dont ils avaient bu, et l'évêque jeta dix bagues au fond de la chaudière, où était l'eau bouillante. Il prit ensuite dix pierres dont chacune était pendue à un cordon, et les descendit dans la même chaudière, où les dix hommes destinés à cette épreuve enfoncèrent l'un après l'autre le bras nu et retirèrent chacun une bague et une pierre. Aucun ne témoigna par le moindre signe qu'il sentît la douleur : on visita leurs bras, qui parurent dans leur état naturel, et, pour être plus assuré que la chaleur de l'eau ne les avait point endommagés, on leur enveloppa de toile le bras et la main. L'enveloppe fut cachetée du sceau de ceux qu'on avait nommés juges de l'épreuve, et on leur ordonna de se représenter trois jours après pour voir s'il n'y aurait ni pourriture, ni enlevure.

« Dix autres furent choisis pour l'épreuve du fer chaud. Ils approchèrent des fers qui étaient rouges, les prirent entre leurs mains et les portèrent le long d'un espace de neuf pieds, suivant la coutume. Leur contenance ferme fit juger qu'ils ne sentaient point de mal, et leurs mains, qui parurent sans brûlure, furent enveloppées et cachetées par les juges, afin d'être visitées trois jours après. »

Ajoutons que l'empereur, témoin de ces merveilles qui le condamnaient, persista cependant dans ses desseins. Il marcha contre son neveu à la tête d'une armée, et fut complètement battu.

Il serait difficile de donner aujourd'hui une explication naturelle et complète des faits d'insensibilité qu'on a fréquemment constatés dans des occasions analogues à la précédente ; nous sommes trop peu fixés sur les circonstances qui accompagnaient chacune des épreuves. Il nous semble cependant, comme à M. de Rochas, qu'on peut, en dehors des cas d'insensibilité hystérique cités plus haut à propos des sorcières, les rattacher à

Gueux dévot chinois, se faisant brûler des drogues sur la tête.

l'une des trois causes suivantes : diminution de la sensation de chaleur par l'évaporation à la surface de la peau ; insensibilité de la peau obtenue par des artifices préliminaires ; illusion sur l'intensité de la source de chaleur.

De tout temps les jongleurs ont su, par des artifices, se rendre relativement insensibles à l'action du feu. Témoin Zoroastre, dont nous avons déjà raconté les supercheries ; témoin ces prêtres d'Égypte qui, au dire de saint Épiphane, se frottaient le visage avec certains ingrédients et le plongeaient ensuite dans des chaudières bouillantes sans paraître ressentir la moindre douleur. Témoin encore ces gueux dévots qui, en Chine, se font brûler des drogues sur la tête jusqu'à ce qu'on leur donne la charité.

Mme de Sévigné, dans une de ses lettres, dit « qu'elle vient de voir dans sa chambre un homme qui a fait couler sur sa langue dix ou douze gouttes de cire d'Espagne allumée, et dont la langue, après cette opération, s'est trouvée aussi belle qu'auparavant. »

M. Boutigny a montré qu'un liquide volatil ou un corps humide, comme la main en sueur, est préservé du contact direct avec les corps très fortement chauffés par l'abondante vapeur qui se produit. Ses expériences permettent d'expliquer un grand nombre de faits qui, en d'autres temps, auraient semblé miraculeux. Voici les exemples cités par M. de Rochas.

« Le physicien anglais Davenport a vu, dans les chantiers maritimes de Chatham, un ouvrier plonger sa main nue dans du goudron bouillant. L'ouvrier retroussait la manche de sa chemise, enfonçait la main jusqu'au poignet dans le liquide et en retirait une certaine quantité, comme il l'eût fait avec une cuiller ; le goudron était complètement en contact avec sa peau, qu'il essuyait ensuite avec de l'étoupe. Pour s'assurer qu'il n'y avait là aucun artifice, Davenport plongea lui-même son index tout entier dans le goudron bouillant et put l'y remuer quelque temps avant que la chaleur lui parût trop incommode. »

Quand la main est calleuse ou rendue moins sensible par une préparation préalable, les expériences peuvent être plus surprenantes encore.

« Il y avait, en 1765, dans la fonderie d'Awerstadt, un ouvrier qui, moyennant un pourboire, prenait dans le creux de sa main une petite quantité de cuivre fondu, puis le lançait contre le mur après l'avoir montré aux assistants. Il frottait ensuite fortement les doigts de sa main calleuse les uns contre les autres, les plaçait un instant sous ses aisselles, pour les faire transpirer, selon son expression, les passait sur une écuelle pleine de cuivre en fusion comme pour l'écumer et finissait par remuer vivement sa main en avant et en arrière dans la masse liquide.

« Un siècle auparavant un Anglais nommé Richardson avait provoqué l'admiration de ses contemporains en faisant rôtir un morceau de viande sur sa langue. Il allumait un morceau de charbon dans sa bouche avec un soufflet, activait la combustion par un mélange de poix et de soufre, puis avalait le tout. Il empoignait un fer rouge avec la main et en tenait un autre entre ses dents. Le valet de cet homme publia, en 1667, le secret de son maître ; ce secret consistait à se frotter les mains, la bouche, les lèvres et le palais avec de l'acide sulfu-

rique de plus en plus concentré. L'acide endurcit et
insensibilise l'épiderme, qui finit par se détacher en lam-
beaux, quand on le lave avec du vin bien chaud : on
procède ensuite de la même manière à l'insensibilisation
de la peau neuve, jusqu'au point qu'on juge suffisant. »

Des bateleurs accomplissant des tours aussi surpre-
nants ont été vus partout. Leur manière d'opérer n'a
rien de commun avec celle de Mucius Scœvola, qui se
fit brûler réellement la main sur un bûcher devant le roi
Porsenna. Elle rappellerait tout au plus l'insensibilité
temporaire et relative de la salamandre, qui, d'après les
anciens, pouvait vivre dans le feu, et qui avait fourni à
François Ier son écusson et sa devise : *Nutrio et ex-
tinguo.*

Dans beaucoup de ces épreuves, la prestidigitation
joue un rôle plus important que l'insensibilité, même
relative. L'adresse consiste à faire croire aux spectateurs
que les liquides ou les solides qu'on emploie sont portés
à une température très élevée, tandis qu'au contraire ils
sont à peine chauffés.

Indiquons, par exemple, pour terminer, comment
opèrent de nos jours les mangeurs de feu de nos foires.
« Ils saisissent dans chaque main une poignée d'étoupes ;
la main gauche tient en outre, en le dissimulant, un
morceau d'amadou enflammé. Ils commencent par
prendre à la main droite, avec les dents, un peu
d'étoupe qu'ils font semblant de mâcher, qu'ils im-
bibent de salive et qu'ils disposent avec la langue dans
la bouche de façon à former une sorte de cuirasse
contre la chaleur; puis, feignant de prendre de nouvelles étoupes à la main gauche, ils introduisent dans la
bouche le morceau d'amadou enflammé sur lequel ils

placent immédiatement, en mordant dans la poignée droite, des étoupes sèches. Ils activent alors la combus tion en soufflant avec la gorge ; le courant d'air suffit pour empêcher leurs lèvres d'être brûlées. »

II

THÉORIE DU FEU

I

LE FEU PRODUIT PAR LES ACTIONS MÉCANIQUES

Cherchons maintenant ce que c'est que le feu, quelle est son essence, et comment on peut le produire.

Et d'abord il convient de donner une définition. Tous les corps, qu'ils soient solides, liquides ou gazeux, deviennent lumineux dans l'obscurité, si on les porte à une température assez élevée : on dit alors qu'ils sont *incandescents*. L'incandescence sera pour nous le caractère distinctif du feu. Le feu, c'est l'incandescence d'un corps, c'est à la fois un dégagement de chaleur et de lumière, quelle que soit la cause première de ce dégagement.

Voici un boulet de fer qu'on chauffe progressivement sur un fourneau. Il est déjà assez chaud pour qu'on ne puisse le toucher avec la main, mais, placé dans l'obscurité, il demeure invisible : il n'est pas encore lumineux. Chauffons-le davantage, il devient bientôt visible dans l'obscurité. A partir de ce moment, le boulet rayonne autour de lui chaleur et lumière : il est *en feu*, et il y restera jusqu'à ce qu'il soit assez refroidi pour n'être plus incandescent. La chaleur ne suffit donc pas pour caractériser le feu, il faut y ajouter la lumière.

Inversement nous ne considérons pas comme étant en feu les objets qui rayonnent de la lumière tout en restant à une température peu élevée. Le phosphore est lumineux dans l'obscurité; il en est de même du bois que l'humidité a fait tomber en décomposition, des poissons de mer morts et non encore putréfiés, de certaines substances minérales qui ont été préalablement exposées aux rayons du soleil. Mais la température de ces divers corps lumineux ne diffère pas sensiblement de la température ambiante : il n'y a pas là de feu. Nous ne nous occuperons donc pas de ces phénomènes, dits de phosphorescence et de fluorescence.

Les *vers luisants* de nos contrées, les *fulgores* de la Guyane, les *cucuyos* du Mexique et du Brésil, qui égayent les nuits les plus sombres de leurs mille lueurs, les *noctiluques miliaires*, ces infusoires microscopiques auxquels l'Océan doit la splendide phosphorescence qu'admirent souvent les navigateurs, ne nous retiendront pas davantage.

Remarquons surtout que le feu n'est pas nécessairement le résultat d'une combustion qui consume. Un corps peut être en feu sans être enflammé, c'est-à-dire sans brûler; tel est le cas d'un boulet de métal qu'on a chauffé au rouge; tel est aussi le cas des étoiles.

Si nous faisons abstraction du soleil, ce feu céleste sur lequel nous reviendrons à loisir, nous voyons que les réactions chimiques et les actions mécaniques sont les deux principales sources de feu que nous ayons à notre disposition. La première est importante par ses applications, la seconde par les conséquences théoriques auxquelles elle nous conduira dans diverses parties de notre travail.

Un morceau de bois brûle : il produit du feu par suite d'une action chimique. Deux cailloux sont vigoureusement frappés l'un contre l'autre, une étincelle apparaît : voilà du feu qui résulte d'une action mécanique.

De nos jours les peuples civilisés se servent tous du même procédé pour allumer le feu : ils emploient l'humble allumette phosphorique, l'une des plus modestes, et l'une des plus utiles découvertes du dix-neuvième siècle. Dans l'inflammation de l'allumette, les deux sources de feu sont successivement mises en œuvre : le frottement a développé assez de chaleur pour amener le phosphore jusqu'à sa température d'inflammation, la combustion a fait le reste.

N'est-ce pas par le frottement, c'est-à-dire par une action mécanique, que les peuples primitifs produisaient toujours la première étincelle qui devait embraser leur foyer ? Il y a bien peu d'années, le briquet était employé partout comme le procédé le plus facile pour allumer le feu. Là, le choc du caillou contre le morceau d'acier trempé détachait une parcelle métallique qui, fortement échauffée par l'action mécanique, s'enflammait et brûlait dans l'air sous forme d'étincelle.

M. Martial Deherrypon nous raconte d'une façon

pittoresque, dans *les Merveilles de la chimie*, la série des opérations auxquelles on se livrait ordinairement pour obtenir du feu avec le briquet.

« Sur la tablette de la cheminée de notre cuisine, on remarquait, il nous semble la voir encore, une boîte ronde en fer-blanc, bosselée, mal entretenue, pas très propre ; et c'est précisément cette dernière particularité qui la faisait remarquer, car son « négligé » jurait au milieu des splendeurs de propreté d'une cuisine flamande. Cette boîte était munie d'un couvercle à frottement qui la fermait hermétiquement, et lorsqu'on avait soulevé ledit couvercle, on avait sous les yeux deux objets significatifs : une pierre à fusil et un briquet ; mais où donc était l'amadou ?

« En y mettant un peu plus d'attention, on s'apercevait bientôt que le fond visible de la boîte était un disque, également en ferb-lanc, qui était mobile et recouvrait les chiffons brûlés auxquels il servait d'étouffoir. Le briquet était donc complet ; mais la question était de savoir en tirer du feu. Pour cela, il fallait d'abord prendre une chaise et s'asseoir.

« On fixait ensuite solidement la boîte entre les deux genoux, comme on fait d'un moulin à café ; on serrait fortement entre le pouce et l'index replié de la main gauche, la pierre à fusil, dont on ne laissait, pour plus de solidité, dépasser que strictement le nécessaire ; et enfin, de la main droite, on saisissait le briquet. Les préparatifs étant alors terminés, on consacrait quelques secondes à examiner si toutes choses étaient en règle, et à prendre, sur la chaise, une solide assiette. L'instant critique était arrivé.

« On introduisait la pierre à fusil et conséquemment

une bonne partie de la main gauche dans la boîte, afin
de rapprocher, autant que possible, la pierre et les
cendres de chiffon ; et l'on frappait un premier coup
de briquet dont on n'espérait pas grand'chose ; il n'avait
pour objet que de prendre la mesure des coups ulté-
rieurs. Puis un second coup, sérieux, celui-là, un troisième.... rien !... un quatrième.... aïe ! (on a frappé
sur son pouce)..., un cinquième...; un sixième.... ah !
une étincelle !... un septième.... autre étincelle qui
semble vouloir se fixer sur les chiffons, mais qui
s'éteint !... un huitième.... un dixième.... un quinzième.... Enfin ! une bienheureuse étincelle s'est ac-
crochée aux chiffons ; on aperçoit, à leur surface, un
tout petit point en ignition ! Vite on lâchait pierre et
briquet, et, le nez dans la boîte, on soufflait, on soufflait jusqu'à ce que le soufre d'une allumette de chanvre
pût être enflammé. Ouf! la chandelle était allumée.

« Cette opération, pénible en plein jour, devenait in-
terminable dans l'obscurité ! Nous nous souvenons que
pendant l'hiver, Mitje, notre vieille servante, devait
quitter son lit une demi-heure plus tôt que d'habitude,
en raison du temps supplémentaire qui lui était indispensable pour allumer, dans les ténèbres, le feu nécessaire à la confection du café. De notre lit, nous enten-
dions la pauvre vieille chercher, à tâtons, cette maudite
boîte d'abord, et sa chaise ensuite ; puis se démener
comme un diable avec la pierre et le briquet. Il arrivait
parfois que la pierre ou le briquet lui échappât des
mains ; il fallait entendre, alors, l'avalanche d'impré-
cations flamandes que Mitje adressait à la boîte, au
briquet, au café, à la terre entière, pendant que, ram-
pant à quatre pattes, elle fouillait les ténèbres pour y

retrouver l'inconscient auteur de toutes ces fureurs. Concevons qu'il y avait lieu d'envier le sort du sauvage avec ses deux morceaux de bois. »

A la chimie nous devons la cessation de ce petit martyre de tous les jours.

Mais revenons au feu produit par les actions mécaniques. Chacun sait que tout frottement, toute compression, tout choc, tout arrêt de mouvement donne naissance à la chaleur.

La théorie mécanique de la chaleur nous indique que la quantité de chaleur obtenue est justement proportionnelle à la quantité de travail dépensé dans le frottement, dans la compression, dans le choc, dans l'arrêt de mouvement. Il y a, entre la chaleur dégagée et le travail employé, une équivalence constante, grâce à laquelle on peut calculer, dans chaque cas, l'élévation de température qu'on doit observer.

Cette équivalence nous montre que la chaleur produite provient justement d'une transformation du travail dépensé. Rien n'a disparu lorsqu'un projectile est venu s'arrêter brusquement contre une cible résistante ; la quantité de mouvement qu'il possédait n'a pas été anéantie, elle s'est transformée en chaleur.

Souvent l'élévation de température résultant des actions mécaniques va jusqu'à l'incandescence qui caractérise le feu.

Rumford a porté à l'ébullition dix litres d'eau, au moyen de la chaleur dégagée par le frottement d'un gros pilon contre un mortier de fer. « Il serait difficile, dit-il, de décrire la surprise et l'étonnement exprimés par le visage des assistants à la vue d'une si grande quantité d'eau chauffée et rendue bouillante sans le moindre feu. Quoique, dans ce résultat, il n'y eût rien de bien extraordinaire, je reconnais franchement qu'elle me causa un plaisir enfantin tellement grand, que j'aurais dû certainement le cacher et non le laisser paraître, si j'avais ambitionné la réputation d'un grave philosophe. »

Le petit appareil si simple que représente notre vi-

Développement de la chaleur par frottement.

gnette permet de répéter en petit, et d'une façon très originale, l'expérience de Rumford.

Le frottement de l'essieu sur les coussinets détermine quelquefois l'inflammation des roues des voitures, lorsqu'elles sont mal graissées. L'affreux incendie d'un train du chemin de fer de Versailles, le 8 mai 1842, incendie dans lequel périrent l'amiral Dumont d'Urville et sa famille, fut dû à cette cause.

« Chacun des employés de chemin de fer, dit Tyn-

dall, que vous voyez s'avancer avec un pot de graisse
jaune, et ouvrir les petites boîtes qui entourent les es-
sieux des wagons, démontre expérimentalement, sans
s'en douter, le principe qui constitue le lien d'union
des phénomènes de la nature. Il affirme, à son insu,
et la convertibilité et l'indestructibilité de la force. Il
démontre pratiquement que l'énergie mécanique peut
être convertie en chaleur, et que, lorsqu'elle est ainsi
convertie, elle n'existe plus comme puissance mécanique; car, pour chaque degré de chaleur développée,
un équivalent rigoureusememcnt proportionnel de la
force locomotive de la machine disparaît. On approche
d'une station à raison de quarante à cinquante kilomètres à l'heure. On serre le frein; de la fumée et des
étincelles s'échappent de la roue sur laquelle il agit. Le
train est arrêté; comment? Simplement par la conver-
sion en chaleur de toute la force motrice qu'il possédait au moment où le frein a été serré. »

Avons-nous besoin de rappeler une fois de plus la
méthode de frottement usitée chez les sauvages pour
allumer le feu?

Mais voici quelque chose de moins connu. Un boulet,
en traversant l'air, est échauffé par le frottement contre
l'atmosphère, et aussi par la compression de l'air qu'il
chasse devant lui. Il en est de même des aérolithes,
des étoiles filantes. Ces météores sont sans doute de
petits corps planétaires, tournant autour du Soleil,
comme le font les planètes, avec une vitesse qui varie de
30 à 60 kilomètres par seconde; ils sont enlevés à leurs
orbites par l'attraction de la Terre et rendus incandescents par le frottement contre notre atmosphère.
M. Joule et M. Regnault ont démontré, en effet, que la

friction et la compression de l'air suffisaient à produire cette température élevée; peut-être même M. Joule ne se trompe-t-il pas en affirmant que le plus grand nombre des aérolithes sont dissipés par la chaleur et que la Terre échappe ainsi à un terrible bombardement.

La compression brusque des gaz dégage de même assez de chaleur pour les rendre parfois incandescents. Le briquet à air permet d'enflammer une matière combustible, comme l'amadou, par la compression rapide d'une petite masse gazeuse.

Le choc de deux corps solides l'un contre l'autre produit un effet analogue. Un forgeron habile arrive à porter jusqu'à l'incandescence une lame de fer, préalablement froide, en la martelant avec vigueur. Le travail effectué par le bras s'est transformé en chaleur; et l'incandescence se produirait bien plus rapidement, si toute la chaleur qui se répand dans les masses considérables de l'enclume et du marteau restait concentrée dans la lame de fer qu'on soumet à l'opération.

De même les obus massifs que lancent, contre les navires cuirassés, les canons monstres de la marine, sont portés à l'incandescence au moment de l'arrêt de leur mouvement. Et, sans aller si loin, ne voyons-nous pas la balle de plomb, sortie d'une simple carabine, présenter des traces apparentes de fusion après son choc contre la cible?

Remarquons surtout que, dans tous ces exemples, l'origine de la chaleur se trouve dans la consommation du travail. Le choc, le frottement, la compression ne sont que des moyens employés pour obtenir la consommation du travail et sa transformation en chaleur. Mais si la consommation du travail s'était effectuée par tout autre procédé, sans frottement et sans choc, la même quantité de chaleur aurait pris naissance.

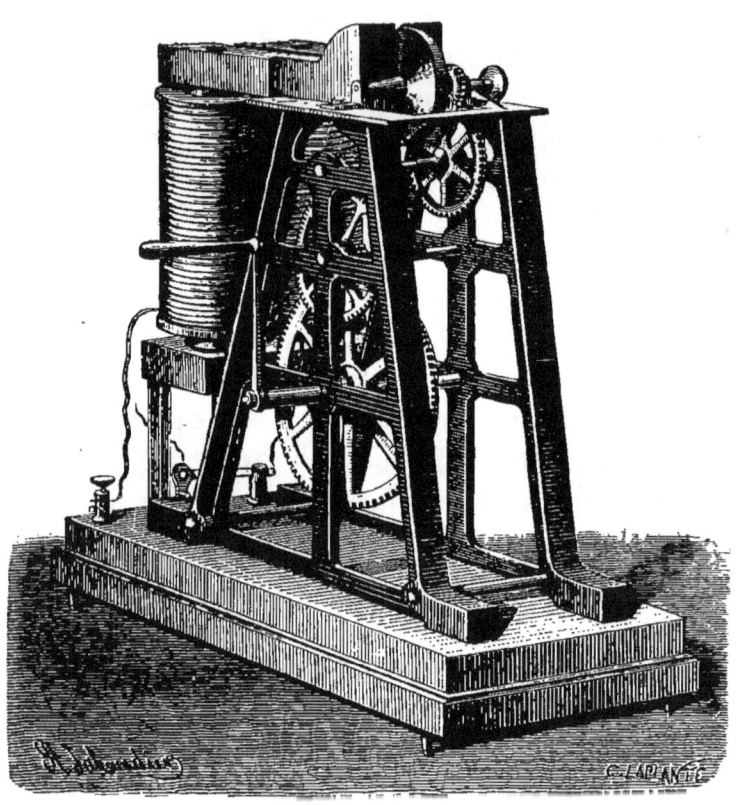

Électro-aimant de Foucault.

C'est ce que montre une bien remarquable expérience due à Foucault. Entre les deux pôles d'un électro-aimant très puissant, on fait tourner un disque de cuivre, au moyen d'une manivelle. Tant que le courant électrique n'est pas lancé dans l'électro-aimant, c'est-à-dire tant que ses pôles restent à l'état neutre, la rotation du disque s'effectue très aisément, et avec une grande rapidité.

Mais aussitôt que passe le courant, les pôles de l'électro-aimant agissent par influence sur le disque, et y font naître des courants d'induction qui tendent, par leur réaction sur les pôles, à arrêter le mouvement. L'opérateur sent en effet une grande résistance dans la manœuvre de la manivelle et est obligé, pour conserver la vitesse primitive de rotation, de faire des efforts qui l'étonnent, de dépenser une quantité de travail considérable.

Ce travail, que devient-il? Il ne se traduit par aucune accélération dans le mouvement et se transforme en chaleur. L'on peut constater, en effet, que le disque devient brûlant; ici la transformation du travail en chaleur s'est accomplie, par l'intermédiaire de l'électricité, sans choc, ni compression, ni frottement.

« Il a été prophétisé par l'apôtre saint Pierre, a dit M. Tyndall, que les éléments seront dissous par le feu. Le seul mouvement de la Terre comprend tout ce qui est nécessaire et suffisant à l'accomplissement de cette prophétie. » Il est en effet facile, connaissant le poids de la Terre, comme nous le connaissons, et la vitesse avec laquelle elle se meut dans l'espace, de trouver par un simple calcul la quantité exacte de chaleur qui naîtrait si la Terre était arrêtée brusquement dans son orbite. Mayer et Helmholtz ont fait ce calcul, et ils ont trouvé que la chaleur engendrée par ce choc colossal suffirait non seulement pour fondre la Terre entière, mais pour la réduire, en grande partie, en vapeur. Ainsi, le seul arrêt brusque du mouvement de la Terre amènerait les éléments à l'état de fusion par une chaleur ardente, et si, après être restée un moment immobile, la Terre, comme il arriverait nécessairement, allait tomber sur le Soleil, la quantité de chaleur engendrée par ce nouveau choc serait égale à celle développée par la combustion de 5600 globes de charbon solide, égaux en volume à la Terre ».

Dans le même ordre de transformations rentre le feu développé par l'électricité. Le courant électrique, en traversant un fil métallique assez fin, éprouve une certaine résistance qui diminue son intensité. Il semble qu'une même pile produit moins d'électricité quand on réunit ses pôles par un fil fin que lorsqu'on les réunit par un fil de grand diamètre. Il n'en est rien; mais une partie de l'électricité est, dans le second cas, transformée en chaleur : le fil fin s'échauffe, il devient incandescent, souvent même il fond.

Les lampes électriques à incandescence, et aussi celles à arc électrique, sont donc basées sur la transformation de l'électricité en chaleur, de même que les piles thermiques sont basées sur la transformation inverse de la chaleur en électricité.

Les appareils électriques actuellement employés pour l'éclairage nous offrent le cycle complet de ces transformations successives. La machine à vapeur qui met en mouvement la machine magnéto-électrique, transforme d'abord en force motrice la chaleur de combustion de la houille, puis cette force motrice en électricité. Dans la lampe électrique qui reçoit le courant, l'électricité se transforme en une quantité de chaleur suffisante pour produire l'incandescence. Si toutes ces transformations se faisaient sans perte aucune, ce qui est extrêmement loin d'être réalisé dans la pratique, on retrouverait dans la lampe toute la chaleur produite dans le foyer de la machine à vapeur, par la combustion de la houille.

La lueur de l'étincelle électrique de nos laboratoires, celle plus grandiose de la foudre, sont dues à une transformation analogue à celle-là.

II

LE FEU PRODUIT PAR LES ACTIONS CHIMIQUES

Lorsque deux corps sont mis en présence l'un de l'autre, dans des circonstances convenables, ils se *combinent* fréquemment pour donner naissance à un produit nouveau qui les renferme tous les deux. La combinaison s'effectue toujours avec dégagement de chaleur, et souvent même elle est accompagnée d'une vive incandescence. Dans ce cas, il y a *combustion*.

Les combustions sont utilisées, sous bien des formes, comme sources de chaleur et de lumière, c'est-à-dire comme source de feu, et elles représentent pour l'homme le moyen le plus général de suppléer à l'insuffisance de la chaleur et à la lumière du soleil.

Dans les laboratoires, on obtient des combustions par la combinaison de corps très divers ; dans l'industrie et les habitations l'un des éléments est toujours l'oxygène de l'air, l'autre étant une substance combustible d'origine animale comme le suif, ou d'origine végétale comme le bois, la houille, le lignite. La végétation contemporaine et les résidus des végétations préhistoriques accumulés en couches puissantes de houille et de lignite, les pétroles et les huiles minérales sont pour nous des sources presque inépuisables de chaleur et de lumière disponibles, grâce à l'oxygène de l'air.

Le charbon brûle dans l'air quand on l'enflamme, le cuivre, préalablement chauffé, brûle dans le chlore, dans la vapeur d'iode, dans la vapeur de soufre, l'antimoine pulvérisé s'enflamme de lui-même quand on le jette dans une atmosphère de chlore, la chaux vive, d'abord portée au rouge, brûle dans l'acide carbonique, le potassium y brûle aussi.... Ce sont là autant de combustions, autant de manières de produire du feu. Dans chaque cas le dégagement de chaleur et de lumière est dû à une action chimique, de laquelle résulte une formation d'acide carbonique, de chlorure de cuivre, d'iodure de cuivre, de sulfure de cuivre, de chlorure d'anti-

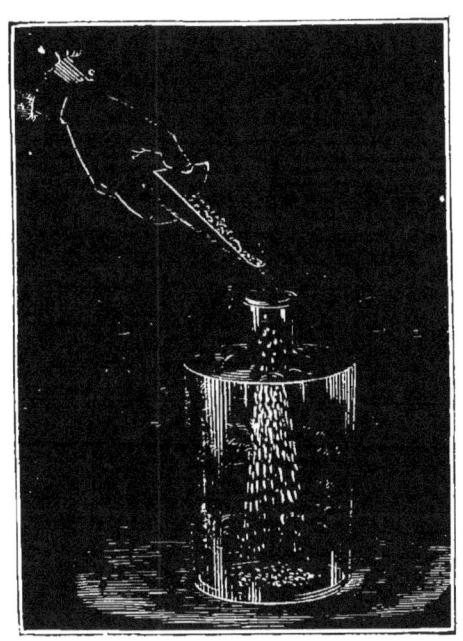

Combustion instantanée de l'antimoine dans le chlore.

moine, de carbonate de chaux, de carbonate de potasse. Il nous serait aisé de multiplier à l'infini les exemples de combustions qui sont accompagnées d'incandescence.

Remarquons, tout d'abord, que, dans les exemples cités plus haut, on produit la combustion d'un corps solide au sein d'une atmosphère gazeuse, de même que, dans l'ordinaire de la vie, on fait brûler le charbon, le bois, la bougie... dans l'air. De là l'habitude prise de dire que le charbon brûle dans l'air, le cuivre dans le chlore, le potassium dans l'acide carbonique...; de là la distinction des deux éléments en présence en élément *combustible*, ou susceptible de brûler, et élément *comburant*, c'est-à-dire qui fait brûler. Montrons que cette distinction est absolument relative et artificielle.

Elle est relative. Et en effet nous voyons le soufre jouer le rôle de comburant par rapport au cuivre, puisque le cuivre brûle dans la vapeur de soufre, et le rôle de combustible par rapport à l'oxygène, puisque le soufre brûle dans l'air. Un même élément peut donc être comburant par rapport à certains corps, et combustible par rapport à d'autres.

Mais il y a plus : la distinction est artificielle. Elle ne dépend même pas des corps en présence, mais seulement de la manière dont on opère. Le gaz d'éclairage, par exemple, est bien le type par excellence de ce qu'on nomme d'habitude un corps combustible. Et bien, il est aisé de renverser la combustion, de faire brûler l'oxygène dans une atmosphère de gaz d'éclairage de telle sorte que le premier gaz soit devenu le combustible, et le second le comburant.

Notre gravure montre une des dispositions que l'on peut employer pour exécuter cette expérience curieuse. Dans une allonge de verre, fermée à son extrémité inférieure par un bouchon muni d'un tube droit, on fait arriver du gaz d'éclairage. Ce gaz entre par la tubulure latérale, et sort par l'ouverture supérieure : là on l'enflamme. Si alors on fait arriver un courant d'oxygène par le tube inférieur, ce courant s'allume à la flamme

qui est au-dessus de lui, et on a, dans l'allonge, au-
dessous de la flamme de gaz d'éclairage brûlant dans

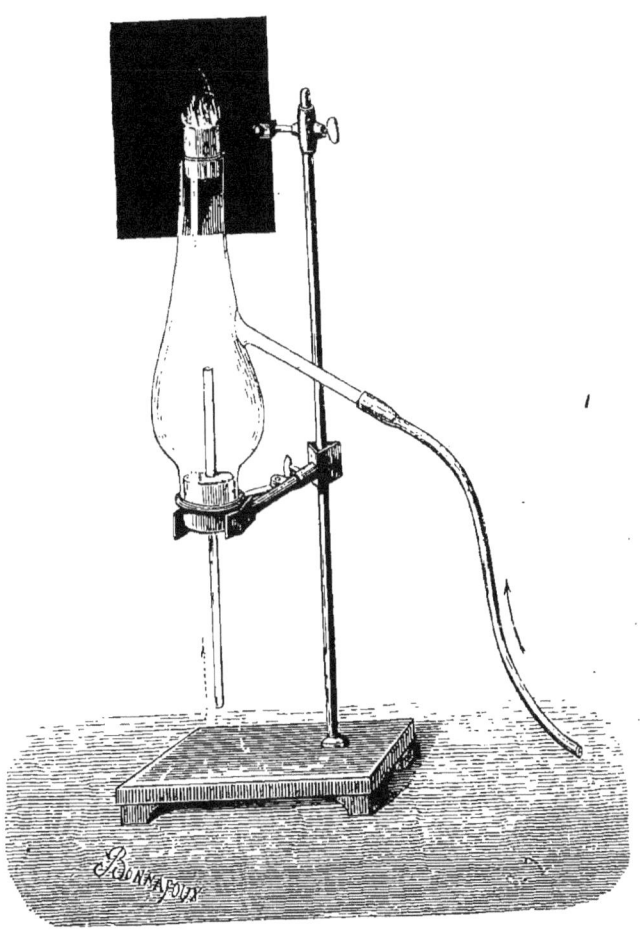

Appareil à renversement de la flamme.

l'air, une flamme d'oxygène, qui n'est pas représentée dans la vignette, brûlant dans le gaz d'éclairage.

Ainsi donc, pour que se produise une combinaison

chimique, deux éléments au moins doivent être en présence, susceptibles de réagir l'un sur l'autre ; mais nous ne pouvons assigner tel ou tel rôle à chacun des deux corps, qui interviennent au même titre dans la réaction.

Il n'en est pas moins vrai que, au point de vue pratique, la distinction des deux facteurs de la combustion en combustible et comburant est très commode, et répond à des conditions expérimentales parfaitement déterminées : le comburant, c'est le corps que l'on enflamme, celui qui devient incandescent, qui rayonne le *feu* ; le combustible, c'est l'atmosphère dans laquelle se produit la combustion. Nous n'avons, du reste, à considérer ici que les combustions dans l'air ou dans l'oxygène.

Tout corps capable de se combiner directement à l'oxygène de l'air, en produisant assez de chaleur pour qu'il y ait incandescence, est dit *combustible*. Tels sont, parmi les corps simples, l'hydrogène, le soufre, le phosphore, le charbon, et la plupart des métaux, potassium, sodium, magnésium, fer, zinc, et, parmi les corps composés, tous ceux qui résultent de l'union de deux corps combustibles, ainsi qu'un grand nombre d'autres.

Combustion du phosphore dans l'air.

La combustion de l'hydrogène, c'est-à-dire sa combinaison rapide avec l'oxygène de l'air, donne naissance
à de l'eau; le soufre, en brûlant, produit l'acide sulfureux, reconnaissable à son odeur caractéristique; le
phosphore donne des fumées blanches d'acide phospho-

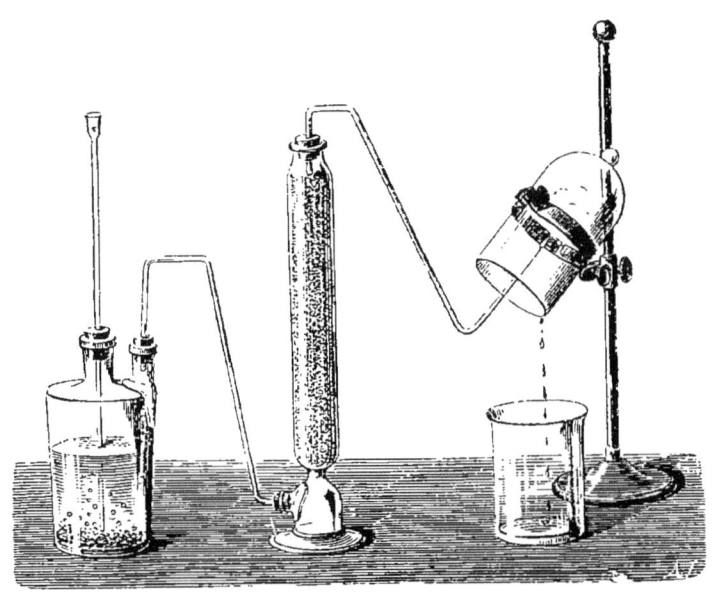

La combustion de l'hydrogène produit de l'eau.

rique, et le charbon le gaz acide carbonique, incolore
et inodore.

Dans la combustion des métaux il se forme des
oxydes qui se répandent souvent dans l'air en flocons
blancs, ou qui fondent et s'écoulent au fur et à mesure
de leur production. Qui ne connaît l'éclat incomparable
de la flamme du magnésium? Ce métal, réduit en un
mince ruban, brûle aussi facilement que du papier. La
combustion du zinc n'est pas aussi facile à obtenir.
Qu'on mette, cependant, des rognures de zinc dans

un creuset de terre, qu'on chauffe au rouge vif, dans un foyer quelconque, qu'on coule ensuite ce zinc fondu, en un mince filet, dans une cuvette pleine d'eau, et on verra un ruisseau de feu tomber du creuset dans la cuvette; en même temps l'oxyde de zinc formé se répandra dans l'atmosphère en gros flocons neigeux. L'expérience est plus brillante encore quand on prend un tube de zinc laminé extrêmement mince, qu'on le

Combustion du fer dans l'oxygène.

remplit de rognures de zinc également laminé, qu'on y fait passer un courant d'oxygène, et qu'on l'allume à son extrémité.

La combustion du fer n'est pas non plus sans éclat. Avez-vous remarqué les étincelles brillantes qui jaillissent en gerbes étincelantes sous le marteau du forgeron frappant le fer rouge? Ce sont autant de parcelles de fer en combustion. Vous n'avez qu'à vous baisser pour ramasser, autour de l'enclume, l'oxyde des battitures, produit par la combustion. La combustion du fer dans l'oxygène peut se continuer d'elle-même quand elle est commencée, jusqu'à consommation complète du métal; dans l'air, au contraire, elle n'est pas assez active pour maintenir la masse à une température suffisamment élevée, et elle s'arrête bientôt.

Le convertisseur Bessemer, employé industriellement à la fabrication de l'acier, permet d'obtenir la combustion continue du fer avec l'air atmosphérique, et de

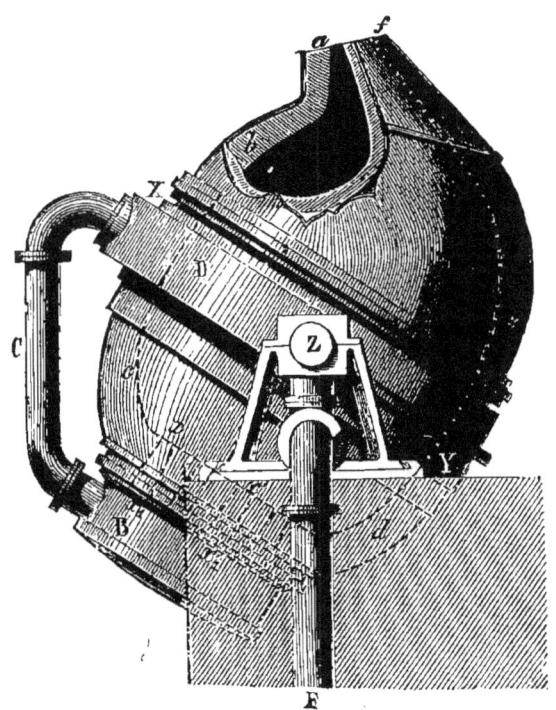

Convertisseur Bessemer.

réaliser une des plus belles expériences qu'il soit possible de voir.

L'appareil se compose d'une sorte de cornue en tôle de fer garnie intérieurement d'une couche très épaisse d'un lut réfractaire. Le fond de la cornue est occupé par une sorte de bouchon percé de canaux étroits qui amènent le vent d'une bonne soufflerie sous une pression de deux atmosphères. Cet appareil est mobile au-

tour d'un axe passant par son centre de gravité. Pour
opérer on commence par remplir la cornue de charbon
allumé. Quand elle est chauffée au rouge blanc, on enlève
le charbon, on y verse de la fonte liquide et on fait
arriver l'air. Le gaz qui traverse ainsi le liquide y pro-
voque des bouillonnements formidables, et détermine
l'oxydation extrêmement rapide du charbon en disso-

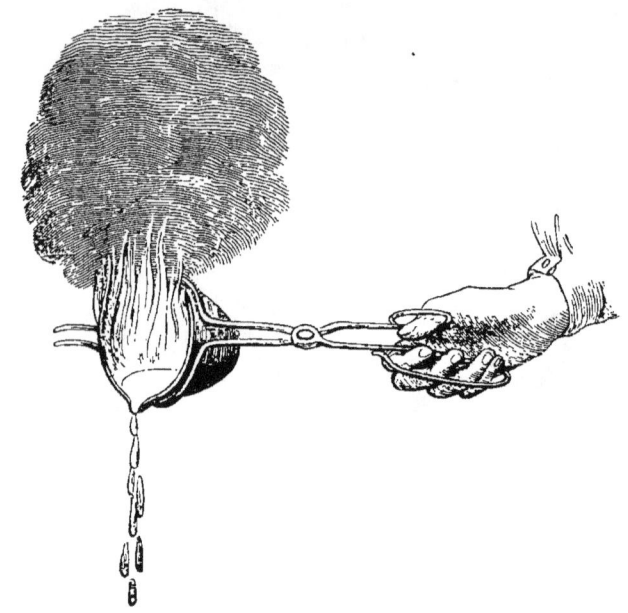

Combustion du zinc dans l'air.

lution dans la fonte. La flamme rugit, un splendide feu
d'artifice d'étincelles s'élance bruyamment hors de la
cornue.

Bientôt la flamme, qui était d'abord d'un jaune bla-
fard, est devenue blanche; à ce moment la décarbura-
tion est terminée, la fonte est convertie en fer, et en fer
fondu. Tandis que le feu de forge le plus violent est

impuissant à fondre le fer pur, la fusion a été obtenue ici sans autre combustible que la petite quantité de charbon contenue dans la fonte primitive.

Mais maintenant il n'y a plus de charbon. Si l'on continue à donner du vent, les rugissements se prolongent, la gerbe resplendissante ne cesse pas d'illuminer l'usine ; c'est le fer lui-même qui brûle, produisant assez de chaleur pour maintenir la masse entière à l'état de fusion.

Au moyen du chalumeau Deville, dont nous parlerons plus loin, on peut produire la combustion du fer dans les laboratoires d'une manière plus simple et presque aussi brillante.

Les corps composés combustibles sont beaucoup plus nombreux que les corps simples. Et d'abord, sont forcément combustibles tous ceux qui résultent de l'union de deux corps combustibles eux-mêmes. Ainsi sont l'acide sulfhydrique, l'hydrogène phosphoré, les milliers de carbures d'hydrogène, les sulfures et les phosphures métalliques. Dans ces cas, chacun des corps simples constituant le combustible brûle comme s'il était seul.

D'autres composés, enfin, dont un seul des éléments est combustible, le sont eux-mêmes. Tels sont le gaz oxyde de carbone, le cyanogène, qui renferme de l'azote et du charbon, l'ammoniaque, combinaison d'azote et d'hydrogène, combustible seulement dans l'oxygène.

Dans tous les cas que nous venons de passer en revue, la combustion est dite externe, parce qu'elle a lieu entre le corps combustible et l'atmosphère extérieure qui l'entoure. Mais la combinaison peut aussi se produire

7

lorsqu'on a préalablement effectué le mélange du comburant et du combustible.

Faisons par exemple un mélange d'air et d'hydrogène et mettons-y le feu. L'inflammation se propagera avec une extrême rapidité dans toute la masse, et on entendra une forte détonation, résultant de la dilatation subite des gaz fortement échauffés. Le vase volera en éclats s'il n'est assez résistant.

La détonation sera plus forte encore si l'air est remplacé par de l'oxygène et si les proportions des gaz mélangés sont justement celles qui entrent dans la composition de l'eau, c'est-à-dire si le volume de l'hydrogène est exactement double du volume de l'oxygène.

Des bulles de savon, gonflées avec ce mélange, détonent violemment au contact d'une allumette enflammée.

Tous les gaz combustibles, acide sulfhydrique, ammoniaque, oxyde de carbone, carbures gazeux d'hydrogène, vapeurs de sulfure de carbone, d'alcool, d'éther forment avec l'air ou l'oxygène des mélanges détonants analogues à celui que nous avons pris pour exemple.

Chaque année l'explosion du mélange d'air et de protocarbure d'hydrogène cause dans les mines la mort de nombreux ouvriers. Le terrible grisou se dégage spontanément du sol et se répand dans l'air; la moindre flamme allume l'incendie, une explosion formidable se fait entendre, et des dizaines, quelquefois des centaines de travailleurs sont brûlés, lancés au loin, ensevelis sous les décombres des galeries qui s'effondrent.

Non moins terrible est l'explosion qui résulte du mélange du gaz d'éclairage avec l'air. Elle est heureusement beaucoup moins fréquente. Que d'incendies, et surtout d'incendies de théâtres, sont dus cependant à des fuites de gaz !

La combustion des mélanges détonants est dite combustion interne.

Il nous reste à examiner une autre catégorie de combustions internes, plus curieuses encore et riches en applications diverses.

Dans un flacon rempli d'acide carbonique, introduisons un morceau de soufre enflammé. Il s'éteint immédiatement. L'atmosphère du flacon renferme pourtant de l'oxygène, mais de l'oxygène combiné à du charbon, en un mot de l'acide carbonique. Le soufre est incapable d'enlever l'oxygène au charbon, pour s'y combiner ; voilà pourquoi il s'éteint.

Mais prenons un corps plus combustible que le soufre, ayant pour l'oxygène une plus grande affinité, c'est-à-dire susceptible de produire, en se combinant à l'oxygène, plus de chaleur que n'en produit le soufre : prenons un fragment de potassium. Après l'avoir enflammé dans l'air, introduisons-le dans l'acide carbonique. Il continuera d'y brûler ; le potassium décomposera l'acide carbonique, s'emparera de son oxygène pour former de la potasse et réduire l'acide à l'état d'oxyde de carbone, qui renferme deux fois moins d'oxygène. On conclut de là que le potassium a pour l'oxygène une affinité plus grande que celle du charbon, puisque, dans la lutte entre les deux éléments, une partie de l'oxygène s'est portée du côté du potassium.

C'est là un fait général. Beaucoup de corps composés,

riches en oxygène, entretiennent la combustion des éléments très combustibles.

L'acide azotique, l'acide chlorique, les azotates, les chlorates, pour ne citer que les exemples les plus importants, cèdent aisément leur abondante provision d'oxygène aux corps combustibles et en déterminent la combustion.

Dans une soucoupe remplie d'acide azotique projetons un charbon incandescent. La combustion continuera, s'activera même à la surface du liquide; le charbon décomposera l'acide azotique et s'emparera de son oxygène. L'air n'interviendra plus dans le phénomène, le feu sera produit par la réaction du charbon sur l'acide azotique.

La poudre à canon, les mélanges si divers usités en pyrotechnie brûlent, détonent, produisent du feu en vase clos, parce qu'ils renferment justement tous les éléments nécessaires à la combustion. On y trouve en effet des azotates, des chlorates, riches en oxygène, qui remplacent l'air, et du soufre, du charbon, des sulfures, des métaux, des matières organiques, tous corps combustibles. Le mélange intime des éléments permet à la combustion d'être très rapide; le volume considérable des gaz qui se forment subitement donne au mélange sa force explosive.

Mais nous ne pouvons nous appesantir sur ces questions, non plus que sur la suivante, dont nous voulons seulement indiquer le principe.

La ouate est par elle-même combustible, mais elle ne brûle que lentement, et seulement au contact de l'air. Plongeons la dans un mélange d'acide azotique et d'acide sulfurique concentrés, laissons-la séjourner pendant

quelques instants dans ce bain liquide, retirons-la, la-
vons-la à grande eau, puis faisons-la sécher. Elle aura
conservé son aspect primitif, mais elle aura pris la
propriété de brûler avec une extrême rapidité, même
en vase clos, en donnant naissance à un volume gazeux considérable, capable de produire des effets de
destruction véritablement étonnants. En un mot, la
ouate aura été transformée en une substance explosive
terrible.

Comment cela s'est-il fait? Les éléments de l'acide
azotique se sont unis à ceux du coton pour former un
corps nouveau, le fulmicoton, dont les propriétés pro-
cèdent à la fois de celles des deux constituants. Le fulmi-
coton renferme de l'oxygène en abondance, qui lui vient
de l'acide azotique, du charbon, de l'hydrogène, qui
lui viennent du coton. Il a donc tout ce qu'il faut pour
produire, par sa décomposition, de l'acide carbonique,
de la vapeur d'eau, et, de plus, de l'azote, substances
gazeuses dont le volume est plusieurs milliers de fois
supérieur au sien.

Le fait remarquable, c'est que le fulmi-coton éprouve
justement cette décomposition, cette combustion interne, sous l'influence d'une simple étincelle, et avec
une prodigieuse rapidité. De là sa puissance explosive.

La nitroglycérine, l'élément actif de la dynamite, est
un composé du même genre. Elle résulte de l'action
d'un mélange d'acide azotique et d'acide sulfurique concentrés sur la glycérine extraite des corps gras.

Faisons un pas de plus dans l'examen des phénomènes de combustion, desquels résulte le feu.

Le charbon de bois brille d'un vif éclat quand il

brûle dans l'air, et surtout dans l'oxygène. Cependant aucune flamme n'accompagne le phénomène : le charbon en combustion devient incandescent à la manière d'une masse métallique rougie au feu. La combustion du fer présente les mêmes caractères.

Le soufre, le phosphore, le magnésium, le zinc,

Expérience de Faraday.

brûlent, au contraire, avec une *flamme* plus ou moins grande, plus ou moins éclatante.

Or, le charbon, le fer sont des solides non volatils, tandis que le soufre, le phosphore, le magnésium, le zinc sont, au contraire, tous volatils. Nous en pouvons conclure que la flamme est due à la vapeur de soufre, de phosphore, de magnésium ou de zinc, portée à l'incandescence par la chaleur de combustion.

Les liquides volatils, comme le pétrole et l'alcool, les gaz, comme l'hydrogène et le gaz d'éclairage, brûlent avec flamme. Ces nouveaux exemples, joints aux premiers, permettent d'affirmer que la flamme est toujours un gaz ou une vapeur portée à l'incandescence par la combustion.

Il est bien des solides et des liquides non volatils,

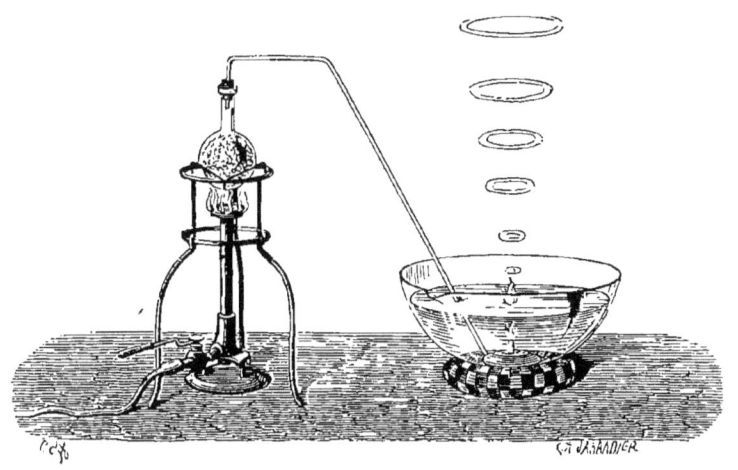

Inflammation spontanée de l'hydrogène phosphoré.

tels que le suif et l'huile à quinquet, qui brûlent avec flamme; mais il est facile de montrer que ces corps sont décomposables par la chaleur. Ce sont les gaz résultant de cette décomposition qui brûlent autour de la mèche et produisent la flamme. Une expérience fort simple, due à Faraday, permet en effet de démontrer la présence de gaz combustibles dans le noyau obscur de la flamme d'une bougie.

Le bout d'un tube de verre recourbé est plongé dans

la flamme. Diverses substances, qui sont volatilisées, s'élèvent dans le tube, se refroidissent dans la branche descendante et tombent dans un ballon voisin, sous forme d'un courant de fumées très denses, blanches et *inflammables*, si l'orifice du tube est à quelques millimètres de la mèche.

Nous reviendrons plus longuement, par la suite, sur la constitution des flammes, sur leur température et sur leur éclat.

Il ne nous reste plus, pour en avoir fini avec ces notions théoriques sur la production du feu, qu'à indiquer quelles sont les conditions déterminantes de la combustion.

Certains corps se combinent avec l'oxygène dès qu'on les met en présence de ce gaz. C'est ainsi que l'hydrogène phosphoré, combinaison de phosphore et d'hydrogène, s'enflamme spontanément dès qu'il est au contact de l'air ; il produit, par sa combustion, de la vapeur d'eau et des fumées blanches d'acide phosphorique qui s'élèvent sous forme de couronnes.

Le phosphore, le potassium réagissent aussi sur l'oxygène à la température ordinaire ; mais ici la combustion reste lente, et il n'y a pas production de lumière, pas de feu.

Ce ne sont là que des cas exceptionnels. Le plus souvent l'oxygène n'a aucune action sur les corps combustibles, si l'on ne fait intervenir des circonstances particulières qui déterminent la combinaison. Ainsi, le mélange d'oxygène et d'hydrogène se conserve indéfiniment sans former de l'eau, si on ne l'enflamme pas ; de même, le charbon, le soufre, le fer, le cuivre restent inaltérés dans l'oxygène pur et sec à la température ordinaire.

Il nous faut donc examiner ces causes déterminantes sans le secours desquelles la plupart des combustions ne peuvent se produire.

Il suffit généralement *d'enflammer* le combustible plongé dans l'air pour que la combustion commence et se continue. Il ne faut pas confondre la chaleur qu'on apporte ainsi du dehors avec la chaleur produite dans la combustion : la première est simplement la cause provocatrice de la réaction, la seconde est le résultat même de la combinaison.

Dès que, à la suite de l'inflammation, la combustion a commencé en un point, elle se continue d'elle-même, parce que la chaleur qu'elle produit suffit pour mettre les parties voisines dans les conditions convenables. Une étincelle très petite, agissant comme cause déterminante, produit l'explosion de tout un mélange détonant ou la combustion complète d'une masse énorme de phosphore.

La combinaison, une fois commencée, se continuera d'autant plus vite que la chaleur dégagée sera plus considérable et qu'elle échauffera davantage les parties voisines. Le phosphore, par exemple, commence sa combustion lente dans l'air à la température ordinaire ; il se forme de *l'acide phosphoreux* avec dégagement lent de chaleur. Si le phosphore est abandonné à l'air, la chaleur se perdra par rayonnement dans l'atmosphère, la température ne s'élèvera presque pas et la combustion demeurera lente ; mais si on entoure le corps avec un peu d'ouate qui empêche le rayonnement de la chaleur sans arrêter l'arrivée de l'air, la

température s'élèvera progressivement jusqu'à ce que
la combustion devienne vive; le phosphore s'enflammera
de lui-même et produira de *l'acide phosphorique*.

D'autres fois la chaleur déterminante devra continuer
à agir sous peine de voir la combustion s'arrêter. Le
cuivre, le mercure ne s'oxydent dans l'air que si on les
maintient, au moyen de chaleur venant de l'extérieur,
à une température élevée : cela tient à ce que la chaleur
de combustion n'est pas assez grande pour conserver
à ces métaux la température nécessaire à leur oxydation.

Inversement on fera généralement cesser une com-

Action refroidissante des toiles métalliques sur les flammes.

bustion en abaissant par un procédé quelconque la température du combustible. L'eau que l'on jette sur le feu
l'éteint en refroidissant le charbon ou le bois au-dessous
du point nécessaire à la production de l'oxydation. En
soufflant sur le feu on le rend plus vif, parce qu'on lui
fournit plus d'oxygène; mais si le courant d'air est
trop fort, il occasionne un refroidissement capable
d'arrêter la combustion : on éteint une chandelle en
soufflant sur la flamme.

Les toiles métalliques produisent un effet analogue.

Placée sur la flamme d'un bec de gaz, une toile métallique lui enlève, grâce à sa grande conductibilité, une
notable quantité de chaleur; aussi les gaz combustibles
ne sont-ils plus, quand ils ont traversé le tissu, assez
chauds pour continuer à brûler : la flamme ne peut tra-
verser la toile.

Inversement présentons, le bec étant éteint, une
allumette au-dessus de la toile
métallique : le gaz s'allume,
mais la flamme ne se propage
pas au-dessous.

Sur cette propriété est fondée la lampe de sûreté de Davy, à l'aide de laquelle on peut
pénétrer dans les mines de
houille sans craindre d'allumer
le grisou. Lorsque la proportion de gaz combustible devient
un peu forte, on voit une faible
flamme entourer celle de la
lampe; cette flamme, si elle
n'était confinée dans la lampe,
se propagerait dans toute la ga-
lerie, et causerait une formida-

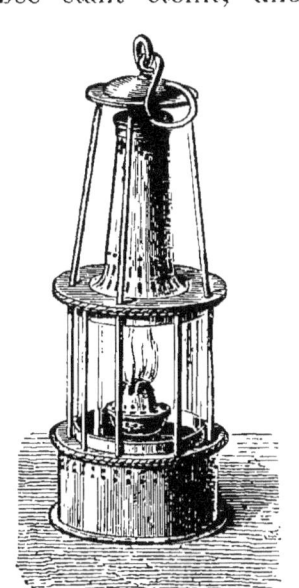

Lampe de Davy, perfectionnée
par Combes.

ble explosion. Parfois l'atmosphère devient assez riche
en grisou pour n'être plus comburante et la lampe
s'éteint; mais alors un fil de platine, qui est suspendu
sous forme de spirale au-dessus de la mèche, continue à briller après l'extinction de la flamme, sous l'influence de la combustion lente du gaz explosif, et
l'ouvrier peut se guider à sa faible lumière.

M. Combes a perfectionné la lanterne de Davy, qui

éclairait fort peu et ne pouvait être frappée par un violent courant d'air sans s'éteindre, en lui adaptant une
cheminée de verre. Les lampes les plus employées aujourd'hui sont construites sur ce principe.

La chaleur est la plus générale, la plus importante
des causes déterminantes de la combustion; elle n'est
pas la seule.

L'étincelle électrique suffit pour faire détoner le mélange de l'oxygène ou de l'air avec un gaz combustible;
elle agit sans doute là tout simplement par sa température élevée; mais il est des cas où elle a une action
propre, indépendante de celle de la chaleur qu'elle
développe.

De même le platine très divisé, la *mousse de platine*,
détermine aussi l'explosion de mélanges détonants. Si
on plonge de la mousse de platine dans un mélange
d'oxygène et d'hydrogène, la détonation se produit.
L'ancien briquet à hydrogène, si répandu avant l'invention des allumettes chimiques, était fondé sur cette
action de la mousse de platine.

Quand le platine est en fil, il peut encore entretenir
la combustion, à la condition qu'on l'ait préalablement
chauffé au rouge. Dans la flamme d'une lampe à alcool,
on suspend un fil de platine enroulé en spirale; quand la
spirale est chauffée au rouge, on éteint la lampe en soufflant dessus, et l'on voit le fil rester incandescent pendant fort longtemps. La vapeur d'alcool, se mélangeant
à l'air, brûle lentement sous l'influence du métal chaud
et la chaleur produite maintient l'incandescence.

L'expérience réussit mieux encore quand on place la
spirale au-dessus d'un bec de Bunsen. Dans ce cas, la

température du métal s'élève de plus en plus, du rouge sombre jusqu'au rouge vif, puis détermine une nouvelle inflammation du bec.

On explique l'action de la mousse de platine et du fil de platine chauffé par une condensation des gaz qui se produirait dans les pores du métal, condensation développant assez de chaleur pour enflammer le mélange. L'action du platine serait ainsi tout simplement

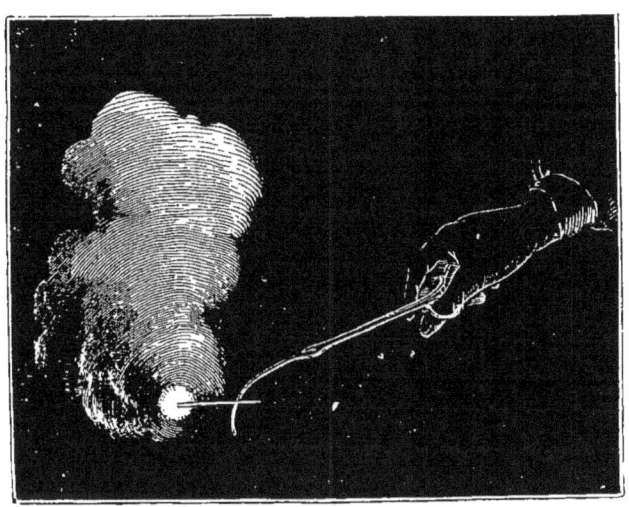

Combustion du magnésium dans l'air.

calorifique; il est certain, toutefois, que la mousse de platine détermine certaines combinaisons et certaines décompositions que la chaleur seule ne produit pas, ce qui conduit nécessairement à admettre une action réellement particulière du métal.

L'état physique dans lequel se trouve le combustible influe aussi beaucoup sur la facilité de la combustion. Le magnésium brûle à l'air lorsqu'il est en fil mince et s'éteint lorsqu'il est en gros fragments. Le charbon de

linge, celui qu'on prépare par la calcination de l'amadou, sont très combustibles et souvent pyrophoriques,
c'est-à-dire susceptibles de s'enflammer spontanément,
tandis que le coke et le charbon de cornue ne continuent à brûler dans un fourneau que si les fragments sont assez rapprochés pour produire une masse
bien incandescente. Le diamant, carbone très compact
et très dense, ne s'enflamme que dans l'oxygène et au
rouge blanc. En général l'état de grande division du
combustible, qui laisse pénétrer l'air dans la masse et
empêche la chaleur de se perdre par conductibilité,
est très favorable à la combustion.

Le fer malléable, en fil ou en barre, brûle dans l'air
si l'on maintient constamment sa température au-dessus
de 1000 degrés; obtenu en poudre impalpable par un
procédé chimique, il s'enflamme de lui-même dès qu'on
le projette dans l'air. Le phosphore très divisé, qu'on
obtient en arrosant une feuille de papier avec une disso-
lution de ce corps dans le sulfure de carbone, s'enflamme aussitôt que le dissolvant s'est complètement
évaporé.

Les gaz, par cela même qu'ils sont dans un état
extrême de division, ne s'éteignent jamais d'eux-mêmes
quand on les a une fois enflammés.

III

CE QUE C'EST QUE LE FEU

Les anciens, généralement plus occupés de la recherche des causes que de l'étude attentive des phénomènes, se sont, dès l'antiquité la plus reculée, demandé quelle était l'essence même du feu. Nous allons, à notre tour, nous poser la même question.

Pour les peuples primitifs, le feu était un dieu tout-puissant, tour à tour bienfaisant et dévorant ; cette croyance se conserva chez les peuples les plus civilisés de l'antiquité, qui cependant voulaient encore y voir autre chose.

C'est que, en effet, l'observation nous permet de constater, de classer, de suivre dans tous leurs détails les phénomènes si variés de la chaleur ; mais elle ne nous apprend absolument rien sur la nature intime du principe qui les produit. Nous voyons cet agent se répandre dans tous les corps, passer de l'un à l'autre, s'y fixer, s'en dégager, modifier la disposition, les distances, les propriétés attractives de leurs particules ; mais dès qu'il s'agit de déterminer quel est en soi ce principe insaisissable, nous sommes réduits à construire des hypothèses.

Nous trouvons dans l'*Histoire de la chimie*, de Ferdinand Hœfer, l'exposition sommaire des systèmes des philosophes grecs relativement à la nature de la matière ; dans tous, le feu joue un rôle important.

D'après Héraclite d'Éphèse (500 ans avant J.-C.), le feu est le principe de toutes choses. Le monde a commencé par le feu et finira de même. Les corps matériels peuvent se transformer, le feu est immuable, parce que c'est lui qui change ou modifie tout ce qui est. La terre se change en eau, l'eau en air et l'air en feu.

Empédocle (450 ans avant J.-C.) établit le premier quatre éléments : le feu, l'air, l'eau et la terre. Mais ces éléments n'étaient pour lui que des principes complexes ; car chacun était composé d'une multitude de particules très petites, indivisibles et insécables, véritables *atomes* de la matière. Les atomes sont seuls *invariables, indestructibles* et *éternels ;* ils produisent, par leurs combinaisons diverses, tous les corps de la nature.

Platon (420 ans avant J.-C.) considérait aussi les corps comme formés par l'union des quatre éléments. « Lorsque, dit-il, par l'action du temps, la partie terrestre vient à se dégager des métaux, il se produit un corps qu'on appelle *rouille.* » On voit que, suivant Platon, la rouille se forme, non point parce que le métal *absorbe* quelque chose, comme la science moderne le démontre, mais parce qu'il *perd,* au contraire, quelque chose. Ce *quelque chose* était de la terre pour Platon, c'est du feu pour Stahl, auteur de la fameuse théorie du phlogistique. L'un et l'autre se trompèrent, parce que le raisonnement seul ne suffit pas pour interpréter la nature.

Aristote (340 ans avant J.-C.) admettait cinq éléments : deux éléments opposés, la terre et le feu ; deux intermédiaires, l'eau et l'air; et un cinquième, l'éther. L'éclair et le tonnerre sont, suivant Aristote, produits par des *esprits subtils*, qui s'enflamment avec bruit, à peu près comme le bois qui, en brûlant, fait quelquefois entendre un pétillement. « Les corps, disait Aristote, que l'eau ne dissout pas, le feu les dissout; et cela tient à ce que les pores de ces corps sont plus ouverts au feu qu'à l'eau. »

Théophraste, disciple d'Aristote, paraît avoir le premier parlé, sous le nom de *charbon fossile*, de la houille, et il la présente comme pouvant servir aux mêmes usages que le charbon de bois. « On en trouve, dit-il, mêlée avec du succin, dans la Ligurie et en Élide; les fondeurs et les forgerons en font grand usage. » D'après ce texte, l'usage de la houille en métallurgie remonterait à plus de deux mille ans. Le petit *Traité du feu*, attribué à Théophraste, renferme un passage du plus haut intérêt pour l'histoire de la chimie. En voici la traduction textuelle : « Il n'est pas irrationnel de croire que *la flamme est entretenue par un corps aériforme*. » Ce fait si clairement énoncé, et qui devait jouer un si grand rôle dans la fondation de la science moderne, attendit sa démonstration pendant plus de deux mille ans.

D'après M. Dumas, l'idée de quatre éléments avait été inspirée aux philosophes grecs par le phénomène de la combustion du bois. Ils avaient vu, dans la *flamme* du bois qui brûle, dans la *fumée* qui s'en exhale, dans l'*eau* qui suinte, et dans la *cendre* qu'il laisse, les quatre éléments naturels des corps.

Les alchimistes du moyen âge s'emparèrent des spé-

8

culations d'Empédocle, et en firent le fond de leur philosophie. Ils tentèrent, dans leurs laboratoires, d'opérer la combinaison des quatre éléments; ils crurent à la possibilité de la transmutation des substances les unes dans les autres, par addition ou soustraction convenable d'air, de terre, d'eau et surtout de feu.

Ils crurent, notamment, avoir démontré expérimentalement le fait de la transformation de l'eau en air, ou de l'eau en terre.

En 1520 Paracelse admettait, outre les quatre éléments, une cinquième sorte de matière, résultant de la réunion des quatre autres sous leur forme la plus parfaite. Pour lui, le feu n'est pas tout à fait la chaleur, l'eau n'est pas l'humidité, et il regarde la qualité comme indépendante de la forme.

« C'est en ce sens qu'il croit possible, dit Dumas dans sa *Philosophie chimique*, au moyen des quatre éléments élémentants, comme on disait alors, d'en former un cinquième qui réunisse leurs qualités dépouillées de leurs formes. C'est la quintessence de Raymond Lulle, *quinta essentia*. »

« Pendant tout le Moyen Age, dit encore Dumas, le feu était regardé comme un agent universel. On se représentait sa puissance comme sans bornes : rien ne se faisait sans lui; avec lui tout était possible, y compris la transmutation des métaux.

Les alchimistes avaient remarqué qu'à l'aide du feu l'on parvenait à faire passer les minerais de l'état terreux à l'état métallique; ils s'imaginaient que les terres subissaient alors un degré de perfection qui permettait d'en espérer un nouveau; ils en concluaient qu'étant bien conduit, le feu devait amener les métaux com-

muns à un état plus parfait. De là l'idée de leur conver-
sion en argent et en or. »

Les savants du Moyen Age considéraient le feu comme
une substance matérielle capable de se combiner aux
corps et d'en changer la nature. Si, par un moyen quelconque, l'approche d'un corps enflammé, par exemple,
on venait à opérer le déchirement des enveloppes qui
emprisonnaient cet élément, aussitôt, en raison de sa
force expansive, il se dégageait de l'intérieur de ces corps
et produisait alors le phénomène de la combustion.

Comment s'étonner, dès lors, de voir considérer, à la
même époque, le feu du ciel comme une substance
qu'on peut recueillir, et peut-être mettre en bouteille?
Pour montrer cette idée dans toute sa naïveté, il suffit
de transcrire ici le passage suivant, extrait par M. Jamin
des mémoires de Forbin.

« Pendant la nuit (1696), il se forma tout à coup un
temps très noir accompagné d'éclairs et de tonnerres
épouvantables. Dans la crainte d'une grande tempête
dont nous étions menacés, je fis carguer toutes les
voiles. Nous vîmes sur le vaisseau plus de trente feux
Saint-Elme. Il y en avait un entre autres sur le haut de
la girouette du grand mât qui avait plus d'un pied et
demi de hauteur. J'envoyai un matelot pour le descendre. Quand cet homme fut en haut, il cria que ce
feu faisait un bruit semblable à celui de la poudre qu'on
allume après l'avoir mouillée. Je lui ordonnai d'enlever
la girouette et de venir; mais à peine l'eut-il ôtée de sa
place que le feu la quitta et alla se poser sur le bout
du mât, sans qu'il fût possible de l'en retirer. Il y resta
assez longtemps, jusqu'à ce qu'il se consumât peu à
peu. »

Les idées des anciens sur la constitution des corps par la combinaison de quatre éléments furent admises presque sans conteste jusqu'à la fin du dix-huitième siècle. Macquer, un contemporain de Lavoisier, pouvait encore écrire : « Nous admettons à présent, comme principe de tous les composés, les quatre éléments, le feu, l'air, l'eau et la terre. »

Peu à peu, cependant, les quatre éléments furent abandonnés, sans que pour cela on renonçât à l'hypothèse de la matérialité du feu. En 1738, l'académie des sciences de Paris mit au concours la question suivante : « La nature de la chaleur et sa propagation. » Le prix fut partagé entre trois concurrents. L'un d'eux, le jésuite Lozerau de Fiesc, disait : « Le feu est un mixte composé de sels volatils ou essentiels, de soufre, d'air, de matière éthérée, communément mêlé d'autres substances hétérogènes, de parties aqueuses, terrestres, métalliques, et dont les parties désunies sont dans un grand mouvement de tourbillon. » Décidément, il y avait de tout dans ce feu-là. Le second mémoire couronné, celui de l'illustre Euler, ne contenait que des spéculations plus vagues encore : « La matière ignée, d'ailleurs différente de l'éther, est contenue, dit-il, dans les molécules des corps combustibles à peu près comme de l'air, fortement comprimé dans des bulles de verre ; si une bulle éclate, cette rupture est propagée de bulle à bulle par le choc de l'air qui s'échappe et par les éclats de verre…. »

M. du Bois-Reymond, qui nous fournit ces renseignements, décrit longuement les expériences auxquelles s'était livré Voltaire, qui concourait aussi, pour arriver à pénétrer la nature de la chaleur. Après avoir

Feux de Saint-Elme.

pesé, avec des précautions minutieuses, deux mille livres de fer successivement à l'état incandescent et à la température ordinaire, il arrive à cette conclusion que la chaleur est impondérable. Voltaire explique l'augmentation de poids d'un métal qui se calcine par l'adjonction d'une matière tirée de l'air; selon lui, la chaleur produit ses effets par son mouvement.

Ses idées étaient tellement en avance sur celles du temps qu'elles ne furent pas comprises. Voltaire n'eut qu'une mention honorable. Il se vengea de sa déconvenue en se moquant des lauréats : « L'un, écrivait-il à Frédéric le Grand, dit que le feu est composé de bouteilles. »

« On voit donc, dit M. du Bois-Reymond à propos de ces expériences, que Voltaire, en poursuivant son idée sur la calcination des métaux et sur la nature composée de l'air, aurait pu découvrir l'oxygène et l'oxydation, et que, de plus, il était sur le point de trouver le principe de la différence de capacité calorifique des corps. Qu'on essaye de se transporter en arrière à une époque où, comme l'avoue Condorcet, la théorie même de Stahl n'avait pas encore pénétré en France, en d'autres termes, où la chimie n'y était pas encore entrée dans sa période phlogistique, et l'on ne pourra s'empêcher d'admirer les résultats obtenus par Voltaire et d'avouer avec lord Brougham que Voltaire, en continuant à s'occuper de physique expérimentale, aurait sans doute inscrit son nom parmi ceux des plus grands inventeurs de son siècle. »

Pour la plupart des savants du dix-huitième siècle, le feu ou le calorique était donc encore un corps matériel,

un fluide impondérable. « Le feu, disait un livre clas-
sique imprimé en 1763, est un corps, un fluide très
délié, très actif, un être à part, inaltérable et improduc-
tible; il est répandu dans la nature; il est parfaitement
élastique; il est l'âme et le ressort du monde. Il anime
tout, détruit tout, opère, directement ou indirectement,
tous les changements, toutes les productions. On peut
le regarder comme l'agent universel de la nature, le
grand ressort du monde, la source de tous les mouvements particuliers et l'instrument dont Dieu se sert
immédiatement pour exécuter le mécanisme universel. »

On expliquait aisément, dans cette théorie, les phénomènes de combustion, qu'on ne savait pas provenir
de la combinaison du combustible avec l'oxygène de
l'air. Un corps augmente de poids par suite d'une calcination, c'est le feu qui a pénétré dans la masse du
corps et s'y est condensé en grande quantité. Un autre
corps, au contraire, diminue de poids par sa calcination et se dissipe presque absolument en fumée peu
sensible, comme le font les pyrites; c'est que le feu
était la principale partie de leur masse et de leur pe
santeur, et s'est dissipé.

En somme, la matière du feu était tantôt assimilée au
fameux phlogistique de Stahl, et tantôt confondu avec
l'oxygène, alors inconnu, qui s'unit aux corps et augmente leur poids.

Cependant, dès cette époque, certains savants soute-
naient que le feu n'était rien autre chose que la matière mise en mouvement, mais leur opinion était considérée comme insoutenable. Lavoisier lui-même se
prononçait nettement pour l'hypothèse de la matérialité

du calorique, lorsqu'il disait : « Nous savons que tous les corps de la nature sont plongés dans le calorique, qu'ils en sont environnés, pénétrés de toutes parts et qu'il remplit tous les intervalles que laissent entre elles leurs molécules. » Il avait pourtant une conception extraordinairement nette de la théorie dynamique de la chaleur, actuellement adoptée par tous, puisqu'il avait, en l'examinant, écrit des phrases qu'on écrirait encore de nos jours : « Dans l'hypothèse que nous examinons, la chaleur est la force vive qui résulte des mouvements insensibles des mc écules des corps. Elle est la somme des produits de la masse de chaque molécule par le carré de la vitesse. En général on fera rentrer la première hypothèse dans la seconde en changeant les mots *chaleur libre, chaleur combinée, chaleur dégagée,* dans ceux de *force vive, perte de force vive* et *augmentation de force vive.* »

Voyons donc quelle est cette nouvelle hypothèse sur la nature de la chaleur, et comment elle permet d'expliquer les faits que nous avons passés en revue. Nous ferons, dans la dernière partie de ce chapitre, de nombreux emprunts au si remarquable ouvrage de M. Tyndall, *La chaleur considérée comme mode de mouvement.*

On admet aujourd'hui que la chaleur n'est pas de la matière, mais résulte d'une manière d'être de la matière, d'un *mouvement de ses dernières particules.* Cette hypothèse, soutenue successivement par Bacon, par Locke, par Rumford, par Davy, a définitivement triomphé depuis les travaux de Meyer et de Joule sur la transformation du travail en chaleur.

Les corps sont composés de petites parties ou molécules, qui exercent les unes sur les autres des actions mutuelles.

Dans l'*état solide*, le volume et la forme de la masse sont constants, c'est-à-dire que les particules sont assujetties à demeurer à des distances sensiblement fixes et disposées suivant des directions à peu près invariables. Lorsque la masse du corps est immobile, chaque particule oscille, avec une vitesse considérable, autour d'une position d'équilibre.

Dans l'*état liquide*, le volume occupé par la masse est constant, mais celle-ci prend la forme du vase qui la renferme; d'où il résulte que les particules sont assujetties seulement à demeurer à des distances fixes les unes par rapport aux autres, leur disposition relative pouvant changer et être modifiée avec une extrême facilité. Mais, même lorsque les molécules se déplacent les unes par rapport aux autres, chacune d'elles éprouve des mouvements vibratoires particuliers, extrêmement rapides.

Dans l'*état gazeux*, les particules s'écartent les unes des autres, sans autre limite que les parois des vases qui les renferment et sur lesquelles elles exercent une certaine pression. Et dès lors, dans la masse gazeuse, toutes les particules possèdent des mouvements de translation qui les entraînent en ligne droite suivant une direction déterminée, jusqu'à ce qu'elles rencontrent une paroi ou bien une autre particule; mais, de plus, chaque particule éprouve des mouvements vibratoires identiques à ceux des particules des solides et des liquides.

D'après notre hypothèse, les mouvements vibratoires existent donc dans la masse même des solides, des liquides et des gaz.

Eh bien, on admet que la chaleur est justement constituée par ces mouvements vibratoires : ce sont ces mouvements qui produisent sur nos sens l'impression de chaleur. Le mouvement vient-il à s'accélérer, le corps nous semble plus chaud, vient-il à se ralentir, le corps nous semble plus froid.

La chaleur est donc un mouvement. Mais entendons-nous bien et ne confondons pas l'effet avec la cause, les phénomènes consécutifs de la chaleur avec la chaleur elle-même. La chaleur n'est pas le choc des vents, elle n'est ni le tremblement de la flamme, ni l'ébullition de l'eau, ni l'élévation d'une colonne thermométrique, ni le mouvement qui anime la vapeur lorsqu'elle s'élance de la chaudière où elle a été comprimée. Toutes ces choses sont des mouvements mécaniques dans lesquels, comme nous le verrons, le mouvement de la chaleur peut être converti ; mais la chaleur elle-même est un mouvement *moléculaire*, c'est une oscillation des dernières particules.

Nous ne pouvons songer à montrer ici comment on rend compte, au moyen de la théorie dynamique de la chaleur, de tous les effets du feu, dilatation des corps, changements d'état, rayonnement, conductibilité. Cela nous conduirait trop loin. Expliquons seulement la production de la chaleur par le choc et par les actions chimiques.

Lorsqu'on frappe une cloche avec un marteau, le mouvement du marteau est éteint, mais la force qui l'animait n'est pas anéantie : elle fait naître dans la cloche des vibrations de la masse entière qui affectent les nerfs de l'ouïe en produisant la sensation du son.

De même lorsqu'un lourd marteau descend sur une
balle de plomb, le mouvement descendant du marteau
est empêché, mais non·pas détruit ; ce mouvement se
transmet aux atomes du plomb, accroît la rapidité de
leurs vibrations, et se manifeste au sens du toucher et
au thermomètre sous forme d'une élévation de température. La masse de plomb s'est approprié le mouvement de descente du marteau, et l'a transformé en un
mouvement moléculaire qui constitue de la chaleur.
Cette chaleur est justement l'équivalent de la quantité
de travail dépensé dans le choc du marteau ; ce travail,
au lieu d'avoir été anéanti, a été simplement transformé ; le mouvement de la masse a été remplacé par un
·mouvement moléculaire que nos yeux ne peuvent voir,
mais dont nous pouvons suivre les effets à l'aide du
thermomètre.

Dès lors la transformation du travail mécanique en
chaleur, dont il a été question dans un des chapitres
précédents, s'explique aisément.

Passons maintenant à la chaleur qui résulte des
combustions. Au moment de la combinaison chimique,
il y a précipitation des molécules les unes sur les autres,
avec une grande vitesse : de là résulte un dégagement
de chaleur, comparable à celui qui a lieu au moment
du choc de deux masses sensibles, par exemple d'un
marteau sur une enclume.

Voyez comme s'illumine un charbon qu'on enflamme. Quelle idée vous formerez-vous de l'action
dont vous êtes témoin? Vous avez à vous figurer
les molécules de l'oxygène tombant de tous côtés
comme une pluie sur le charbon. Elles sont entraînées
vers lui par ce qu'on appelle l'affinité chimique, force

qui, ramenée à sa conception la plus simple, se présente à l'esprit comme une pure attraction, du même genre que la gravité. Chaque atome d'oxygène, lorsqu'il rencontre l'atome de carbone et que son mouvement de translation est anéanti par le choc, prend cette autre forme de mouvement que nous appelons chaleur. Cette chaleur est si intense, les attractions exercées à ces distances moléculaires sont si puissantes, que le charbon est maintenu à la chaleur blanche, pendant que le composé formé par l'union des atomes de carbone et d'oxygène, l'acide carbonique, se dégage et s'enfuit.

Passons maintenant du charbon à la flamme d'un bec de gaz. Aussitôt qu'on a approché une allumette de l'ouverture du bec, les attractions entre les gaz et l'oxygène en contact sont devenues tout à coup si intenses que le gaz a éclaté en flamme. Le choc des atomes d'oxygène contre les atomes d'hydrogène et les atomes de carbone qui entrent dans la constitution du gaz d'éclairage, choc duquel résulte une production de vapeur d'eau et d'acide carbonique, a produit assez de chaleur pour porter la masse à l'incandescence, pour la rendre lumineuse.

De même c'est en s'élançant les uns contre les autres que les atomes d'oxygène et de soufre produisent la flamme qu'on observe quand on brûle du soufre dans l'oxygène ou dans l'air ; c'est encore du choc mutuel des atomes de l'oxygène et du phosphore que naissent la chaleur intense et la lumière éblouissante de la combustion du phosphore dans le gaz oxygène. C'est du choc du chlore et de l'antimoine que jaillissent la lumière et la chaleur qu'on observe quand ces corps sont mêlés l'un avec l'autre; c'est le choc du soufre et du cuivre qui détermine l'incandescence de la masse, lorsque ces substances sont chauffées ensemble dans un ballon. En un mot, tous les cas de combustion peuvent et doivent trouver leur explication dans le conflit, dans le choc d'atomes entraînés l'un contre l'autre par leurs attractions mutuelles.

III

L'UTILISATION DE LA CHALEUR DU FEU

I

LES COMBUSTIBLES

Nous disposons, à la surface de la terre, d'un grand nombre de sources de chaleur. Et d'abord deux sources permanentes, la chaleur centrale ou chaleur propre du globe, et la radiation solaire. Nous ne dirons rien de la première, qui est encore inaccessible à nos moyens d'observation et n'est susceptible d'aucune application directe. Nous consacrerons un chapitre entier à l'étude de la seconde, car le soleil est pour nous le feu par excellence. Nous montrerons que la chaleur du soleil est, avec sa lumière, l'origine de tout mouvement et de toute vie sur terre, mais nous montrerons aussi que les applications directes de cette chaleur à des usages domestiques ou industriels sont actuellement fort restreintes.

Il nous faut donc chercher ailleurs des sources de

chaleur applicables aux besoins de l'industrie et de l'économie domestique.

La chaleur dégagée par les actions mécaniques ne saurait nous être d'aucune utilité : la combustion du foin nécessaire à la nourriture d'un cheval développe plus de chaleur que n'en saurait produire la totalité du travail que peut fournir l'animal. Reste donc la chaleur dégagée par les actions chimiques.

Presque toutes les combinaisons chimiques produisent de la chaleur lorsqu'elles s'effectuent ; presque toutes seraient donc susceptibles de devenir pour nous des sources de chaleur utilisable. En réalité la *combustion* permet seule d'obtenir de la chaleur en abondance et à bas prix.

La *combustion*, le mot étant pris dans son sens courant, est la combinaison d'un corps avec l'oxygène de l'air. De même dans le langage ordinaire, le mot *combustibles* s'applique exclusivement à une classe de corps qu'on utilise pour produire de la chaleur ou de la lumière, en les brûlant par l'oxygène atmosphérique.

Nous allons maintenant énumérer les combustibles principaux, et indiquer quels services variés ils nous rendent.

Empruntons à Péclet (*Traité de la Chaleur considérée dans ses applications*) l'énumération des conditions auxquelles doit satisfaire tout combustible.

Les combustibles, dit-il, sont très nombreux, car cette grande classe de corps renferme, non seulement presque tous les corps simples, mais encore beaucoup de corps composés. Cependant le nombre de ceux qui sont en usage dans les arts pour produire de la chaleur est très peu considérable, parce que, pour être employés, ils doivent satisfaire à plusieurs conditions importantes.

1° Ils doivent être facilement brûlés dans l'air atmosphérique, et la chaleur dégagée par la combustion doit être suffisante pour maintenir celle-ci. Le soufre, le charbon, l'hydrogène, le phosphore satisfont à cette condition; mais le fer, le plomb, quoique très combustibles, n'y satisfont point, car, lorsque ces métaux sont en ignition, si on les enlève du foyer où il a été nécessaire de les placer, la combustion s'arrête. Il n'est pas douteux que cet effet ne provienne de ce que le produit de la combustion, étant solide, forme autour du métal une croûte qui le soustrait au contact de l'air : cette raison devient plus vraisemblable encore lorsque l'on considère que dans l'oxygène pur, où la combustion du fer se soutient, la température est assez élevée pour fondre et faire couler l'oxyde de fer à mesure qu'il se forme. Quoi qu'il en soit, il y a des corps très combustibles, dans lesquels la combustion ne se propage pas d'elle-même dans les circonstances ordinaires, et ceux-là ne peuvent être d'aucune utilité pour produire dans les arts de la chaleur ou de la lumière.

2° Ils doivent être abondants, et leurs prix ne doivent point être trop élevés.

3° Enfin, les produits de la combustion doivent être de nature à ne point altérer les corps qui reçoivent l'action de la chaleur, et à ne pas porter dans l'air des gaz ou des vapeurs qui pourraient avoir une action nuisible sur l'économie animale ou végétale.

Le carbone et l'hydrogène sont les seuls corps combustibles qui remplissent ces différentes conditions; et les seules matières combustibles en usage sont celles dont ces deux corps forment les principaux éléments.

Les combustibles généralement employés sont :

Le bois ;

Le charbon de bois ;

La tannée ;

La tourbe ;

Le charbon de tourbe ;

La houille ;

Le coke.

On peut y ajouter un certain nombre de corps moins fréquemment employés, tels que le gaz d'éclairage, les goudrons et les huiles de houille, les pétroles, etc.

La base de tous ces combustibles est le charbon : tous ils renferment beaucoup de carbone, en même temps que des quantités d'hydrogène et d'oxygène qui varient dans de larges limites de l'un à l'autre. Les autres éléments, soufre, azote, et les sels minéraux qui constituent les cendres, y sont toujours en proportions beaucoup plus faibles. Parmi ces éléments que nous venons de mentionner, il n'y en a que trois, le carbone, l'hydrogène et le soufre (le soufre est toujours en quantité négligeable) qui donnent de la chaleur ; le carbone et l'hydrogène règlent donc à eux seuls la valeur des combustibles.

Cette valeur est surtout déterminée par la quantité de chaleur que peut fournir la combustion complète d'un kilogramme de combustible. La *calorie* est l'unité avec laquelle on mesure ces quantités de chaleur.

Nous désignerons, comme on le fait en physique, sous le nom d'unité de chaleur ou de calorie, la quantité de chaleur nécessaire pour élever d'un degré centigrade la température d'un kilogramme d'eau, et nous appellerons *puissance calorifique* d'un combustible le nombre d'unités de chaleur qu'un kilogramme de ce corps produit par sa combustion complète.

Quand nous disons, par exemple, que la puissance calorifique du bois sec est égale à 4000 calories, cela signifie que la combustion complète d'un kilogramme de bois sec produit une quantité de chaleur égale à 4000 calories. Si cette quantité de chaleur pouvait être employée, sans perte aucune, à échauffer de l'eau, elle serait suffisante pour échauffer de 1 degré la température de 4000 litres d'eau, ou de 100 degrés la température de 40 litres d'eau.

Le bois a de tout temps été utilisé comme combustible; pendant nombre de siècles il a été employé seul et, même aujourd'hui, il continue, dans bien des régions du globe, à être seul en usage. C'est que nous l'avons toujours et partout sous la main. Malgré la disparition progressive des grandes forêts, l'importance du bois considéré comme combustible est certainement supérieure à celle de la houille. S'il est complètement délaissé par la plupart des industries, il continue à éclairer de ses lueurs presque tous les foyers domestiques.

Le bois, quelle que soit son origine, qu'il soit dense ou léger, dur ou mou, a toujours la même composition. Il est toujours constitué, à très peu près, par 0,50 de charbon, 0,06 d'hydrogène, 0,41 d'oxygène, 0,01 d'azote et 0,02 de cendres. Outre ces éléments, qui constituent, par leur réunion, le bois absolument sec, il renferme toujours une grande quantité d'eau hygrométrique qui atteint 0,45 du poids total lorsque l'arbre a été coupé en sève, et est rarement inférieure à 0,20 du poids total, même pour le bois conservé, pendant plusieurs années, dans un lieu sec.

Tous les bois, ayant sensiblement la même composition chimique, doivent produire, au même degré de dessiccation, la même quantité de chaleur par leur combustion complète. C'est un fait qui a, en effet, été vérifié par l'expérience : tous les bois au même état de dessiccation ont le même pouvoir calorifique.

Pour les bois parfaitement desséchés artificiellement, la puissance calorifique est d'environ 4000. Pour les bois dans l'état ordinaire de dessiccation, qui renferment à peu près 25 à 30 pour 100 d'eau, la puissance calorifique varie de 2800 à 2600.

Les bois humides fournissent donc, sous le même poids, beaucoup moins de chaleur que ceux qui sont secs. Péclet donne deux raisons de ce fait. Et d'abord l'eau, n'étant pas combustible, ne peut point développer de chaleur ; de plus ce liquide en absorbe une grande quantité pour se réduire en vapeur. C'est Rumford qui, le premier, a appelé l'attention sur le mauvais usage des bois humides.

Il est tellement avantageux d'employer des bois secs que, dans plusieurs espèces d'usines, on ne se contente pas des bois desséchés par une longue exposition à l'air ; on les fait encore sécher dans des étuves. Telles sont les verreries, les cristalleries et les fabriques de porcelaine.

C'est encore Péclet qui va nous indiquer dans quelles circonstances il est avantageux d'employer des bois légers pour combustibles, et dans quelles circonstances les bois lourds doivent être préférés.

Quoique les bois à un état de dessiccation parfaite soient tous susceptibles de donner sous le même poids des quantités de chaleur peu différentes, leur structure produit, dans leur mode de combustion, des variations qui ne les rendent pas tous également propres à tous les genres de travaux.

Les bois durs ne brûlent qu'à leur surface ; la chaleur, en se propageant dans l'intérieur, dégage les gaz combustibles qui brûlent en totalité dans les commencements, et il ne reste bientôt qu'un charbon volumineux, compact, qui se consume lentement et sans flamme. Les bois légers brûlent avec beaucoup plus de rapidité, parce que leur porosité permet à l'air d'y pénétrer plus facilement, et qu'ils se déchirent par l'action de la chaleur ; la majeure partie du carbone qu'ils renferment brûlant en même temps que les gaz combustibles, ils ne laissent que peu de braise ; aussi ces bois donnent-ils de la flamme pendant presque toute la combustion. La différence entre ces deux espèces de bois diminue à mesure qu'ils sont en bûches d'une plus petite dimension ; la raison en est évidente.

On concevra facilement, d'après ce qui précède, pourquoi, dans les verreries, les fourneaux à porcelaine et même les fours à poterie commune, où l'on a besoin d'une température très élevée et d'une flamme longue et continue, on emploie toujours des bois tendres, tandis que pour presque tous les autres usages, où l'on a besoin d'une température beaucoup moins élevée et dans un lieu plus voisin du foyer, les bois durs sont préférés.

Dans tous les cas les produits de la combustion sont les mêmes. Si la combustion était complète, ces produits consisteraient uniquement en vapeur d'eau et en acide carbonique. Mais ordinairement la combustion n'est pas complète; il se dégage alors de la fumée qui est principalement formée d'eau, d'acide acétique, d'huile essentielle empyreumatique, et d'une matière analogue au goudron. C'est à l'acide acétique qu'est due l'excitation de la fumée sur les yeux.

Meule à charbon de bois.

Lorsque l'on chauffe le bois en vase clos, de telle sorte qu'il ne puisse brûler, il se décompose. Les éléments constituants se séparent, et donnent naissance à un grand nombre de produits solides, liquides et gazeux. L'oxygène, l'hydrogène et l'azote se dégagent sous forme de combinaisons nouvelles. Une partie du carbone est aussi entraînée; mais comme sa proportion est très considérable, la plus grande partie reste dans les vases, constituant le *charbon de bois*, qui conserve la forme du bois dont il provient.

Cette décomposition du bois par la chaleur, opérée dans le but d'obtenir le charbon de bois, est ce qu'on nomme la carbonisation du bois.

Les procédés de carbonisation du bois sont nombreux. La carbonisation par le procédé des *meules* est suivi dans toutes nos forêts du Centre et de l'Est. C'est

le plus ancien et le plus généralement pratiqué ; Théophraste, dans son *Traité sur les pierres*, en donne
une description détaillée. Pline rapporte que, de son
temps, pour faire le charbon, on mettait le bois en

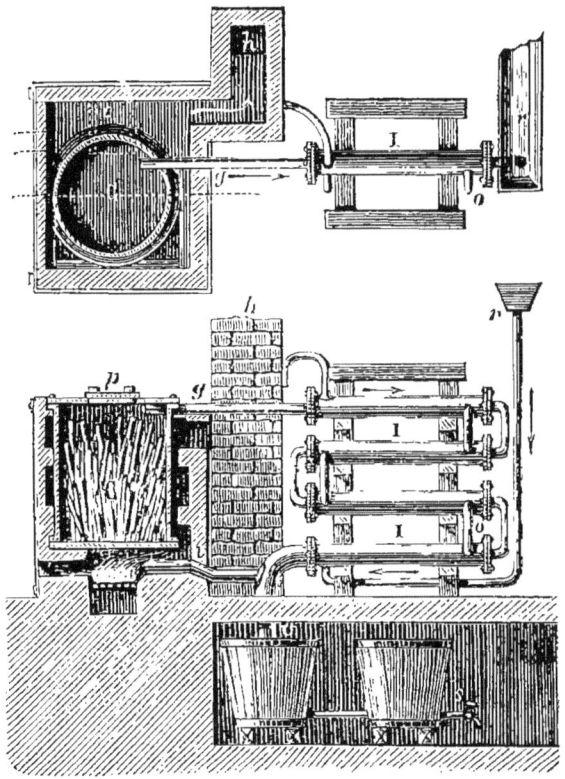

Distillation du bois en vase clos.

pyramides dont on couvrait le sommet et le pourtour
avec de l'argile et du plâtre qu'on avait soin de percer
en plusieurs endroits pour laisser échapper la fumée.
Les anciens connaissaient donc le charbon et l'em-
ployaient à divers usages.

Ce procédé a l'avantage d'être applicable sur place

et de ne pas nécessiter le transport du bois, mais il ne donne que 20 kilogrammes de charbon pour 100 kilogrammes de bois traité. On emploie quelquefois maintenant le procédé de Lebon.

Philippe Lebon est l'inventeur du gaz d'éclairage. Il eut l'idée, en 1785, de recueillir les divers produits qui se dégagent pendant la carbonisation du bois, produits qui sont combustibles, et de les faire servir à l'éclairage et au chauffage. Les corps résultants de la décomposition du bois par la chaleur sont en effet fort nombreux. Ils sont, outre le charbon de bois : 1° des gaz ou des vapeurs difficilement condensables, susceptibles de servir à l'éclairage et au chauffage : protocarbure d'hydrogène, bicarbure d'hydrogène, vapeur de benzine, oxyde de carbone, hydrogène, acide carbonique ; 2° des liquides ou des solides constituant le goudron : benzine, naphtaline, paraffine, acide phénique, créosote, résines diverses ; 3° les liquides qui constituent le vinaigre de bois, et dont le principal est l'acide acétique.

Lebon avait, dès le premier jour, conçu l'espérance d'utiliser tous ces produits, dont l'industrie a tiré de nos jours un si grand parti. Aussi publia-t-il, en 1801, un mémoire sous le titre suivant : *Thermo-lampes ou poêles qui chauffent, éclairent avec économie, et offrent, avec plusieurs produits précieux, une force motrice applicable à toute espèce de machines.*

De nos jours on a presque partout substitué la houille au bois pour la fabrication du gaz d'éclairage, mais on distille fréquemment le bois en vase clos pour en retirer le charbon de bois, le goudron de bois et l'acide pyroligneux. Le procédé de la carbonisation en four clos nécessite le transport du bois, mais il donne un meilleur rendement de charbon, en même temps qu'il permet de recueillir et d'utiliser le gaz du bois, le goudron et l'acide pyroligneux.

Nous n'examinerons pas les divers usages du charbon de bois; disons seulement deux mots de son utilisation comme combustible. C'est un combustible coûteux, de plus en plus délaissé par l'industrie. Il rend au contraire de très grands services dans l'économie domestique, à cause de la propriété qu'il a de brûler sans fumée. Aussi en consomme-t-on, à Paris seulement, 150 millions de kilogrammes par an.

Le *charbon de Paris*, si propre aux usages domestiques à cause de la lenteur de sa combustion, est formé de poudre de charbon de bois agglutinée avec du goudron et soumise ensuite, en vase clos, à une haute température.

Tous les charbons de bois du commerce, bien secs, dégagent sensiblement la même quantité de chaleur, à poids égal, dans leur combustion complète; leur puissance calorifique est d'à peu près 7000 calories.

L'importance des combustibles fossiles, *lignites, houilles, anthracites*, n'est pas moindre que celle du bois et du charbon de bois. Il a été trop souvent question de ces combustibles dans divers volumes de la *Bibliothèque des Merveilles* pour que nous en parlions longuement ici.

Ces charbons ayant, comme le bois, une origine végétale, possèdent une constitution chimique qui se rapproche de celle du bois. Les produits de la combustion de la houille, de même que les produits de sa

décomposition en vase clos, sont à peu près les mêmes
que les produits de la combustion du bois et de sa
carbonisation.

Tout le monde sait quelle extension a prise, depuis
l'invention de Lebon, la distillation de la houille. Le
coke, le gaz d'éclairage, le goudron et les eaux ammo-
niacales qu'on retire de cette distillation ont les usages
les plus variés et les plus importants.

La puissance calorifique du lignite varie de 7000 à
8000 calories, suivant sa composition; celle de l'anthra-
cite est voisine de 8500; celle de la houille est comprise entre 8000 et 9500 calories; celle du coke varie
de 6700 à 7600.

La consommation des combustibles fossiles augmente
chaque jour. Elle a été, en 1880, pour le monde
entier, de 300 millions de tonnes.

L'utilisation de la houille comme combustible est,
du reste, de date fort ancienne. Nous empruntons à la
Chimie appliquée de Girardin quelques renseignements
historiques sur ce sujet.

L'emploi du charbon de terre pour la combustion et
pour les travaux métallurgiques remonte à une assez
haute antiquité, puisque Théophraste, l'un des plus
grands naturalistes de l'antiquité, nous apprend que
de son temps les fondeurs et les forgerons de la Grèce
faisaient une grande consommation de *charbons fossiles* qui venaient de la Ligurie et de l'Élide, et qu'ils
nommaient charbon de pierre. On reporte généralement
à l'époque de l'occupation romaine les anciens travaux
que l'exploitation actuelle rencontre si souvent dans le
bassin de la Loire, et suivant Wallis, auteur d'une
histoire du Northumberland, les mines de houille du

nord de l'Angleterre furent exploitées par les Romains, alors qu'ils étaient en possession de cette île.

Dans nos temps modernes, les traditions placent les premières mines de charbon exploitées dans le pays qui fut industriel avant tous les autres, dans les Flandres. M. de Villenfague s'autorise des chartes de l'abbaye du Val-Saint-Lambert pour placer en 1049 environ les plus anciennes tentatives d'extraction dans le pays de Liège, faites par un forgeron du village de Plénevaux, qu'on désigne encore dans cette région houillère sous les noms du *Prud'homme houilleux*, du *Vieillard charbonnier*. Voici, du reste, d'après Hénaux, *Recherches historiques sur l'exploitation de la houille dans le pays de Liège*, l'origine miraculeuse que les chroniques et les traditions attribuent à cet événement si important.

« Un jour qu'un pauvre maréchal ferrant, nommé Hullos, était à l'œuvre dans sa forge, passa un vieillard vénérable par sa barbe blanche et par ses cheveux blancs, portant un vêtement blanc. L'étranger, après avoir dit bonjour au maréchal, lui souhaite beaucoup d'ouvrage et particulièrement un gain considérable. — Oh! bon vieillard, quel gain voulez-vous que je fasse, puisque mon métier peut à peine me procurer du pain! Est-ce que la plus grande partie de mon bénéfice n'est pas absorbée par l'achat du charbon, du cockis? — Mais aussi, dit l'inconnu, il y a un moyen de rendre votre état plus lucratif. Allez près de la montagne des Moines. Là, vous trouverez, à la surface du sol, des veines de terre précieuse très noire. Prenez-en des fragments et employez-les comme du charbon; ils chaufferont parfaitement le fer.

« L'inconnu avait à peine achevé ces mots qu'il avait disparu.

« Le maréchal courut à l'endroit indiqué et en rapporta ladite terre noire; l'essai qu'il en fit vérifia l'assertion du vieillard en tout point. Aussitôt Hullos, transporté de joie, révéla à ses voisins la précieuse découverte qu'il venait de faire, et le bruit courut que c'était un ange probablement qui lui avait inspiré de brûler de cette terre noire... »

Quoi qu'il en soit, dès la fin du douzième siècle, nombre de mines des environs de Liège étaient en pleine exploitation, et celle-ci était déjà si active en 1350 que les ouvriers charbonniers composaient la majeure partie de l'armée liégoise. Ce fut dans les quinzième et seizième siècles que les mines du pays de Mons furent ouvertes et donnèrent lieu à un commerce notable.

A Saint-Étienne, l'on possède des documents inédits qui établissent que la houille y était employée dès le treizième siècle; mais, pendant longtemps, l'extraction fut faite d'une manière irrégulière et pour les seuls besoins de la population; le défaut des voies de communication ne permettait pas d'exporter ce précieux combustible. D'après un acte publié en 1851 dans la *Description des mines de Brassac* (Puy-de-Dôme), et relatant une enquête faite sur les lieux les 29 et 30 janvier 1489, il est certain que les bouches charbonnières de la Roche-Brézeus étaient connues dans le pays de temps immémorial.

C'est sous Henri III, en 1272, que les mines de Newcastle commencèrent à être exploitées d'une manière régulière. On a un acte de 1183 dans lequel sont mentionnés, pour les redevances en charbon de terre, des forgerons tenanciers de Warmouth et de Seggenfield. Dès 1306, Édouard Iᵉʳ défendait l'usage de la houille dans la ville de Londres, sous prétexte des inconvénients de la fumée, mais bien plutôt dans le but de favoriser, à la demande du Parlement, l'exploitation des forêts dont la capitale de l'Angleterre était alors entourée.

Les *Annales des mines* de 1842 citent un acte relatif aux mines de Newcastle, qui prouve qu'en 1315, « un vaisseau appartenant à un bourgeois de Pontoise, près Paris, apportait à Newcastle du blé et revenait en France avec une cargaison de charbon. » Il résulte donc de ce document que le système d'échange du blé de France contre le charbon d'Angleterre, qui a pris de nos jours un si grand développement, existait déjà, au moins en germe, dès le règne de Louis le Hutin. — C'était sans doute aussi du charbon venu d'Angleterre que les bourgeois de Rouen brûlaient en 1482, sous le règne de Louis XI, lorsque les chanoines de la cathédrale présentèrent une requête au procureur de la ville « au sujet de certains marchands qui brûlaient du charbon de terre au préjudice des maisons de l'église. » Il existe une délibération de la faculté de médecine de Paris, du 15 juillet 1520, à la requête du Parlement et du prévôt de la ville, sur les dangers ou inconvénients de l'usage, dans l'intérieur de la capitale, du charbon de terre importé d'Angleterre. Vous voyez que ni les médecins de Paris, ni les bons chanoines de Rouen n'avaient encore prévu l'avenir de ce combustible, devenu si utile à la prospérité commerciale des deux villes.

Les documents administratifs du seizième et du dix-septième siècle établissent qu'à Condé, qu'à Lille, il se faisait un commerce actif de charbon de terre provenant des Flandres, et que celles-ci avaient aussi leur débouché principal à Paris. En 1692, la vente du charbon flamand était assez importante sur les ports de Saint-Paul et de l'École, à Paris, pour qu'un édit fût rendu à ce sujet; il imposait les houilles indigènes à 6 sols le baril, et les houilles étrangères à 50 sols. Toutefois, ce commerce n'était guère fait qu'au profit des classes pauvres.

C'est seulement à la fin du siècle dernier que s'est opérée la révolution industrielle qui devait donner la vie à nos houillères. L'application de la vapeur comme force motrice a été le précurseur de ce développement parallèle de nos mines et de notre industrie. Une fois le moteur trouvé, il lui fallait un aliment; c'est alors que la houille est devenue, pour ainsi dire, le *pain de l'industrie.* D'un autre côté, l'extraction du fer, qui prit, à partir de 1815, de si vastes proportions aux environs de Liège et de Charleroi ainsi que dans le bassin de la Loire, accrut encore l'activité des charbonnages, et, vingt ans après, l'établissement des chemins de fer donna une impulsion nouvelle et non moins considérable aux travaux souterrains de tous les bassins houillers.

II

Les combustibles les plus employés dans les laboratoires sont le charbon de bois et le gaz d'éclairage. Quand on veut produire des températures très élevées, on remplace le charbon de bois par le charbon des cornues des usines à gaz, ou le gaz d'éclairage par l'hydrogène, et on entretient la combustion au moyen de l'oxygène, au lieu de l'air atmosphérique.

Il est aisé de montrer l'avantage que l'on retire de la substitution de l'oxygène à l'air. Supposons, en effet, que nous fassions un mélange détonant d'hydrogène et d'oxygène, pris exactement dans les proportions qui constituent l'eau; au moment où la combustion aura lieu, la chaleur développée n'aura à échauffer que l'eau produite. Si au contraire la même quantité d'hydrogène est mêlée à un volume d'air suffisant pour en déterminer la combustion complète, la quantité de chaleur produite par la combustion devra échauffer, non seulement l'eau formée, mais encore l'azote de l'air : il en résultera forcément une élévation de température beaucoup moins considérable.

La connaissance de la puissance calorifique des combustibles permet de calculer une limite supérieure de la température développée dans chaque combustion. Nous allons faire ce calcul pour un cas très simple, celui du carbone supposé pur, brûlant successivement dans l'oxygène et dans l'air.

La puissance calorifique du charbon est égale à 8000 calories ; c'est-à-dire que la combustion complète d'un kilogramme de charbon développe une quantité de chaleur égale à 8000 calories. Ce kilogramme de charbon exige, pour se transformer complètement en acide carbonique, $\frac{16}{6}$ kilogrammes d'oxygène ; dans cette combustion complète il se forme $\frac{22}{6}$ kilogrammes d'acide carbonique.

Si nous supposons que toute la chaleur produite soit employée, sans perte aucune, à échauffer ce poids d'acide carbonique formé, nous nous placerons évidemment dans les conditions les plus favorables pour obtenir un échauffement considérable.

Or nous savons qu'il faut fournir à 1 kilogramme d'acide carbonique, pour l'échauffer de 1 degré, 0,217 calories ; il faudra donc $\frac{22}{6} \times 0,217$ pour échauffer de 1 degré l'acide formé dans la combustion de notre charbon, et l'élévation x de la température sera donnée par l'équation :

$$8000 = \frac{22}{6} \times 0,217 \times x;$$

d'où l'on tire :

$$x = 10\ 054°.$$

Si nous remplacions l'oxygène par de l'air, la chaleur produite échaufferait, outre l'acide carbonique formé, les $\frac{16}{6} \times 4$ kilogrammes d'azote qui étaient préalablement mélangés aux gaz en présence. Pour échauffer de 1 degré ce poids d'azote, il faut lui fournir une quantité de chaleur égale à $\frac{16}{6} \times 4 \times 0,244$; l'élévation de température sera donc, dans ce cas, donnée par l'équation :

$$8000 = \left[\frac{22}{6} \times 0,217 \quad \frac{16}{6} \times 4 \times 0,244 \right] x;$$

d'où l'on tire :

$$x = 2354°.$$

Ce calcul suffit à nous montrer quel avantage énorme i'on aura à remplacer l'air par l'oxygène.

En réalité on est bien loin d'obtenir, dans l'un ou l'autre cas, des températures aussi élevées que celle que nous venons de calculer. Cela tient principalement à deux causes.

Et d'abord il est impossible de réaliser une disposition expérimentale qui empêche les pertes de chaleur par rayonnement et par contact avec les autres corps. Ces pertes de chaleur, toujours très considérables, limitent l'élévation de la température : on les rendra aussi faibles que possible en opérant dans des fourneaux bien clos et en y maintenant une combustion toujours énergique au moyen d'un rapide courant d'air ou d'oxygène.

L'autre cause a une importance plus grande encore. Nous avons admis, dans notre calcul, que la combustion était complète : en fait elle ne l'est jamais, et il est impossible qu'elle le soit dans la partie la plus chaude du fourneau, quand bien même la combustion aurait lieu en présence d'un excès d'air ou d'oxygène.

Cela résulte d'un fait d'une extrême importance, découvert par Henri Sainte-Claire Deville.

Ce grand chimiste a montré que beaucoup de gaz, parmi lesquels la vapeur d'eau et l'acide carbonique, subissent, quand on les porte à une température très

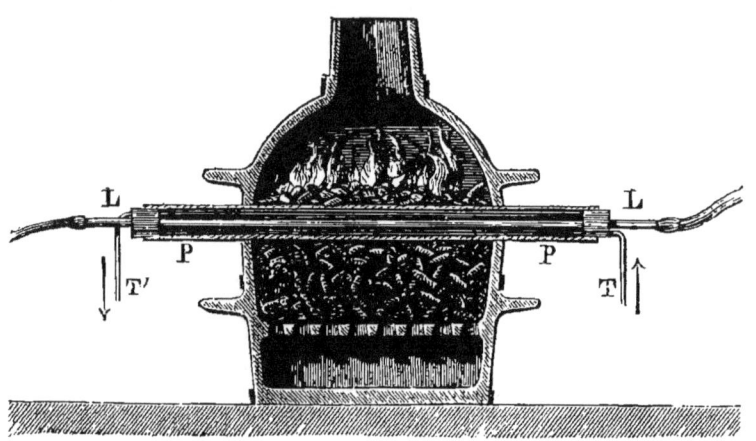

Dissociation de l'eau.

élevée, une décomposition partielle qu'il a désignée sous le nom de *dissociation*. Voyons, par exemple, quels caractères présente la dissociation de l'eau.

Si on la porte, à l'état de vapeur, à une température très élevée, elle se décompose partiellement et il se forme un mélange d'oxygène, d'hydrogène et de vapeur d'eau non décomposée. La décomposition s'arrête lorsque la proportion d'oxygène et d'hydrogène libres a atteint une certaine valeur, dite tension de dissociation, qui dépend de la température à laquelle la vapeur est soumise. Que cette température s'élève, et une nouvelle décomposition se produira, jusqu'à ce que la proportion d'oxygène et d'hydrogène libres ait atteint la tension qui correspond à cette nouvelle température ; que la température s'abaisse, au contraire, l'oxygène et l'hydrogène libres se recombineront partiellement, jusqu'à ce que leur tension soit devenue égale à la tension de dissociation de cette température moins élevée.

Un phénomène de même ordre s'observe dans le cas de la combustion de l'hydrogène. Dans les points de la flamme où la température est égale, par exemple, à 1800°, la combustion est incomplète ; il reste une proportion d'oxygène et d'hydrogène libres dont la tension est justement égale à la tension de dissociation qui correspond à la température de 1800°. La combustion ne devient complète que sur les limites de la flamme, là où elle est fortement refroidie par le rayonnement et par le contact avec les objets voisins.

Il résulte de là, dit Péclet, que si deux corps, en se combinant, dégagent une quantité de chaleur plus grande que celle qui peut porter le composé formé à la température où sa dissociation commence, la combinaison ne sera pas instantanée et il ne pourra tout d'abord se combiner qu'une portion des éléments en présence. Cette portion sera celle qui fournira la chaleur nécessaire pour donner la température à laquelle le corps formé restera intégralement dans le mélange, en vertu de la tension de dissociation à cette température. Cette considération détermine la température maxima qui peut se produire dans une action chimique. Une fois le mélange arrivé à cette température, la chaleur dégagée se perd en partie soit par rayonnement, soit par contact, et la température tend à baisser ; mais alors les éléments isolés peuvent se combiner pour rétablir la température qui se maintient jusqu'à ce que, l'action chimique ayant été complète, la perte de chaleur ne peut plus être compensée, et le refroidissement en est la conséquence.

Sainte-Claire Deville a ainsi constaté que la température maxima qu'on peut obtenir au moyen de la combustion d'un mélange d'oxygène et d'hydrogène est 2500° environ ; si l'on calculait la température en supposant la combustion complète de l'hydrogène sans perte de chaleur, on trouverait plus de 6000° ; cet exemple suffit pour faire comprendre l'importance qu'il y a lieu d'attacher à la dissociation, surtout quand le calcul mène à des températures très élevées.

Sans insister davantage sur ces considérations théoriques, nous allons indiquer très rapidement quelles dispositions sont adoptées dans les laboratoires pour obtenir des températures aussi élevées que possible. Les meilleures ont pour objet de diminuer autant que possible les pertes de chaleur par rayonnement, de remplacer l'air par l'oxygène et de rendre la combustion aussi complète, dans l'intérieur même de la flamme, que le permet la dissociation.

Le chauffage au charbon de bois se fait dans des fourneaux à grilles cylindriques ou allongées, suivant que l'on a à chauffer des ballons, des capsules, des creusets ou des tubes ; l'on active ou non la combustion par des dômes à réverbères munis de cheminées d'appel.

Les fourneaux à réverbère permettent d'arriver à la température du ramollissement de la porcelaine quand on y remplace le charbon de bois par le coke, ou mieux encore par le charbon des cornues. Ce charbon ayant une grande densité, on en peut faire brûler un poids considérable dans un petit espace et diminuer ainsi considérablement le refroidissement par rayonnement. Mais dans ce cas il est indispensable d'activer la combustion en munissant le fourneau à réverbère d'une cheminée d'appel, et en insufflant de l'air au moyen d'un soufflet de forge ou d'une trompe à compression.

Dans les fourneaux ordinaires de laboratoire, on place d'habitude une longue colonne de combustible qui, à un moment donné, brûle tout entière. Il y a sans doute beaucoup de chaleur développée; mais la majeure partie se trouve disséminée en pure perte et le creuset, placé au centre du fourneau, n'en absorbe à son profit qu'une minime proportion. Au lieu de cela, restreignez la combustion sur une hauteur très petite, employez du charbon réduit en petits fragments, de manière à présenter à l'oxygène une large surface; activez la circulation de l'air au contact du combustible, et vous vous trouverez évidemment dans les conditions les plus favorables.

C'est ainsi que Deville, en chargeant d'escarbilles de coke ou de charbon de cornue un petit fourneau cylindrique mis en communication avec un bon soufflet de forge, est arrivé à fondre les métaux les plus réfractaires, et notamment le platine.

L'alcool et l'esprit de bois étaient d'un usage très général dans les laboratoires avant l'introduction du gaz;

on a aussi employé la *lampe-forge* de Deville, ali-

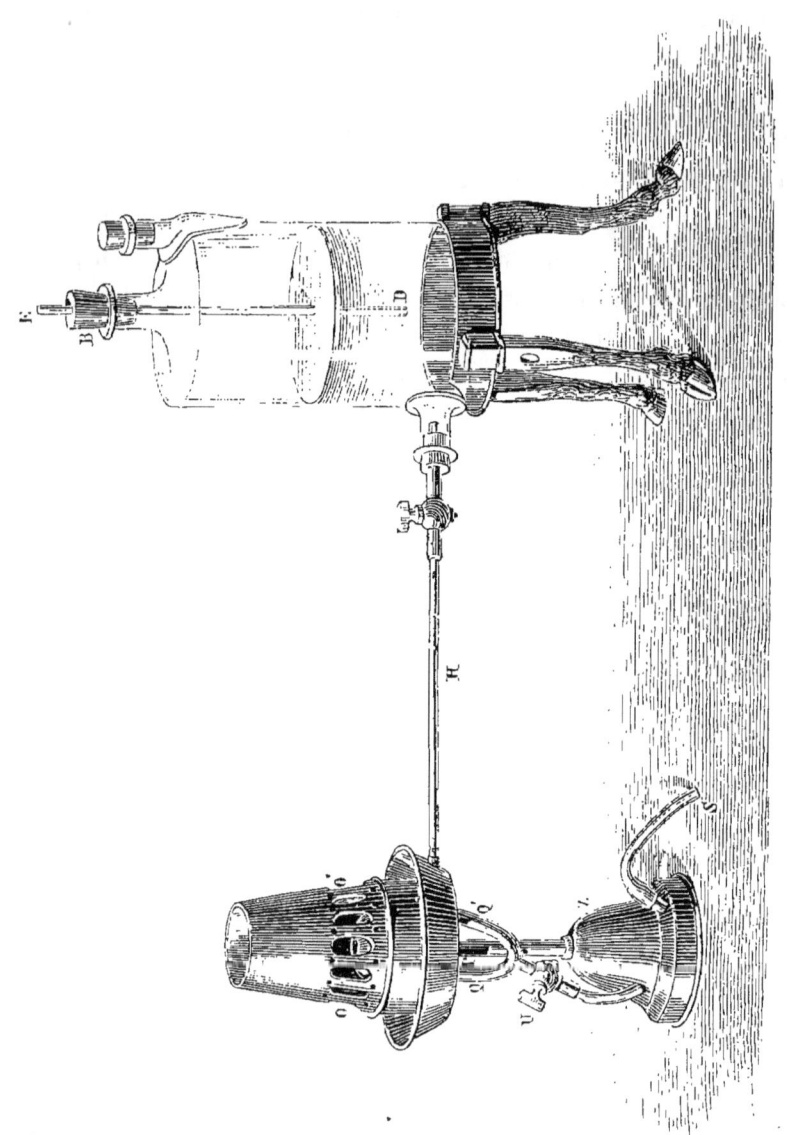

Lampe-forge de Deville, alimentée à l'essence de térébenthine.

mentée à l'essence de térébenthine, et les fourneaux Deville, à l'huile lourde de pétrole. Aujourd'hui le gaz d'éclairage, lorsqu'on en dispose à toute heure, est préféré à tout autre moyen de chauffage. On trouve maintenant, chez les constructeurs spécialistes, des appareils variés, se prêtant à tous les genres d'expériences réclamés par la science, et servant au chauffage des capsules, des fioles, des ballons, des tubes en verre ou en porcelaine, des moufles, des creusets.

Nous ne pouvons pas entrer dans les détails de construction de ces divers fourneaux, nous en indiquerons seulement le principe, qui est celui du bec de Bunsen.

Prenons un tube de verre d'un centimètre de diamètre intérieur, percé sur les côtés de deux petites ouvertures. A son extrémité inférieure fixons, au moyen d'un bouchon, un tube plus étroit, communiquant avec une conduite de gaz d'éclairage; nous réglerons ce tube de manière que son bout soit juste à la hauteur des ouvertures.

Faisons maintenant arriver le gaz; le jet qui s'élancera par la pointe, à une pression un peu supérieure à la pression atmosphérique, produira sur l'air extérieur une sorte d'aspiration, et déterminera son entrée par les ouvertures latérales.

Nous aurons donc dans la portion supérieure du gros tube un mélange intime de gaz et d'air qu'on enflammera et qui produira une température élevée, car la combustion sera aussi complète que possible dans le centre même de la flamme.

Le bec de Bunsen ne diffère de cette disposition théorique que par l'adjonction d'une virole inférieure qui permet de régler l'ouverture des trous suivant la force du courant de gaz d'éclairage.

Tous les fourneaux à gaz, qui ont remplacé presque

complètement dans les laboratoires les anciens fourneaux à charbon, et qui tendent de plus en plus à les

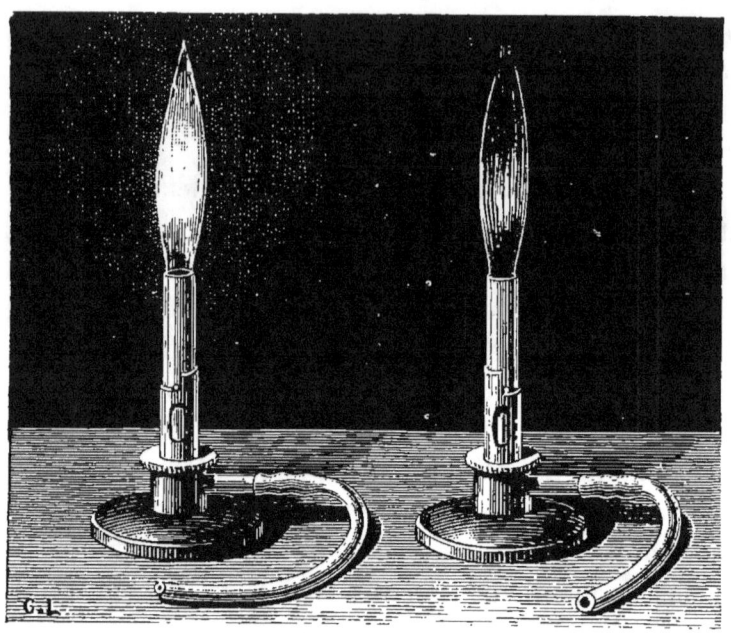

Bec de Bunsen : 1° avec flamme lumineuse et peu chaude :
2° avec flamme très chaude et un peu lumineuse.

remplacer aussi dans les usages domestiques, ne sont
autre chose que des becs de Bunsen. Une ouverture
pratiquée près du manche permet à l'air aspiré de se
mélanger au gaz avant sa sortie par les petits trous du
fourneau.

Les fourneaux de Schlœsing et de Perrot, disposés de
manière à diminuer autant que possible les pertes de
chaleur, et alimentés par de l'air comprimé, permettent d'atteindre, avec le gaz et l'air, la température de
fusion du platine.

Dans la lampe d'émailleur des laboratoires, d'un

usage constant pour le travail du verre, le courant d'air
est envoyé au sein de la flamme par une soufflerie
qu'on manœuvre avec le pied; la disposition du bec

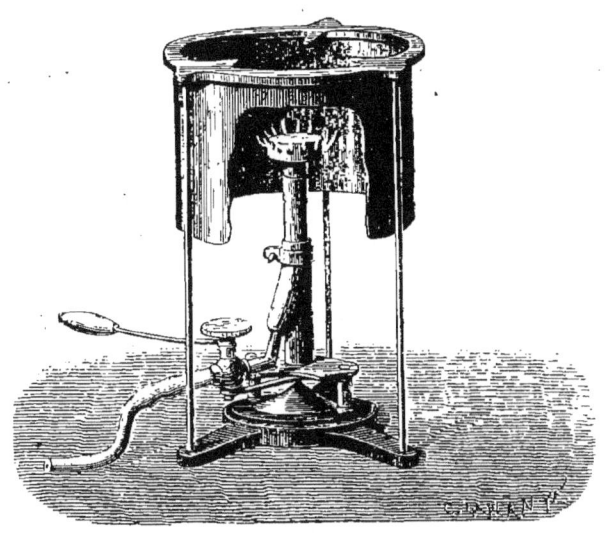

Fourneau à gaz des laboratoires.

est analogue à celle du chalumeau à gaz oxhydrique.
Le chalumeau ordinaire des géologues est aussi basé

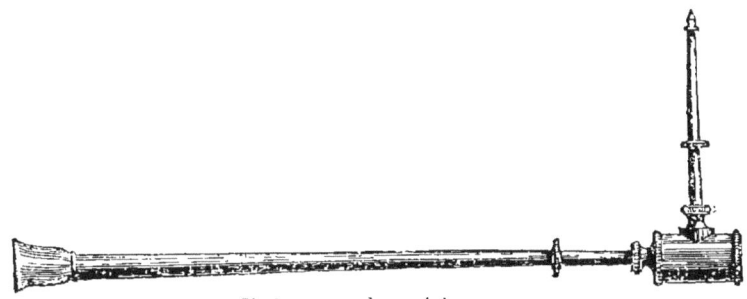

Chalumeau des géologues.

sur le même principe. L'air est insufflé, au moyen de
la bouche, au sein de la flamme d'une bougie. Sous
l'influence de ce courant d'air intérieur qui active la

combustion, la flamme s'incline, perd son éclat, mais devient en même temps beaucoup plus chaude. Les orfèvres se servent de cet outil admirablement simple pour souder l'or et l'argent.

Mais les effets, les plus puissants sont obtenus au moyen du chalumeau oxhydrique, dans lequel l'hydrogène est mélangé avec de l'oxygène.

Supposons qu'un tube, muni d'un bec à dégagement, reçoive de l'hydrogène par un tuyau et de l'oxygène par

Flamme d'une bougie rendue plus chaude
par l'action du chalumeau.

un autre : si les deux gaz arrivent dans les proportions de deux volumes d'hydrogène pour un volume d'oxygène, et qu'on enflamme leur mélange, on aura une flamme capable de fondre immédiatement le platine.

Cette flamme ne différera pas, en apparence, de la flamme ordinaire de l'hydrogène ; elle se produira, comme la première, au sein de l'air ; mais l'air ne sera plus ici qu'une enveloppe ne prenant pas part à la combustion ; il n'y aura pas d'air au milieu de la flamme, mais seulement de l'oxygène. C'est pour cela qu'elle sera beaucoup plus chaude.

Deville a donné à ce chalumeau à gaz oxhydrique une disposition commode qui le rend d'un usage facile. Deux cylindres métalliques ayant même axe reçoivent : le gros de l'hydrogène par un tuyau à robinet, le petit de l'oxygène par un autre tuyau à robinet; les deux gaz sont renfermés dans des sacs de caoutchouc pressés par des poids un peu forts. Il ne serait pas possible d'enfermer le mélange dans un gazomètre unique, et de le faire sortir par un seul tuyau, parce que la flamme, rétrogradant, déterminerait l'explosion subite du mélange détonant.

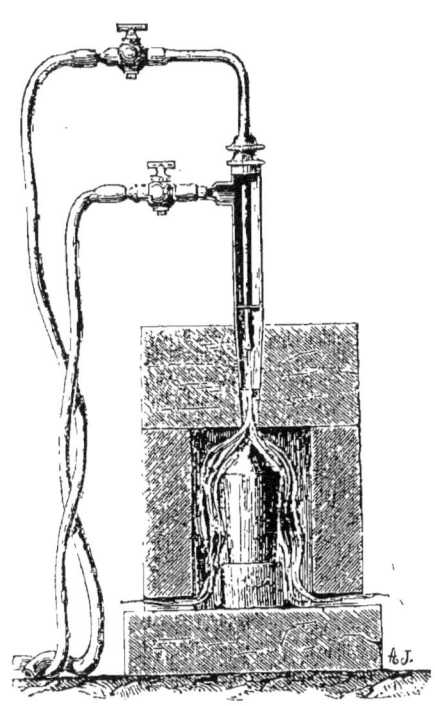

Fourneau en chaux, pour la fusion du platine au moyen du bec oxhydrique.

Le chalumeau est, suivant l'usage qu'on en veut faire, tenu à la main ou porté par un support; quand on veut fondre du platine, on le fixe à l'ouverture d'un four en chaux vive dans lequel on a mis le métal en morceaux.

Le chalumeau oxhydrique fonctionne aussi bien si l'on remplace l'hydrogène par du gaz de l'éclairage; cependant la chaleur développée n'est pas aussi intense. Si l'on y remplace, de plus, l'oxygène par de l'air, on a la lampe d'émailleur.

III

Le principal service que nous rend le feu est incontestablement d'opérer la cuisson de nos aliments et de lutter contre le froid de l'hiver.

Les peuples primitifs, de même que les peuplades sauvages de notre époque, se contentaient d'allumer en plein air des feux autour desquels ils se chauffaient, et qu'ils utilisaient en même temps pour la cuisson des aliments. Bientôt ils transportèrent leurs foyers dans l'intérieur des cavernes et des huttes qui leur servaient de demeure; la fumée n'avait, pour s'échapper, d'autre issue que la porte.

Dans les pays où les hivers sont généralement doux, on se chauffe souvent, encore de nos jours, par un procédé analogue; des *braseros* remplis de braise incandescente sont placés au milieu des appartements.

Ce procédé de chauffage est simple et économique, car toute la chaleur produite par la combustion reste dans l'appartement; mais il est insalubre, car il ne ventile pas, et répand dans l'atmosphère de l'acide carbonique et de l'oxyde de carbone.

Aucun accident n'arrive cependant dans les pays chauds, Espagne, Italie, Amérique du Sud, où l'usage des braseros est général : là, en effet, ils servent à chauffer légèrement de vastes salles pendant la moins

Brasero.

bonne saison. Les croisées et les fenêtres ne sont pour ainsi dire jamais fermées, et la quantité de charbon

Foculus ou brasero du Musée des antiques de Lyon.

ainsi brûlée à feu découvert est excessivement faible.

Dans les huttes des sauvages, le feu qui sert à se chauffer et à cuire les aliments est plus actif, et se fait encore au milieu de la salle, sous un trou percé au toit; mais il se produit là un courant ascendant qui force l'air à affluer de tous côtés de la circonférence au centre, par les portes et les fissures des murs en terre, de sorte que les individus qui sont assis à terre, ou couchés autour du feu, se trouvent enveloppés dans un courant d'air pur et garantis de l'acide carbonique.

On a fait beaucoup de recherches pour savoir à quelle époque on a adapté au foyer une cheminée destinée à rejeter entièrement à l'extérieur les produits de la combustion. Les auteurs romains parlent en mainte occasion du foyer, mais aucun n'indique nettement comment il communiquait avec l'extérieur.

Tout porte à croire que, outre les foyers portatifs, analogues aux braseros actuels, chaque maison avait au moins un foyer fixe, reposant sur une pierre immobile, qui ne pouvait manquer en aucun lieu où une famille fixait sa demeure : c'est le foyer domestique autour duquel chaque jour tous ses membres se groupaient pour la prière, le sacrifice ou le repas. Placé au milieu de l'unique pièce de l'habitation primitive, il n'y avait point pour la fumée d'autre issue que l'ouverture du toit, ou celle de la porte.

Plus tard, lorsque l'aisance et le bien-être eurent pénétré dans la maison agrandie, il n'y eut plus un seul foyer placé dans une pièce unique, mais on ne sembla pas s'occuper avec plus de soin de canaliser la fumée.

Appian Alexandrin raconte de quelle manière ceux qui étaient proscrits par les triumvirs se cachaient sur les toits et dans les cheminées ; Aristophane nous montre le vieillard Philocléon cherchant à s'évader par une cheminée ; Horace chante le feu qui pétille et fait rouler en l'air de gros tourbillons de fumée ; ailleurs, il nous parle de l'incendie qui s'est déclaré dans la cuisine de son hôte par suite des flammes qui se sont élevées jusqu'au haut du toit..... Dans aucune de ces circonstances on n'entend désigner autre chose qu'une simple ouverture pratiquée au sommet de la maison.

Un intérieur de thermes (restauration faite au temps de la renaissance sur l'ordre d'un architecte), comme coupe théorique de bains antiques.

Du reste Vitruve ne parle pas de la construction des cheminées. Enfin les maisons découvertes à Herculanum et à Pompéia n'en offrent point ; ce qui fait présumer qu'à l'époque de la destruction de ces deux villes, on ne connaissait pas encore les cheminées en Italie.

Ce n'est pas, dans tous les cas, qu'on ignorât l'art de canaliser les gaz pour les rejeter à l'extérieur ; car, du temps de Sénèque, les palais étaient chauffés par de véritables calorifères, nommés hypocaustes, qui, placés au-dessous du rez-de-chaussée, distribuaient leur chaleur par des conduits dans la masse des bâtiments. On a en outre découvert à Pompéia un four de boulangerie muni d'une véritable cheminée.

D'après Péclet, l'époque à laquelle il faut placer l'origine des cheminées est assez incertaine ; les auteurs du commencement du quatorzième siècle semblent ne pas les connaître.

La date la plus ancienne, et en même temps la plus certaine, où il ait été question des cheminées, est l'année 1347. Une inscription trouvée à Venise apprend que cette année-là un tremblement de terre renversa un grand nombre de cheminées. Les premiers ramoneurs qui vinrent en France étaient originaires de la Savoie, du Piémont et des pays circonvoisins. Ces contrées ont été pendant longtemps les seules où le métier de ramoneur fût pratiqué ; d'où l'on peut conjecturer que les cheminées ont été inventées en Italie.

De nos jours la cheminée, destinée à rejeter à l'extérieur les gaz résultant de la combustion et à appeler dans le foyer l'air nécessaire à l'entretien de cette combustion, ne manque jamais d'accompagner le foyer dans lequel est brûlé le combustible.

Quant au foyer lui-même, il affecte deux dispositions principales. L'usage des *poêles* est très répandu dans le Nord, tandis qu'en France et dans la Grande-Bretagne on préfère les foyers découverts qui ont reçu plus particulièrement le nom de *cheminées*.

Les cheminées actuelles se composent d'un foyer ouvert, dans lequel brûle le combustible, surmonté du tuyau de dégagement.

Avec cette disposition, la seule chaleur utilisée est celle qui rayonne par l'ouverture du foyer. Or, la quantité de chaleur rayonnée est à peine un dixième de la chaleur totale; le reste, c'est-à-dire les neuf dixièmes de la chaleur de combustion, monte dans la cheminée, entraîné par le courant d'air. Ce procédé de chauffage n'élèvera donc la température d'une manière sensible que si l'on consomme une grande quantité de combustible.

Mais si les cheminées chauffent peu, elles ventilent beaucoup. La quantité d'air qui est attirée à chaque instant dans le foyer, et qui se répand à l'extérieur, est considérable. L'air de l'appartement s'en va ainsi rapidement, et est remplacé par l'air froid de l'extérieur, qui entre par les fissures des portes et des fenêtres. Cette ventilation, produite dans ces conditions, a l'inconvénient de déterminer la formation de *vents coulis*, qui se dirigent de toutes les ouvertures vers le foyer, vents coulis qu'on ne saurait supprimer sans arrêter en même temps le tirage.

Les cheminées ordinaires sont donc de détestables appareils de chauffage et de désagréables appareils de ventilation.

Le mieux serait de les abandonner. Mais la vue du feu, qu'on trouve gaie, est devenue chez nous un besoin, auquel on sacrifie le bien-être plus réel d'une température élevée. Aussi les architectes ont-ils cherché à perfectionner la cheminée en augmentant son rendement calorifique et en modifiant son mode de ventilation. Fréquemment, de nos jours, l'air nécessaire au tirage et à la ventilation est introduit par des conduits spéciaux qui longent le foyer. On a ainsi

11

supprimé presque complètement les vents coulis, en même temps qu'on a diminué la perte de chaleur. La température s'élève plus rapidement, puisque l'air aspiré est échauffé avant d'arriver dans l'appartement.

Au moyen âge, à l'époque où le bois était abondant, on obtenait une bonne température au moyen de cheminées immenses dans lesquelles brûlaient des bûches énormes. « Dans ces grandes cheminées, dit Viollet-le-Duc, on jetait des troncs d'arbres de deux ou trois mètres de long, et on obtenait ainsi des foyers de chaleur d'une telle intensité qu'ils permettaient de chauffer de vastes salles. Bien que nos pères fussent moins frileux que nous, qu'ils fussent habitués à vivre au grand air en toute saison, cependant la réunion de la famille au foyer de la *salle* était évidemment pour eux un des plaisirs les plus vifs durant les longues soirées d'hiver. Le châtelain, obligé de se renfermer dans son manoir aussitôt le soleil couché, réunissait autour de son foyer non seulement les membres de sa famille, mais ses serviteurs, ses *hommes* qui revenaient des champs, les voyageurs auxquels on donnait l'hospitalité ; c'était devant la flamme claire qui pétillait dans l'âtre que chacun rendait compte de l'emploi de son temps pendant le jour, que l'on servait le souper partagé entre tous, que l'on racontait ces interminables légendes recueillies aujourd'hui avec tant de soin et dont les récits diffus ne s'accordent plus guère avec notre impatience moderne. Une longue chandelle de suif, de résine ou de cire, posée sur la tablette qui joignait le manteau de la cheminée, ou fichée dans une pointe de fer, et la brillante flamme du foyer, éclairaient les personnages ainsi réunis, et permettaient aux femmes de filer ou de travailler à quelque ouvrage d'ai-

Cheminée de la grand'salle du palais des comtes de Poitiers.

guille. Lorsque sonnait le couvre-feu, chacun allait trouver son lit, et la braise, amoncelée par un serviteur, au moyen de longues pelles de fer, entretenait la chaleur de la salle, pendant une partie de la nuit, car le maître, sa femme, ses enfants, avaient leurs lits encourtinés dans la salle; souvent les étrangers et quelques familiers couchaient aussi dans cette salle, sur des bancs garnis de coussins, sur des châles ou des litières. »

L'un des plus remarquables spécimens des immenses foyers du moyen âge est la belle cheminée de la grande salle du palais des comtes de Poitiers. « Cette cheminée, qui date du commencement du quinzième siècle, ainsi que le pignon auquel elle se trouve adossée, occupe presque entièrement l'une des extrémités de cette salle, dont la construction remonte au treizième siècle; elle n'a pas moins de 10 mètres de largeur sur $2^m,50$ sous le manteau. Le dessus du manteau forme une sorte de tribune à laquelle on arrive par deux escaliers percés aux angles du pignon. La cheminée est divisée en trois corps; trois tuyaux partent de la hotte et, passant derrière une claire-voie vitrée, s'élèvent jusqu'à l'extrémité du pignon.

« Lorsque siégeaient, devant cette cheminée, dans leurs grands costumes, les comtes de Poitiers entourés de leurs officiers; lorsque derrière la cour seigneuriale brillaient les trois feux allumés dans les trois âtres, et que des assistants assis sur un banc au-dessus du manteau de la cheminée, adossés à des verrières, complétaient ce tableau, on peut se figurer la noblesse et la grandeur d'une pareille mise en scène, combien elle devait inspirer de respect aux vassaux cités devant la cour du comte. Certes, pour défendre sa cause en face d'un tribunal si noblement assis et entouré, il fallait avoir trois fois raison. »

Nous ne pouvons entrer ici dans aucun détail relatif à la disposition des poêles, pas plus que nous ne l'avons fait pour les cheminées.

Les poêles sont des appareils en tôle, en fonte ou en faïence, placés dans l'intérieur des appartements, d'une capacité plus ou moins considérable, et dans lesquels on brûle le combustible. A la sortie du foyer, la cheminée se rend dans un tuyau qui la conduit à l'extérieur.

Dans un poêle, le tirage se fait exactement comme dans une cheminée. L'air qui se trouve dans l'appareil s'échauffe au contact du feu et s'élève dans le tuyau en même temps que les produits de la combustion. Il est remplacé par l'air de l'appartement, qui entre par la porte du poêle, pendant que l'air froid du dehors vient le remplacer, en passant par les fissures des portes et des fenêtres.

Seulement, comme la porte du poêle est petite, la quantité d'air qui s'en va par cette voie est très faible; elle est tout juste suffisante pour entretenir la combustion : aussi la ventilation est-elle beaucoup moins active que dans le chauffage par les cheminées. Ce défaut est bien compensé par la diminution des vents coulis et par l'élévation de la température. L'air de l'appartement s'échauffe directement par son contact avec les parois du poêle et du tuyau, portées à une température élevée; et il reste dans l'appartement cinq ou six fois plus de chaleur que dans le chauffage par les cheminées.

Les poêles en fonte chauffent plus rapidement; les poêles en faïence maintiennent la chaleur pendant plus longtemps.

Les poêles en fonte, auxquels on donne sans diffi-

Un poêle en Russie.

culté et à très peu de frais les formes les plus commodes pour les besoins à la fois du chauffage et de la cuisson des aliments, se fabriquent aujourd'hui par milliers dans nos forges. Ils sont répandus dans tous les petits ménages, où ils rendent d'immenses services.

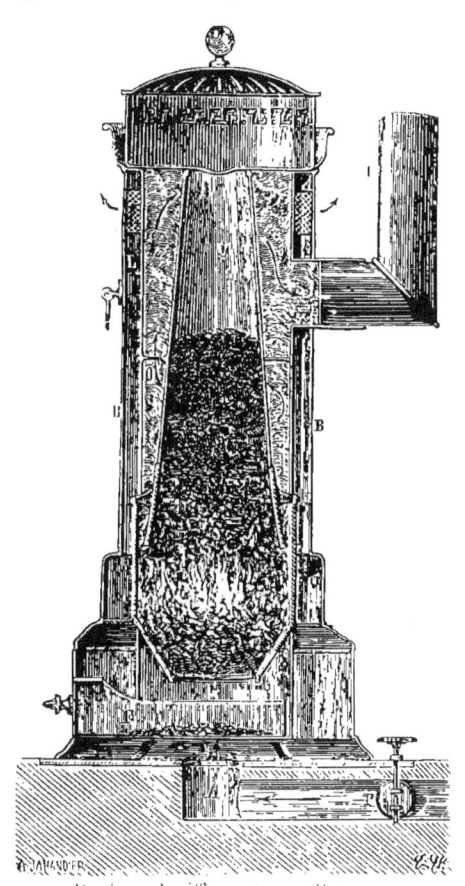

Poêle calorifère et ventilateur.

Dans les pays du nord, en Russie, en Suède, en Norwège, le chauffage se fait exclusivement par des poêles, qui sont presque toujours en briques recouvertes de faïence, et dont les dimensions sont considérables. La fumée y circule dans plusieurs conduits verticaux, et la chaleur se transmet aux pièces à chauffer à travers les parois en terre. Ces poêles, chauffés lentement, conservent très longtemps leur chaleur, sans que l'on y fasse du feu plus d'une ou deux fois par vingt-quatre heures.

Depuis un certain nombre d'années, on construit des *poêles calorifères* dont la disposition intérieure est généralement fort compliquée. Mais on peut dire qu'ils

sont, en définitive, formés d'un foyer à parois métalliques, entouré d'une seconde enveloppe placée à une
faible distance. L'air extérieur arrive le plus souvent
par un tuyau situé sous le plancher, s'échauffe entre
les deux parois métalliques, et s'échappe dans l'appartement par des bouches de chaleur pratiquées en haut

Cheminée pour le chauffage au gaz.

du poêle. C'est une disposition analogue à celle des cheminées à appel d'air chaud. Quand les poêles calorifères sont bien construits, ils donnent un rendement
calorifique plus grand encore que les poêles ordinaires
en même temps qu'une ventilation à peu près suffisante.

Les *cheminées-poêles* ont aussi, de nos jours, ac-

quis une grande vogue. Ces appareils sont métalliques ;
ils sont disposés comme les poêles pour brûler le combustible et chauffer l'air de la salle, mais ils sont
pourvus d'un large foyer ouvert, pouvant se fermer à
l'aide d'un tablier mobile. Ces appareils, propres, économiques et agréables, sont des poêles si on les ferme, et
des cheminées si on les ouvre. Ils constituent l'un des
meilleurs procédés de chauffage.

Dans ces divers appareils on peut brûler, suivant la
disposition de la grille, du bois, du coke ou de la
houille. On alimente même quelquefois les cheminées
et les poêles avec le gaz d'éclairage, mais le prix de
ce combustible est trop élevé pour que son emploi dans
le chauffage des appartements puisse se généraliser.

Les calorifères, enfin, sont destinés à chauffer, au
moyen d'un seul foyer, un certain nombre de pièces
d'une même maison. Ils sont plutôt employés dans les
grands établissements publics que dans les maisons
particulières.

Nous avons dit que les calorifères avaient été imaginés par les Romains. Dans les premiers temps de l'empire, on chauffa les palais au moyen des foyers disposés
au-dessous du rez-de-chaussée ; des tuyaux pratiqués
dans l'épaisseur des murs portaient la chaleur dans
les étages supérieurs. Ces hypocaustes, après avoir reçu
des perfectionnements successifs, devinrent le mode
de chauffage usité dans les contrées froides, et même
dans le Midi, pour les bains et pour les logements
qu'on occupait l'hiver. On rencontre fréquemment les
restes de ces calorifères dans les ruines des villas romaines des pays du Nord.

De nos jours les calorifères sont à circulation d'air chaud, d'eau chaude ou de vapeur.

Dans les calorifères à air chaud, la chaleur est em-

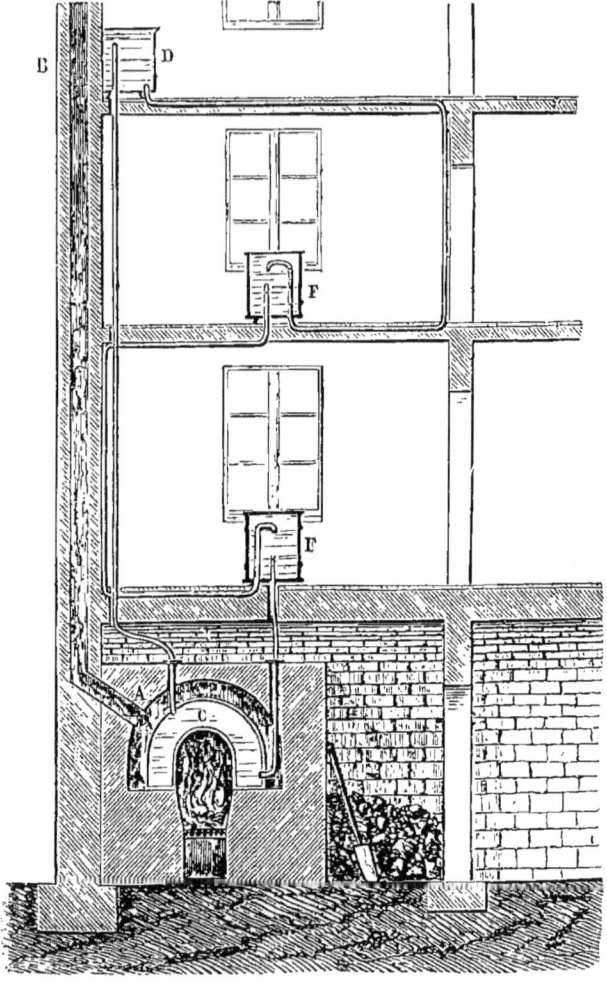

Calorifère à eau chaude.

ployée à échauffer de l'air qui est ensuite conduit par des tuyaux dans les divers appartements ; là il s'échappe par des ouvertures convenablement disposées.

Les calorifères à eau chaude donnent une température généralement peu élevée, mais bien uniforme et bien régulière. Le foyer échauffe une vaste chaudière, qui communique avec des réservoirs situés dans toutes les pièces; le tout est entièrement rempli d'eau. Dès qu'on allume le foyer, il s'établit une circulation dans l'appareil : l'eau la plus chaude monte constamment, tandis que la froide descend pour venir s'échauffer à son tour. Grâce cette convection, la masse entière arrive peu à peu à la température d'ébullition, et s'y maintient aussi longtemps qu'on entretient le feu.

Enfin, dans les calorifères à vapeur, le foyer fait bouillir l'eau d'une chaudière et envoie la vapeur dans des tuyaux qui traversent toutes les pièces à chauffer : la condensation, partout où elle se produit, développe une grande quantité de chaleur, qui élève rapidement la température. L'eau qui résulte de cette condensation revient à la chaudière, pour y être volatilisée de nouveau.

IV

LE CHAUFFAGE INDUSTRIEL

Le chauffage industriel semble avoir été, pendant longtemps, aussi primitif que le chauffage domestique. Les foyers de cuisine et les foyers métallurgiques destinés à l'extraction, à la fonte et au travail des métaux, à la préparation et au soufflage du verre, à la cuisson de la chaux, de la porcelaine, du pain.... étaient simplement constitués, à l'origine, par deux pierres entre lesquelles on entretenait le feu. De nombreux dessins recueillis sur les monuments de l'antique Égypte, pourtant si avancée en civilisation, en font foi.

De nos jours encore nombre de peuplades africaines, qui connaissent cependant le travail des métaux, se contentent de ce foyer si simple. Tels sont les forgerons que Livingstone rencontra sur les bords du Zambèse, dans l'Afrique australe. Certains de ces forgerons, les plus intelligents, savent attiser le feu avec des soufflets en peau de chèvre dont notre gravure fait assez comprendre le fonctionnement.

Mais une installation aussi rudimentaire ne permettait pas d'obtenir une température très élevée ; on dut rapidement la modifier. Les verriers thébains se servaient de fours cylindriques dès la plus haute antiquité, comme le montrent les peintures de tombes de Beni-

Forgerons de l'Afrique centrale, d'après Livingstone.

Hassan, qu'on pense être de deux mille ans antérieures à l'ère chrétienne.

Citons sur ce sujet un important passage du *Dictionnaire des Antiquités* de M. Ed. Saglio. « A en juger par ce que nous voyons encore se passer chez des peuples fort peu avancés en civilisation, l'idée a dû venir de bonne heure d'élever au-dessus du sol des fourneaux à courant d'air, en forme de cylindre ou de cône tronqué, afin d'obtenir un feu plus actif. Dans beaucoup de parties sauvages ou barbares de l'Afrique et de l'Asie, on en construit de semblables pour le travail des métaux, et on en a retrouvé, avec des traces d'exploitation extrêmement ancienne, en France, en Suisse, en Belgique, qui n'en sont point différents. Tels sont également ceux dont quelques restes subsistent au milieu des scories des mines d'argent de l'Attique : c'étaient des fours à manche,

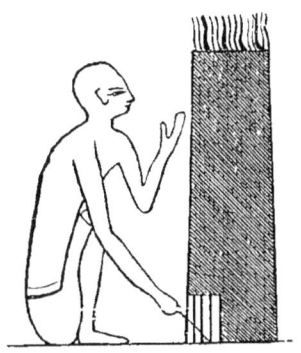

Verrier thébain.

peu élevés, probablement surmontés de cheminées pour éloigner les fumées malsaines, comme ceux qui, d'après Strabon, étaient employés, en Espagne, et probablement aussi en Étrurie, en Corse et sur toute la côte ligurienne.

« On peut donc supposer que les fourneaux destinés à la fusion des métaux furent généralement construits sur ce modèle dans l'antiquité, et c'est ainsi que nous les voyons figurés dans les monuments. Nous en trouvons des exemples dans les peintures de vases grecs.

Celui qui est ici reproduit est tiré d'un vase à figures
noires qui peut dater du sixième siècle avant J.-C. :
on y voit un fourneau de forge, dont le courant d'air
est activé au moyen d'un soufflet placé à l'opposé de la
bouche. Ainsi Homère nous dépeint Vulcain fondant

Forge (peinture du vase à figures noires, du musée britannique).

les métaux dans des creusets, au-dessus de la flamme
que vingt soufflets avivent. Il semble aussi que les
fours de potier, souvent représentés, avec une voûte
en dôme et une ouverture en avant, comme les fours
de boulanger, aient été primitivement des cheminées
cylindriques ressemblant à celle qu'on vient de voir.
Dans la petite pièce intitulée *le Four ou les Potiers*,
que l'on met sous le nom d'Homère et qui est certainement fort ancienne, le four est une construction d'une
certaine hauteur, au-dessus de laquelle on se penche
pour regarder, et qui périra en s'écroulant. Les pein-

Forgerons de la région du Zambèze. (Voy. p. 171).

tures égyptiennes et les vases grecs nous offrent des exemples qui répondent à cette description.

Boulangerie avec cheminée à Pompéi.

« Le four à cuire le pain, qui n'a pas besoin de courant d'air, reçut néanmoins un perfectionnement qu'indiquait la pratique des autres industries, comme

on a pu le constater à Pompéi. Dans la boulangerie
décrite par Mazois et explorée sous ses yeux, une
construction carrée, véritable cheminée formant une
chambre d'air chaud, enveloppe le four proprement dit
de manière à lui conserver sa chaleur. L'air et la
fumée trouvaient en haut une issue par où elles pas-
saient dans une chambre ou étuve située à l'étage supérieur. Dans une autre boulangerie de Pompéi, dé-
pendant d'une maison particulière, la fumée était
emportée vers le toit par trois tuyaux qui se réunis-
saient dans une cheminée évasée en hotte à sa base.
On ne peut en mesurer la hauteur à cause de l'écrou-
lement des parties supérieures de la maison. »

Les fours destinés à fondre les métaux, à cuire la
poterie, les fours à chaux surtout, n'étaient pas sans
analogie avec nos fours actuels. D'après M. Rich, le four
à chaux était construit de la manière suivante : On
creusait la terre à une certaine profondeur de manière
à former une voûte spacieuse pour le fourneau, avec
une entrée sur le devant et par derrière : la première
pour mettre le bois, la seconde pour retirer les cendres.
Les puits, où s'ouvraient les bouches du fourneau,
s'enfonçaient dans une direction perpendiculaire pour
protéger contre les courants du vent le fourneau et ses
ouvertures. La partie du four qui était au-dessus du sol
était alors élevée en briques ou pierres brutes, revêtue
d'argile pour concentrer la chaleur, et de forme conique, large de six pieds au fond et se rétrécissant
jusqu'à trois vers le haut, où il se terminait par une
ouverture ou cheminée circulaire.

Les forges de forgeron ressemblaient de tous points,
dès l'époque romaine, à celles d'aujourd'hui, comme le

montre la gravure du marbre d'une tombe découverte

Forgerons de la région du haut Niger. (Voy. p. 171.)

à Rome. On y voit, sur le premier plan, trois hommes

qui martèlent le fer rouge sur une enclume; au pied

Ouvrier travaillant au chalumeau, d'après une peinture égyptienne.

de l'enclume est un vase plein d'eau pour y plonger le

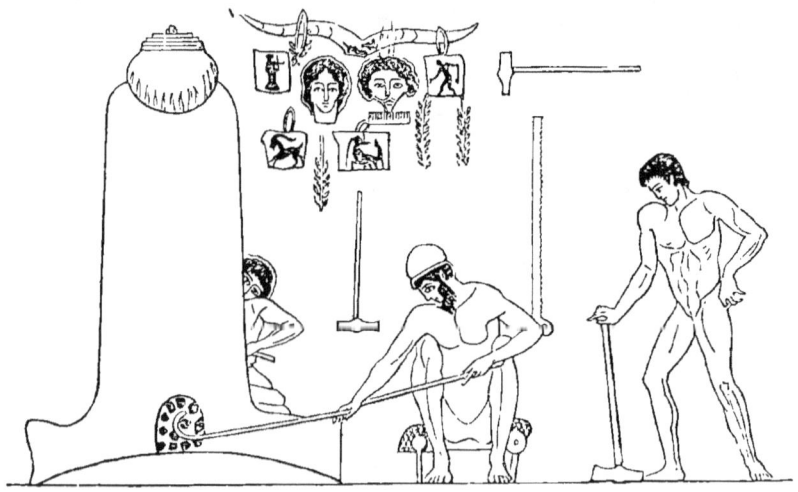

Fonte du métal.

fer et les instruments échauffés. On voit le feu sur

l'arrière-plan, puis, plus loin, le soufflet avec l'homme qui le manœuvre.

M. Deherrypon nous décrit, dans les *Merveilles de la Chimie*, les *foyers à orientation* des forgeurs primitifs. « Ces foyers, dit-il, consistaient en une cuve conique, construite avec les matériaux de la localité, et dont le bas, qui peut être considéré comme le cendrier de l'appareil, avait deux ouvertures *orientées* dans la direction des vents dominants. Suivant que le vent soufflait dans le sens d'une de ces ouvertures, on bouchait l'autre; l'air, sollicité d'ailleurs par le tirage de l'appareil, n'avait donc d'autre issue que la cuve de ce fourneau, qu'il traversait avec d'autant plus de vitesse, qu'il était fourni par un vent plus violent.

Forgeron, d'après le Virgile du Vatican.

« Nous avons vu les derniers vestiges d'un de ces foyers à orientation sur une montagne des Asturies, voisine d'un gisement d'hématite rouge très riche. Les scories, également très riches, qui se rencontrent là, témoignent de l'imperfection du procédé métallurgique; et leur faible quantité nous a fait supposer que les forgeurs de l'époque ne s'arrêtaient, dans une localité, que pendant le temps nécessaire à la consommation des bois les plus immédiats. Lorsque, par son éloignement, le combustible devenait d'un transport trop difficile, on levait le camp, l'établissement était abandonné, et on allait en asseoir un autre dans une nouvelle contrée boisée. Cette époque des foyers à orientation est donc également celle de la métallurgie nomade du fer....

« Puis, ce procédé devenant insuffisant, il arriva un moment où l'on abandonna les fourneaux à tirage na-

Fourneau à orientation des forgeurs primitifs.

turel pour les fourneaux à vent forcé. Il est présumable que le vent forcé fut d'abord engendré par des soufflets, ou plutôt par des outres que des hommes gonflaient et vidaient successivement; puis on imagina des caisses dans lesquelles se mouvait un piston plus ou moins jointif; et enfin, la consommation du fer devenant chaque jour plus importante, on demanda à l'eau une force motrice à laquelle les bras de l'homme ne pouvaient plus suffire; les fourneaux cessant alors d'être nomades, allèrent s'immobiliser au pied des chutes d'eau. On entrait dans la période des usines. »

Si nous nous rapprochons de notre époque, nous trouvons dans Agricola, qui écrivait en 1555 un bien remarquable traité de métallurgie, *De re metallica*, des renseignements précis accompagnés de nombreuses vignettes, sur les divers travaux industriels de l'époque. Les fourneaux qu'on voit figurés, en grand nombre, dans ces vignettes, ne diffèrent pas en somme beaucoup des fourneaux si simples dont nous venons de parler. Ils sont presque tous remarquables par l'absence complète de ces grandes cheminées qui, de nos jours, servent à déterminer le tirage. Le plus souvent une simple ouverture, pratiquée à la partie supérieure du fourneau, suffit au dégagement des produits de la combustion. La seule vignette qui présente une cheminée de dimensions notables est celle dont nous donnons ici la reproduction : cette cheminée n'avait pas pour but de déterminer un tirage énergique, mais de forcer la fumée à passer et à séjourner dans une grande chambre sur les parois de laquelle devaient se condenser les vapeurs métalliques entraînées hors du fourneau. Cela résulte en effet de la description dont nous donnons ici la traduction.

« Il est utile que les fourneaux, surtout ceux dans lesquels on traite des minerais précieux, soient munis de chambres qui reçoivent et arrêtent la partie la plus dense de la fumée, toujours riche en métaux. Sous une seule voûte, soutenue par un mur et quatre piliers, on réunit généralement deux fourneaux : c'est là que les fondeurs de minerai font leur travail. A cette voûte sont percés deux conduits, par lesquels la fumée monte des fourneaux dans une grande chambre, qui reçoit d'autant plus de fumée qu'elle est plus vaste. Au milieu de la chambre, reposant sur la voûte, est un conduit haut de trois palmes, large de deux. Ce conduit reçoit la fumée des deux fourneaux lorsque, après avoir glissé le long des parois de la chambre jusqu'au plafond, et ne trouvant pas d'issue, elle redescend vers le bas; il se continue par une cheminée (que les Grecs nomment καπνοδοκειον, tuyau de cheminée), qui jette la fumée dehors. Le conduit, entièrement entouré de murs, contient quelques feuilles de fer auxquelles s'attache la matière métallique la plus légère emportée par la fumée, comme le fait dans la chambre la partie la plus dense, laquelle ruisselle parfois en gouttelettes.

« Dans l'une des parois de la chambre est une fenêtre garnie de vitres qui permettent à la lumière de passer tout en retenant la fumée; dans l'autre paroi est une porte qui, lorsqu'on fait fondre le minerai, est fermée hermétiquement afin que nulle fumée ne s'échappe. Lorsqu'on veut enlever le noir de fumée et les résidus métalliques qui se sont déposés sur les murs, on ouvre cette porte pour que l'ouvrier puisse entrer. Deux fois par an les murs de cette chambre sont essuyés complètement. Les matières ainsi obtenues, poussées, afin qu'elles ne s'envolent pas, dans un long canal formé de quatre planches réunies à angle droit, tombent sur le sol du laboratoire, où on les arrose d'eau salée : elles sont alors réunies au minerai et à l'oxyde métallique, au grand profit des propriétaires.

« Les chambres de cette espèce, destinées à recevoir

Fourneaux métallurgiques au dix-septième siècle (d'après Agricola).

les poussières métalliques enlevées avec la fumée, sont utiles dans le traitement de toutes les roches très riches en métaux, et surtout dans le traitement des débris pulvérulents qui résultent du lavage et de l'écrasage des minerais, parce que ces particules si ténues s'envolent aisément du feu des creusets. »

Une légende, qui accompagne la gravure, rend cette description plus claire; nous la reproduisons ici, avec quelques développements :

A fourneaux dans lesquels on traite le minerai métallique.

B voûte qui surmonte les fourneaux.

C piliers destinés à supporter la voûte.

D chambre à condensation.

E ouverture inférieure de la cheminée.

F cheminée — G fenêtre — H porte.

I ouverture du canal en planches par lequel les poussières sont versées sur le sol du laboratoire.

Remarquons, en passant, la présence, dans cette vignette, d'un ouvrier poussant devant lui une brouette tout à fait analogue à nos brouettes actuelles. Cet instrument de travail était donc d'un usage courant dès le milieu du seizième siècle; Agricola nous en donne une description minutieuse, que nous jugeons inutile de reproduire ici, et il ne nous le présente pas comme étant d'invention récente; il se trouve de plus reproduit un grand nombre de fois dans les vignettes qui accompagnent le texte de l'ouvrage. Comment, dès lors, a-t-on pu attribuer à Pascal l'invention de la brouette?

De nos jours les foyers industriels ont été modifiés et perfectionnés comme les foyers domestiques. Nous n'entreprendrons pas, bien entendu, d'en donner la description; nous nous contenterons d'exposer, en quelques lignes, les principes fondamentaux de leur construction.

La préoccupation constante de l'industrie étant l'économie de combustible, les dispositions employées changent suivant le combustible en usage et selon l'ingéniosité des constructeurs; elles changent aussi selon le but à atteindre. Mais, en somme, tout appareil de chauffage industriel offre, comme tout appareil de chauffage domestique, un foyer dans lequel est brûlé le combustible, un emplacement dans lequel la chaleur produite est utilisée, et une cheminée de tirage.

Tous les foyers industriels se composent d'un espace fermé pourvu de deux ouvertures : l'une pour l'introduction du combustible, l'autre pour l'entrée de l'air. Elles offrent : 1° l'ouverture qui donne accès à l'air; 2° un espace où se réunissent les cendres, et qu'on nomme cendrier; 3° la grille sur laquelle on place le combustible; 4° une seconde ouverture, fermée par une porte, et que l'on ouvre seulement pour introduire le combustible; 5° un espace intérieur, dans lequel se développe la flamme et qui constitue le foyer proprement dit.

L'ouverture qui donne accès à l'air doit avoir une section au moins égale à celle de la cheminée; elle est munie d'une porte, qu'on ferme au moment de la cessation du travail, pour diminuer la consommation du combustible.

Le cendrier, de grandes dimensions, contient souvent de l'eau à sa partie inférieure. Cette nappe d'eau agit comme un miroir, qui permet au chauffeur de voir, sans ouvrir la porte à combustible, comment va la combustion; de plus, elle éteint les escarbilles qui tombent du foyer.

La grille est formée de barreaux de fer placés dans un plan horizontal ou un peu incliné, séparés les uns

Foyer industriel.

des autres par de petits intervalles, et sur lesquels on place le combustible. De cette manière, le tirage se fait à travers la grille, et l'air appelé traverse tout le combustible.

Quant au foyer proprement dit, dans lequel a lieu

la combustion, il a les dispositions et les dimensions les plus variables, suivant l'effet à produire. Il doit toujours avoir une étendue suffisante pour contenir le combustible et pour permettre à la flamme de se développer.

C'est ainsi qu'on a besoin, dans un grand nombre d'industries, d'un courant d'air chaud ; par exemple lorsqu'il s'agit de concentrer un liquide par évaporation, ou de sécher des papiers, des tissus. On utilise alors, dans certains cas, l'air qui a servi à la combustion : les substances à sécher sont placées dans des vases ou dans des chambres placés entre le foyer et la cheminée. Le plus souvent l'air est échauffé au moyen d'un calorifère à air chaud, à eau chaude ou à vapeur, et il se rend dans les séchoirs ou sur les liquides à concentrer.

Le chauffage des liquides se fait dans les chaudières. On s'efforce, en général, d'utiliser aussi complètement que possible la chaleur de combustion : dans ce but, on fait circuler de la fumée dans des *carneaux*, au-dessous et autour de la chaudière, de manière à ce qu'elle n'arrive dans la cheminée qu'après avoir perdu la plus grande partie de sa chaleur. Chacun connaît la disposition des chaudières à bouilleurs et des chaudières tubulaires des machines à vapeur.

Dans tous ces appareils de chauffage, le foyer et même la chaudière sont enveloppés, chaque fois que cela est possible, de murs épais en briques, qui s'opposent à la perte de la chaleur par rayonnement.

Dans l'industrie, les solides sont généralement portés à des températures assez élevées : le but qu'on se propose est d'obtenir la cuisson, la fusion de ces corps, ou de produire certaines actions chimiques. Dans chaque

cas particulier, la nature et la forme des appareils que
l'on peut employer dépendent de la nature des corps
sur lesquels on opère, et de l'effet que l'on veut obtenir; nous ne pouvons entrer ici dans aucun détail sur
le chauffage des cornues dans la fabrication du gaz
d'éclairage, sur le chauffage des fours à chaux, des
fours à porcelaine, des creusets à fondre le verre et
l'acier, non plus que sur les fourneaux métallurgiques

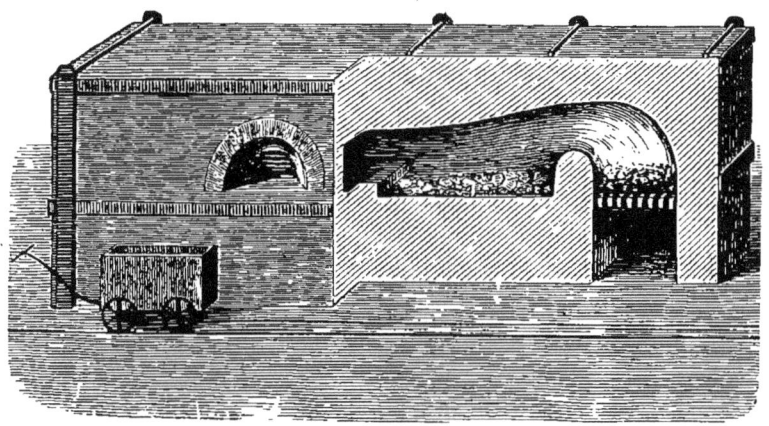

Fourneau à réverbère industriel.

dans lesquels on réduit les minerais de fer, de plomb,
de cuivre....

Une disposition, cependant, est plus particulièrement
en usage et se retrouve dans une foule d'industries :
c'est celle du four à réverbère. Le foyer se prolonge
horizontalement au-dessus d'une aire plane que surmonte
une voûte surbaissée. Sur l'aire se place le solide à trai-
ter : la voûte rabat sur lui la flamme et les gaz du foyer,
puis les dirige du côté de la cheminée. Une ouverture
latérale permet d'introduire, de brasser et de retirer le
métal ou le sel que l'on soumet à l'action de la chaleur.

13

Tout cela nous montre que, dans les usines, le foyer est généralement assez loin de la cheminée : les gaz du foyer ont à parcourir des tuyaux étroits, des carneaux sinueux, à lécher des voûtes surbaissées, avant d'arriver aux canaux verticaux qui doivent les rejeter à l'extérieur. De là la nécessité d'un tirage puissant, qui ne peut s'obtenir qu'avec des cheminées de grande hauteur.

Les cheminées d'usine ont, en effet, une élévation considérable, variant de 10 à 45 mètres. Elles sont généralement isolées, reposant directement sur le sol, et construites en briques réfractaires. Elles portent à leur extrémité inférieure une plaque de tôle ou de fonte nommée registre, au moyen de laquelle on peut, à volonté, diminuer le tirage. En fermant le registre complètement aux heures de suspension de travail, on empêche le refroidissement du fourneau.

LA TRANSFORMATION DE LA CHALEUR
EN TRAVAIL MÉCANIQUE

Nous savons qu'on peut produire de la chaleur par le frottement, par la compression, par le choc, et que cette chaleur résulte d'une transformation du travail mécanique employé pour opérer le frottement, la compression, le choc.

La transformation inverse est également possible; la chaleur est susceptible de donner naissance à l'énergie mécanique. Dans cette transformation, la quantité d'énergie mécanique qui apparaît est justement proportionnelle à la quantité de chaleur disparue.

Prenons un briquet à air, et supposons qu'on en ait abaissé le piston jusqu'à ce que la pression intérieure soit devenue de cinq ou six atmosphères. Au moment où l'on abandonne ce piston à lui-même, il est soulevé rapidement par suite de la détente du gaz. Or ce piston, pour s'élever, doit vaincre la pression atmosphérique qui presse sur lui avec une force de $1^k,033$ par centimètre carré; l'air intérieur accomplit donc, dans sa détente, un travail de $1,033 \times s \times h$ kilogrammètres (s étant la superficie du piston, et h mesurant son ascension.) Cette production de travail amène un refroidissement considérable de la masse gazeuse.

De même lorsqu'on ouvre le robinet d'un réservoir rempli d'air comprimé, le jet rapide qui s'échappe doit, pour sortir, vaincre la résistance de la pression atmosphérique : là encore il y a refroidissement.

Ainsi donc l'énergie calorifique et l'énergie mécanique peuvent se transformer mutuellement l'une dans l'autre. Il y a même, entre ces deux transformations, une équivalence quantitative exacte : la transformation d'une quantité déterminée de travail produit toujours la même quantité de chaleur, qui, par une transformation inverse, serait capable de régénérer précisément le travail primitif.

Cette équivalence est représentée par le nombre 425. Cela signifie qu'un travail de 425 kilogrammètres est capable d'engendrer une unité de chaleur, ou *calorie*, c'est-à-dire la quantité de chaleur nécessaire pour élever d'un degré la température d'un kilogramme d'eau ; cela signifie aussi qu'une calorie, c'est-à-dire la quantité de chaleur nécessaire pour élever d'un degré la température d'un kilogramme d'eau, est capable d'effectuer, par sa transformation en énergie mécanique, une quantité de travail égale à 425 kilogrammètres.

Cette seconde transformation, l'industrie l'utilise tous les jours. La nature nous offre, dans le mouvement des vents et des eaux courantes, mouvement qui résulte de l'action incessante du soleil, des forces vives que nous pouvons employer à notre usage ; mais ces forces vives ne sont pas toujours aisément utilisables. Nous nous adressons alors aux sources de chaleur que nous trouvons dans nos combustibles, et nous transformons en travail mécanique la chaleur développée par les feux que nous allumons.

Il y a des millions d'années, dit Thurston dans l'*Histoire de la machine à vapeur*, pendant cette première période que les géologues appellent carbonifère, la chaleur des rayons solaires et du noyau brûlant du globe terrestre se dépensait à décomposer les masses énormes d'acide carbonique dont l'air était alors chargé, et à produire, en même temps qu'une atmosphère propre à la vie, les immenses forêts qui couvraient la terre de leur végétation luxuriante. C'est alors que se constituèrent, au profit de la race humaine qui n'existait pas encore, ces immenses réserves de chaleur dont nous commençons à peine à tirer parti : cette chaleur solaire emmagasinée réapparaît toutes les fois que l'affinité puissante du charbon pour l'oxygène est mise en jeu ; et le combustible fossile retourne, par le procédé bien connu de la combustion, à cet état de combinaison avec l'oxygène dans lequel il était engagé dans les premiers temps géologiques. C'est cette chaleur de combustion que nous employons constamment à la production des feux destinés à nous chauffer et à nous éclairer ; c'est à elle que nous empruntons actuellement la plus grande partie de la force motrice dont a besoin l'industrie.

« Un morceau de houille jeté sur la grille d'une chaudière de machine à vapeur s'enflamme, et, en se combinant à l'oxygène, met en liberté une quantité de chaleur précisément égale à celle qu'il avait jadis empruntée au soleil et qu'il s'était assimilée pendant la croissance de l'arbre dont il faisait partie. La chaleur ainsi dégagée est transmise, par conductibilité et rayon-

nement, à l'eau de la chaudière, la convertit en vapeur,
et sa puissance mécanique se manifeste par la transformation du liquide en gaz malgré la pression qu'il
supporte. Amené ensuite de la chaudière à la machine,
le fluide devenu gazéiforme y peut agir par détente,
et l'énergie calorifique dont il est chargé se transforme partiellement en énergie mécanique, et produit
un travail utile, en poussant l'outil dans l'usine, la locomotive sur les rails, ou le navire sur les mers.

« Ainsi nous pouvons suivre, à travers ses méta-
morphoses, l'énergie reçue jadis du soleil et conservée
dans la houille jusqu'au jour où elle est utilisée; et
nous pourrions aller plus loin encore et observer comment, dans chaque cas, elle subit des transformations
nouvelles et retourne le plus souvent à l'état de chaleur. »

Nous sommes donc ici en présence d'une nouvelle
utilisation de la chaleur du feu : sa transformation en
énergie mécanique. La machine à vapeur est l'appareil actuellement le plus employé par l'industrie pour
opérer cette tranformation. La machine à vapeur est
un appareil spécialement destiné à transformer en
travail mécanique la chaleur qui résulte de la combustion de la houille; l'intermédiaire qu'elle met en
œuvre pour agir est la force élastique de la vapeur
d'eau.

De la chaleur développée dans le foyer, une partie
est transmise à l'intérieur de la chaudière pour vapo-
riser le liquide qu'elle contient; le surplus est entraîné
dans l'atmosphère, avec les produits de la combustion,
et n'a d'autre effet utile que de déterminer le tirage. La

vapeur se rend au cylindre de la machine, et se détend en poussant le piston devant elle. C'est à ce moment qu'elle engendre un travail mécanique, par suite de la transformation d'une partie de sa chaleur, partie justement équivalente au travail qu'elle accomplit. Enfin toute la chaleur qui reste dans la vapeur après sa détente est rejetée du cylindre et perdue pour la machine, qu'elle soit emportée par l'eau de condensation ou par l'atmosphère dans laquelle elle se disperse.

Supposons donc qu'on ait mesuré, d'une part, la quantité totale de chaleur développée dans le foyer par suite de la combustion de la houille, et qu'on ait, d'autre part, évalué la quantité de chaleur emportée par le tirage de la cheminée, perdue par rayonnement, dispersée par contact avec les objets voisins ou rejetée avec la vapeur à sa sortie du cylindre. Si l'on compare entre elles ces deux quantités de chaleur, on devra toujours trouver la seconde plus faible que la première; la différence indiquera, en admettant que toutes les évaluations précédentes aient été faites exactement, la portion de chaleur qui aura été transformée en travail mécanique.

Ces évaluations difficiles ont été faites par M. Hirn, et les résultats de ces expériences ont été conformes à ce qu'indique la théorie.

Un appareil qui transformerait intégralement, sans perte aucune, la chaleur en énergie mécanique, brûlerait seulement 79 grammes de charbon par heure et par *cheval* de force.

Des considérations théoriques, sur lesquelles nous ne pouvons insister ici, montrent qu'une machine à vapeur, supposée parfaite et fonctionnant avec de la vapeur à la pression de 10 atmosphères, ne saurait utiliser plus de 40 pour 100 de la chaleur du foyer, et qu'elle devrait brûler, au moins, 197 grammes de charbon par heure et par cheval de force.

Mais cette machine à vapeur elle-même est bien loin d'être possible. On ne saurait, en effet, empêcher totalement les pertes de chaleur qui se produisent par la cheminée, par rayonnement autour de la chaudière, et par contact avec les objets extérieurs. En fait, les meilleures machines actuelles brûlent encore, malgré d'importants perfectionnements, près de 1000 grammes de charbon par heure et par cheval. Elles n'utilisent que la douzième partie de la chaleur totale développée par la combustion, que la cinquième partie de la chaleur réellement utilisable.

Nous voyons qu'il y a place encore pour de grands progrès, tendant à diminuer autant que possible les pertes de chaleur. La science enseigne que, ces pertes de chaleur étant réduites à leur minimum, le rendement des machines sera d'autant plus grand que la vapeur entrera dans le cylindre à une température plus élevée et en sortira à une température plus basse.

D'autres machines thermiques, machines à gaz, machines à air chaud, pourront peut-être un jour remplacer la machine à vapeur, et donner une transformation plus complète de la chaleur en énergie mécanique : nous n'en parlerons pas ici, car elles sont encore dans un état d'infériorité trop grand pour qu'on puisse songer actuellement à cette substitution.

Il est cependant une autre machine thermique dont

nous devons dire quelques mots : il s'agit de la machine animale.

La respiration des animaux n'est autre chose qu'une combustion lente. La chaleur développée par cette combustion sert à maintenir le corps à une température supérieure à celle de l'atmosphère, mais elle a encore pour effet de fournir l'énergie nécessaire à tous les mouvements qu'exécute l'animal ou l'un quelconque de ses organes. Les battements du cœur, la circulation du sang, les contractions de l'estomac et des intestins, sont autant de travaux intérieurs qui ont leur origine dans la chaleur animale. De même tout effort musculaire accompli dans le but de soulever un fardeau ou de déplacer l'animal, correspond à une transformation de la chaleur de respiration.

Le système animal ne crée donc pas l'énergie, il ne fait que la communiquer dans telle direction qu'il désire. A ce point de vue, l'animal n'est autre chose qu'une machine thermique : ici, le combustible, c'est l'aliment.

Il semble dès lors que l'homme ou l'animal qui travaille devrait se refroidir, puisqu'une partie de sa chaleur est dépensée. Chacun sait pourtant qu'il n'en est rien. Cela tient à ce que la respiration est fortement activée par le fait même de l'effort musculaire ; l'homme qui travaille respire davantage, et il produit plus de chaleur que l'homme en repos. Respirant davantage, il a besoin d'un excédent de nourriture destiné à réparer les pertes occasionnées par l'activité de la combustion intérieure. Il en est de l'être vivant comme de la machine à vapeur, qui consomme d'autant plus de combustible qu'on exige d'elle un plus grand effort.

Ces considérations ont été vérifiées par l'expérience. En 1858, Hirn a appliqué à l'homme la méthode expérimentale que nous avons indiquée pour la machine à vapeur. La chaleur développée par la respiration était évaluée au moyen de la quantité d'acide carbonique expiré en une heure; cette chaleur était, lorsque l'homme restait au repos, en partie perdue par rayonnement, en partie employée à accomplir les phénomènes internes du corps. On évaluait la chaleur rayonnée par l'élévation de température qu'elle produisait dans la salle d'expérience; la chaleur employée à l'accomplissement des phénomènes internes était donnée par différence.

L'homme se livrait ensuite à un travail facile à évaluer; la production d'acide carbonique augmentait, mais l'élévation de température de l'enceinte ne croissait pas dans le même rapport. Une partie de l'excédent de chaleur était donc transformée en travail mécanique.

C'est d'après ces expériences que Helmholtz a évalué à un cinquième le rendement de la machine humaine et conclu que le cœur a un effet utile 8 fois supérieur à celui de la locomotive, résultat conforme à l'opinion émise par Rumford, qui attribuait une valeur élevée au rendement mécanique des moteurs animés.

IV

L'UTILISATION DE LA LUMIÈRE DU FEU

I

LE POUVOIR ÉCLAIRANT DU FEU

La lumière est une des premières conditions de la vie. L'étiolement, la bouffissure et le rachitisme se développent dans l'obscurité; la vigueur, l'incarnat et l'harmonieuse perfection des formes ne se trouvent que dans les atmosphères vivement imprégnées de lumière. Pendant toute la durée de sa vie, l'homme a besoin d'être exposé à une lumière suffisante, et le séjour habituel dans un lieu mal éclairé ou obscur a toujours pour lui des inconvénients plus ou moins graves. Mais c'est surtout pendant les premiers âges de la vie, durant la période d'accroissement et de développement, que l'influence de la lumière est utile. Les enfants élevés dans les lieux obscurs sont ordinairement d'une taille plus petite, mal conformés, chétifs,

étiolés, rachitiques, scrofuleux, phthisiques, chloro-
tiques, anémiques, et, pour ces malheureux, le meilleur
remède est l'action de la lumière.

Plongée dans l'obscurité, la plante, de même que
l'enfant, s'étiole et dépérit; enfermés dans les ténèbres,
les animaux languissent ou meurent. Les rayons solaires donnent la couleur aux plantes comme aux joues
des jeunes filles, et ils la donnent d'autant plus vive que
la lumière est plus intense. Voilà pourquoi les fleurs
alpines ont ce vif éclat et cette beauté, qu'elles perdent
fatalement lorsqu'elles descendent dans les vallées.

Aussi Lavoisier a-t-il pu dire, avec autant de charme
que de vérité : « L'organisation, le mouvement spontané, la vie n'existent à la surface de la terre que
dans les lieux exposés à la lumière. On dirait que la
fable du flambeau de Prométhée était l'expression d'une
vérité philosophique qui n'avait pas échappé aux anciens. Sans la lumière la nature était sans vie, elle était
morte et inanimée. Un dieu bienfaisant, en apportant
la lumière, a répandu sur la surface de la terre l'organisation, le sentiment et la pensée. »

Il est donc facile de concevoir que le besoin de remplacer, pendant la nuit, la lumière du soleil par une
lumière artificielle, se soit fait sentir à l'homme dès les
premiers âges du monde. La production artificielle de
la lumière par le feu qu'il sut découvrir, est même
l'un des plus grands caractères qui distinguent l'homme
des animaux.

Au bienfait de sa chaleur le feu vient donc adjoindre
le bienfait de sa lumière.

Il nous faut, avant d'énumérer les divers procédés

d'éclairage artificiel imaginés par l'homme, déterminer dans quelles conditions le feu peut être éclairant.

Tout corps porté à une température suffisamment élevée devient lumineux dans l'obscurité, c'est-à-dire éclairant : on dit que ce corps est incandescent. L'incandescence peut être produite par la combustion ou par une élévation de température due à toute autre cause. L'obus lancé avec une grande vitesse contre une épaisse plaque de blindage devient incandescent : l'élévation de sa température est due au choc. Le fil de platine que traverse un courant d'électricité devient aussi incandescent : l'élévation de sa température est due à une transformation de l'électricité en énergie calorifique.

Nous laisserons de côté ces sources de lumière pour parler seulement de celles qui résultent de la combinaison des corps combustibles avec l'oxygène.

Lorsque la température développée dans une combustion est assez élevée, il y a production de lumière. Les combustions vives sont généralement accompagnées de lumière, tandis que les combustions lentes, dans lesquelles la température s'élève peu, sont obscures; seule la combustion lente du phosphore donne une faible lueur visible dans l'obscurité.

Tantôt la lumière qu'on observe est due à l'incandescence d'un corps solide, tantôt elle est envoyée par une flamme plus ou moins brillante.

Nous avons dit dans quelles circonstances la combustion se produit avec flamme; nous savons qu'une flamme est toujours une vapeur ou un gaz portés à l'incandescence par la combustion.

L'incandescence des corps solides n'est jamais utilisée dans l'éclairage, sauf pour le cas de la lumière électrique. Aussi allons-nous nous occuper seulement du pouvoir éclairant des flammes.

Les solides non volatils, charbon et fer, émettent autour d'eux une lumière éclatante quand ils sont chauds; on exprime ce fait d'expérience en disant que les solides ont un grand pouvoir émissif pour la lumière.

Au contraire, les gaz, tels que l'hydrogène, qui donnent naissance dans leur combustion à des corps également gazeux, tels que la vapeur d'eau, brûlent avec des flammes qui, bien qu'extrêmement chaudes, ne sont presque pas lumineuses : on exprime ce second fait en disant que les gaz ont un très faible pouvoir émissif pour la lumière.

Ces deux observations fournissent l'explication des différences d'éclat que présentent les diverses flammes. Considérons quelques cas.

La flamme du soufre est d'une agréable couleur bleue, mais peu éclatante; elle n'éclaire pas dans l'obscurité. C'est que cette flamme ne renferme, comme celle de l'hydrogène, que des gaz (vapeur de soufre et acide sulfureux) dont le pouvoir émissif pour la lumière est faible.

La flamme du phosphore est tellement brillante que l'œil a peine à en supporter l'éclat. Mais cette flamme renferme (outre la vapeur de phosphore non encore brûlée) l'acide phosphorique résultant de la combustion. L'acide phosphorique est solide, même à la température élevée qu'il possède : il rayonne autour de lui beaucoup de lumière et donne à la flamme son pouvoir éclairant. Les magnifiques flammes du magnésium et du zinc doivent aussi leur éclat à l'oxyde de magnésium solide et à l'oxyde de zinc solide qu'elles renferment.

La flamme d'une chandelle est éclairante pour la même raison. Le suif, fondu par la chaleur, monte dans la mèche; là, il est dé-composé et produit des gaz ri-ches en charbon et en hydro-gène. L'air extérieur ne pou-vant pénétrer jusqu'au centre de la flamme, ces gaz ne pren-nent pas feu immédiatement : aussi peut-on voir en C un espace sombre à peine chaud, dans lequel il ne se produit au-cune combustion. Un peu plus loin, en A, arrive de l'air, mais en quantité insuffisante pour tout brûler : l'hydrogène s'en-flamme seul tandis que le char-bon, moins combustible, reste en suspension sous forme de particules solides extrêmement petites. Il y a donc, en A, en même temps qu'un gaz en igni-tion, un solide porté à une

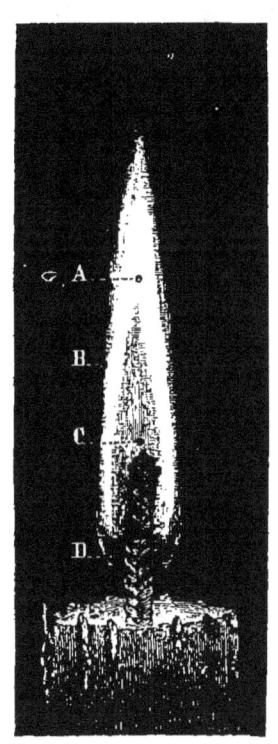

Intérieur de la flamme d'une bougie

haute température : de là l'éclat de cette partie de la flamme. On montrera aisément la présence du charbon non brûlé, en A, en y plaçant une soucoupe de porce-laine : du noir de fumée se déposera. Si ce noir de fu-mée ne se voit pas dans les conditions ordinaires, c'est que, arrivé sur les bords de la flamme, en B, il trouve assez d'air pour être brûlé complètement et transformé en acide carbonique : dans cette région B il n'y a donc

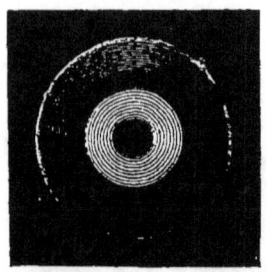

Section horizontale de la flamme d'une bougie.

plus de corps solide incandescent, aussi n'y a-t-il plus d'éclat.

Le gaz d'éclairage se comporte de la même manière. Il renferme du charbon et de l'hydrogène; au centre l'hydrogène brûle seul et le charbon porté à l'incandescence donne à la flamme son pouvoir éclairant; à la périphérie le charbon brûle à son tour, ce qui fait qu'il ne se produit pas de fumée.

D'après les travaux de Frankland, la pression exerce aussi une influence marquée sur le pouvoir lumineux des flammes dans lesquelles il ne se développe aucune poussière solide. On obtient une flamme très lumineuse en faisant brûler de l'hydrogène pur dans de l'oxygène sous pression. Mais cette action ne trouve pas son application dans l'éclairage.

Nous pouvons donc dire, qu'en résumé, une flamme est éclairante chaque fois qu'elle renferme des matières solides; son pouvoir éclairant est alors d'autant plus grand qu'elle est plus chaude, c'est-à-dire que le solide en suspension est porté à une température plus élevée.

D'après ce qui précède, nous voyons que la flamme la plus pâle pourra acquérir un vif éclat toutes les fois qu'elle sera très chaude : il suffira d'y enfoncer un corps solide non volatil.

Un fil de platine enroulé en spirale devient très éclairant quand on le chauffe dans un bec de Bunsen. Un morceau de chaux vive sur lequel on fait arriver la flamme du chalumeau oxhydrique devient presque aussi éblouissant que la lumière électrique. Ce système d'éclairage, connu sous le nom de lumière Drummond, a été expérimenté en grand à Paris par M. Tessié du Motay; il a été re-

connu plus coûteux que celui par le gaz d'éclairage, à cause du prix de revient trop élevé de l'oxygène.

On a aussi tenté en grand de rendre la flamme de l'hydrogène éclairante en chargeant ce gaz de vapeurs carburées riches en carbone. L'hydrogène, qui a passé à travers de la benzine ou de l'essence de térébenthine, brûle avec une flamme éclairante,

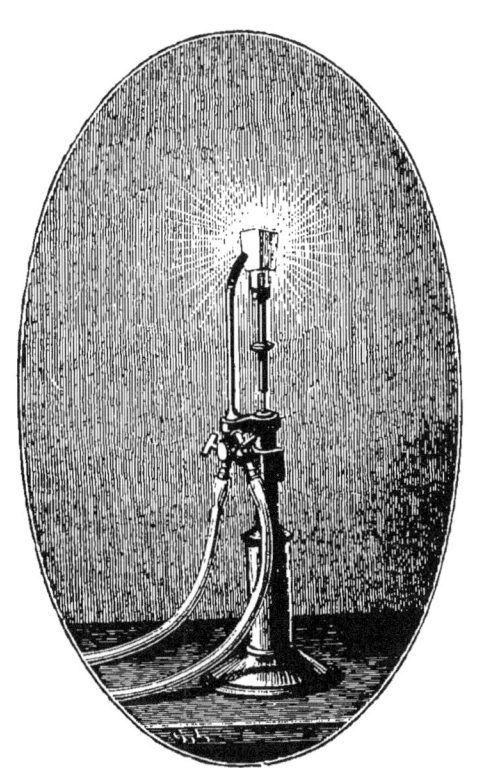

Lumière Drumond.

à cause du charbon qu'il renferme. Ce procédé a aussi été abandonné.

La lumière Drummond n'est plus employée que dans les laboratoires et les cours publics; elle remplace la lumière solaire dans un grand nombre d'expériences.

14

Laissons donc de côté ces flammes auxquelles on communique artificiellement un pouvoir éclairant, laissons de côté aussi la lumière électrique, et nous verrons que les conditions que doit remplir un combustible pour être propre à l'éclairage sont les suivantes :

1° Le corps doit dégager en brûlant une quantité de chaleur suffisante pour pouvoir continuer à brûler.

2° Si le corps en question est solide, il doit, avant la combustion, prendre la forme d'un gaz ou d'une vapeur, parce qu'autrement la flamme indispensable pour l'éclairage ne se produirait pas.

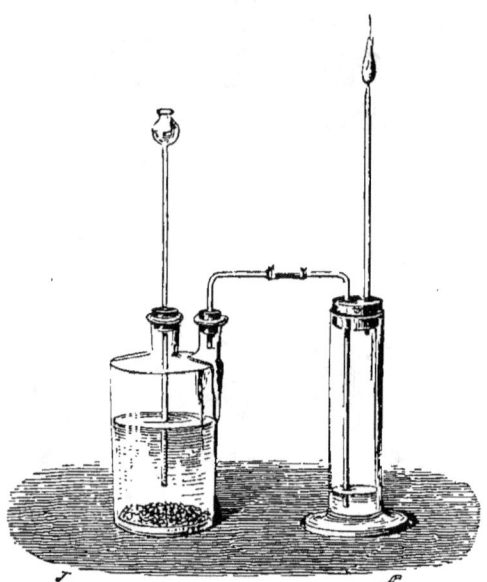

Hydrogène rendu éclairant par son passage à travers de la benzine.

3° Le corps qui brûle doit donner lieu, dans la flamme, à la séparation de corps solides de l'incandescence desquels résultera le pouvoir éclairant.

4° Il faut que le corps lui-même, ou la matière brute qui sert à le préparer, se trouvent en grande quantité dans la nature et que l'on puisse se les procurer à peu de frais.

5° Les produits de la combustion doivent être gazeux

et sans influence nuisible sur la santé et sur la vie de l'homme.

Les composés riches à la fois en carbone et en hydrogène sont les seuls qui satisfassent à la fois à toutes ces conditions. Et dans le fait on trouve beaucoup de carbone et beaucoup d'hydrogène, unis à une quantité variable d'oxygène, dans toutes les substances qui sont employées comme matières éclairantes ou qui servent à leur fabrication : suifs, huiles, cire, blanc de baleine, paraffine, pétrole, houille, schistes bitumineux, bois, résines.

Dans les circonstances ordinaires, une flamme éclairante destinée à brûler dans un air tranquille, sans produire une flamme fuligineuse, doit être composée de telle sorte que, pour 6 parties de carbone, elle contienne 1 partie d'hydrogène, comme cela a lieu pour le gaz oléfiant, la paraffine, la cire et l'acide stéarique.

Une proportion moindre de charbon donnerait une flamme peu éclairante, analogue à celle de l'hydrogène protocarboné ou de l'alcool. De même le pouvoir éclairant d'un gaz est immédiatement détruit si l'on y mêle de l'air, comme cela a lieu dans le bec de Bunsen, parce qu'il n'y a plus, dès lors, de carbone libre au sein de la flamme.

Au contraire, un excès de carbone produit une flamme fuligineuse. Déjà l'essence de térébenthine, qui renferme, pour 1 partie d'hydrogène, 7 parties $\frac{1}{2}$ de carbone, brûle en donnant une flamme fuligineuse. ce qui a lieu à un degré beaucoup plus élevé avec la benzine formée par 1 partie d'hydrogène et 12 de carbone.

Dans ce cas on empêchera la formation du noir de fumée, en déterminant l'apport d'une grande quantité d'air. On y arrive, par exemple, en entourant la flamme d'un cylindre de verre.

Terminons ces considérations générales en empruntant au *Traité de chimie industrielle* de Wagner et Gautier l'énumération des substances propres à l'éclairage.

L'éclairage s'effectue :

I. Au moyen de substances *solides* à la température ordinaire, que l'on emploie sous forme de *chandelles* ou de *bougies*; à ces substances appartiennent le suif, l'huile de palme, les acides stéarique et margarique, l'acide élaïdique, la cire, le blanc de baleine et la parraffine;

II. Au moyen de substances *liquides*, que l'on emploie surtout pour l'éclairage avec les *lampes* et qui se divisent :

a. En *huiles non volatiles* ou *fixes*, comme l'huile de colza, l'huile d'olive, l'huile de poisson;

b. En *huiles volatiles*; celles-ci sont :

Des huiles éthérées comme l'essence de térébenthine purifiée;

Des huiles minérales obtenues par traitement des goudrons de tourbe, de lignite, de schiste feuilleté, de boghead;

Ou enfin le pétrole fourni par la nature, et raffiné.

III. Au moyen de substances *gazeuses* qui se forment par distillation sèche de la houille, des schistes bitumineux, de la tourbe, du bois, des résidus de pétrole, des résines et des graisses, qui, à une température élevée, se décomposent en un résidu solide riche en carbone, en goudron et en gaz ou qui, comme le gaz de l'eau, prennent naissance aux dépens de charbon et de vapeurs aqueuses.

Nous ne passerons pas en revue, bien entendu, toutes ces substances éclairantes. Nous n'entrerons même, pour aucune d'entre elles, dans les détails relatifs à l'usage et à la fabrication. Nous nous contenterons de présenter un tableau rapide de l'éclairage à la fin du dix-neuvième siècle, comparé avec l'éclairage pendant les siècles précédents.

II

LES ANCIENS PROCÉDÉS D'ÉCLAIRAGE
ET LEURS PERFECTIONNEMENTS RÉCENTS

Longtemps les hommes n'eurent pour s'éclairer, pendant la nuit, que la lueur incertaine de leur foyer. N'en a-t-il pas été ainsi jusqu'au dix-neuvième siècle pour un grand nombre de pauvres gens, n'en est-il pas encore ainsi pour beaucoup de peuplades sauvages?

Dès l'origine des temps historiques, nous voyons cependant les hommes s'efforcer de lutter par un procédé plus efficace contre les ténèbres. Des bois résineux, carbonisés à l'une de leurs extrémités, et retirés du lac Fimon, semblent avoir servi de torches pour l'éclairage. Les Danois primitifs s'éclairaient, d'après les archéologues scandinaves, au moyen d'une mèche qu'ils plaçaient dans l'estomac graisseux du grand pingouin. Remarquons que cet appareil primitif pouvait conduire indifféremment soit à la chandelle, puisqu'ici le corps gras éclairant est solide, soit à la lampe, puisqu'il est laissé dans le vase qui le renferme.

Dans le fait, la chandelle semble avoir précédé la lampe à huile. Elle fut peut-être usitée d'abord chez les Celtes, qui la fabriquaient à l'aide de suif de mouton.

Mais ces chandelles primitives, de même que celles employées plus tard chez les Romains, furent sans doute bien grossières. Les Grecs mêmes ne les connurent pas, et gardèrent les simples torches, faites de bois résineux, jusqu'à l'invention des lampes.

D'après le *Dictionnaire des antiquités grecques et romaines*, les Romains nommaient chandelles tout flambeau fait d'une mèche trempée dans une substance combustible, telle que de la cire, du suif, de la poix ; la mèche pouvait être d'étoupe, de moelle de jonc, de papyrus ou d'autres fibres végétales, quelquefois simplement tordues et enduites de la matière grasse ou résineuse.

Les Romains tenaient sans doute des Étrusques la manière de fabriquer les chandelles. Nous reproduisons ici une peinture d'un tombeau étrusque d'Orvieto, représentant des bougies, dont la couleur blanche est à noter, fixées aux branches d'un candélabre, et éclairant un repas de nuit.

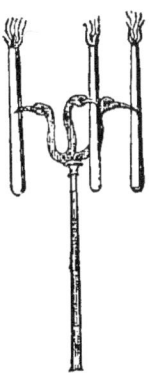

Bougies Étrusques.

A la fin des temps historiques anciens on retrouve les chandelles et les cierges dans les peintures chrétiennes des catacombes, placés près des images des saints, à côté des autels ou des tombeaux des martyrs, comme ils l'étaient précédemment auprès des idoles et des sanctuaires des divinités du paganisme. La coutume ne s'en était jamais interrompue. Il n'y avait guère de cérémonie religieuse qui s'accomplît sans flambeaux allumés. Ces flambeaux étaient le plus souvent de cire chez les Romains et de bois chez les Grecs.

L'usage des cierges se retrouve aussi, dès l'antiquité la plus reculée, chez les Indiens, les Japonais et les

Chinois, qui brûlaient la cire devant leurs idoles et même dans leurs maisons.

Mais bientôt les Romains remplacèrent presque complètement, dans leurs temples et dans leurs demeures, les chandelles par les lampes à huile. Ces lampes donnaient une lumière au moins aussi éclatante, et de plus longue durée; elles furent alors considérées comme un progrès. Elles étaient faites généralement de terre cuite ou de bronze, avec une poignée d'un côté, et de l'autre un bec ou plusieurs becs pour la mèche; au centre était un orifice par lequel on versait l'huile.

Ces lampes avaient parfois les formes les plus gracieuses, les plus artistiques, comme nous pouvons en juger par les nombreux spécimens qui sont arrivés jusqu'à nous. De même que les bougies de cire et les chandelles, elles étaient généralement soutenues par des supports plus ou moins élevés, candélabres et lampadaires.

Lampe de bronze trouvée à Stabies.

Les candélabres, ou chandeliers, étaient destinés à porter une seule lumière, chandelle ou lampe. Dans le premier cas le chandelier portait, comme le nôtre, une bobêche et un tuyau, ou bien une pointe sur laquelle on fixait la chandelle. Il était souvent simple

Lampe pour maison (tirée de l'*Antiquité expliquée*).

et grossier, mais souvent aussi d'un dessin délicat.

Lorsqu'il était de petite taille, on le posait sur un meuble, tout comme nos chandeliers et nos pieds de lampes actuels. Mais on le faisait fréquemment élancé et de grande hauteur, pour qu'il pût reposer directement sur le sol.

Le lampadaire portait ordinairement plusieurs lampes, reposant sur des supports ou bien suspendues à des chaînes.

Il faut avouer cependant que, malgré leur forme artistique, les lampes antiques étaient de détestables moyens d'éclairage. L'huile, mal épurée, montait difficilement dans la mèche;

Chandelier de bronze.

l'alimentation était surtout insuffisante lorsque le niveau liquide venait à baisser et à s'éloigner du lieu de la combustion.

De plus, à cause de la grosseur de la mèche, il n'arrivait pas assez d'air sur la flamme. La combustion était dès lors incomplète, et il se produisait de la fumée.

Faible clarté, fumée abondante, mauvaise odeur, tels étaient les défauts de la lampe antique.

La mèche, de plus, devait être souvent remplacée ; toute huile, surtout lorsqu'elle est mal épurée, dépose en brûlant un peu de matière charbonneuse. Cette matière, qui se trouve incrustée dans la mèche, en bouche peu à peu les pores, de sorte que l'huile n'y peut plus monter.

Que penser, dès lors, de la fameuse lampe d'or de Callimaque qui, d'après Strabon, brûlait sans jamais s'éteindre dans le temple de Minerve Poliade, devant l'antique simulacre de la déesse? Que penser aussi d'une lampe analogue à celle-là, qui était, au dire de Plutarque, un objet d'admiration dans le temple de Jupiter Ammon; et de celle qu'on entretenait devant la statue de Pan, dans un temple de cette divinité en Arcadie? Selon Lavoisier, on ne saurait expliquer ces merveilles qu'en supposant qu'on y employait une matière combustible brûlant sans résidu, telle, par exemple, que l'esprit-de-vin; un artifice caché devait assurer l'alimentation du liquide.

Ces lampes si défectueuses ne reçurent cependant, durant un nombre considérable de siècles, aucun perfectionnement sérieux. Elles continuèrent, jusqu'au dix-huitième siècle de notre ère, à mal éclairer et à enfumer beaucoup. La construction d'une lampe normale ne devait être possible qu'avec le développement de la chimie, notamment avec l'établissement d'une théorie exacte de la combustion et de l'éclairage ; les perfectionnements commencèrent seulement lorsqu'on put se baser sur des principes physiques pour l'alimentation des lampes, lorsque l'épuration de l'huile fut mise en pratique, lorsque par conséquent une nouvelle matière éclairante fut ainsi créée.

Silène (lampadaire en bronze vert, trouvé à Pompéi).

Il s'est présenté peu de cas dans lesquels l'énorme influence du progrès des industries basées sur les sciences naturelles et la mécanique s'est fait sentir d'une manière aussi frappante pour la génération actuelle que dans la fabrication des lampes.

A la fin seulement du dix-huitième siècle l'antique lampe romaine reçut un premier perfectionnement. En 1784, Argand imagina d'activer la combustion en donnant à la mèche une forme cylindrique; l'air put dès lors circuler librement à l'intérieur et à l'extérieur.

Presque à la même époque, Quinquet, en ajoutant un verre faisant fonction de cheminée, et déterminant un tirage actif, donna à la flamme plus d'éclat, plus de fixité, en même temps qu'il supprima complètement la fumée, et avec elle la mauvaise odeur.

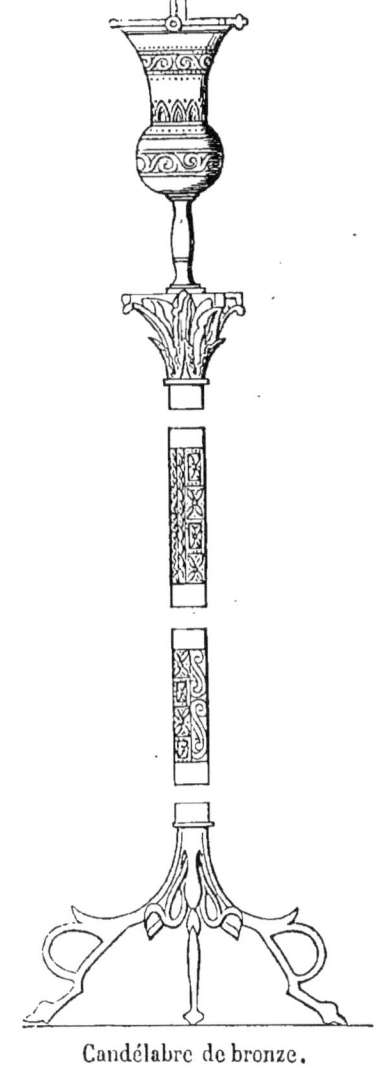

Candélabre de bronze.

Mais un autre défaut, et des plus graves, subsistait.

l'alimentation n'était pas régulière. On avait bien imaginé, pour amener l'huile constamment au niveau de
la mèche, un grand nombre de dispositions, mais aucune n'était sans défauts. Dans presque toutes, le réservoir, placé au niveau de
la flamme, et près d'elle,
projetait une ombre der-
rière lui : le *quinquet*
n'éclairait que d'un côté.

C'est alors que, en 1800,
Carcel, laissant le réservoir au-dessous de la mè-
che, imagina de faire
monter l'huile d'une ma-
nière continue par le moyen
d'un mouvement d'horlo-
gerie dissimulé dans le
réservoir lui-même. La
lampe actuelle était dès
lors constituée : elle
n'avait plus qu'un seul
défaut, un prix élevé, à
cause du mouvement d'hor-
logerie qu'elle contenait.
Aussi la lampe à modéra-
teur de Franchot, con-
struite en 1836, dans la-

Lampadaire étrusque.

quelle le mouvement d'horlogerie était remplacé par
un simple ressort à boudin, fut-elle accueillie avec enthousiasme.

Cinquante ans avaient suffi pour faire, du détestable
lampion de nos pères, l'admirable lampe actuelle qui

est et restera longtemps encore, selon toute vraisem-
blance, le plus commode, le moins fatigant, le moins

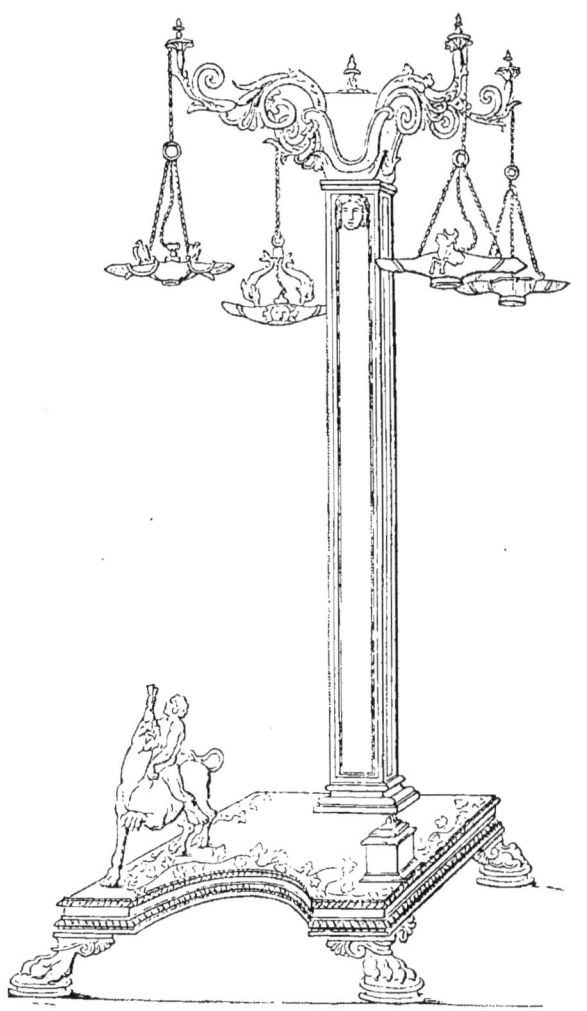

Un lampadaire de Pompéi.

dangereux, et l'un des plus économiques moyens
d'éclairage domestique.

Le progrès du mécanisme des lampes a été complété

15

par l'emploi d'huiles raffinées, et, depuis 1850, par l'utilisation d'un combustible nouveau, le pétrole, dont la consommation a pris rapidement un prodigieux développement.

La lumière du pétrole est plus brillante que celle de l'huile, et beaucoup plus économique, mais elle fatigue plus vite les yeux. De plus l'usage de ce liquide volatil cause souvent de cruels accidents, dus presque toujours à l'imprudence de ceux qui l'emploient. Mais pardonnons au pétrole ses terribles emportements en faveur de ses qualités : il illumine de ses rayons bienfaisants le foyer du pauvre, et, en même temps que la lumière, il lui donne l'espérance et la gaieté.

Revenons maintenant à la chandelle. Complètement délaissée par les Romains, à cause de son infériorité par rapport à la lampe antique, elle fut oubliée pendant bien des siècles. On la découvrit pour ainsi dire de nouveau dans le courant du onzième siècle, mais sous une forme meilleure. La mèche ligneuse de papyrus, peu combustible, fut remplacée par la mèche de coton, et cette simple substitution suffit pour rendre la chandelle infiniment supérieure au lampion fumeux.

Jusqu'au onzième siècle les grands seigneurs n'avaient pu s'éclairer qu'avec les coûteux cierges de cire, les simples bourgeois qu'avec les lampes antiques, les pauvres gens qu'avec de mauvaises résines. Le nouveau luminaire devait éclipser ses rivaux. Aussi les chandelles, aujourd'hui si dédaignées, furent-elles considérées comme constituant un immense progrès, et devinrent-elles des objets de luxe.

Dès 1061, les *chandeliers* constituèrent à Paris une

corporation distincte, ayant ses statuts. Il existe une
ordonnance du treizième siècle en leur faveur, laquelle
prouve qu'on savait faire, alors comme aujourd'hui,
de la chandelle plongée et de la chandelle moulée. On
formait la mèche de moitié coton et de moitié fil. Il
y avait des chandelles de différentes qualités, selon
la qualité des suifs employés.

Sous le règne de Charles V, les valets tenaient les
chandelles à la main et ne les posaient point sur les
tables du souper. Cet usage était suivi chez le comte
de Foix, le plus magnifique seigneur de son temps.
Beaucoup plus tard seulement on eut l'idée de placer
les chandelles sur des supports ou de les introduire
dans des ustensiles creux de diverses formes, en métal,
en terre, en bois, analogues aux candélabres des Romains : on leur donna le nom de chandeliers.

La chandelle a bien aussi, cependant, ses inconvénients. Quels que soient les soins qu'on apporte à sa
fabrication, elle est toujours d'un usage désagréable :
elle a un toucher gras, surtout en été; elle brûle
mal, coule facilement, a besoin d'être mouchée fréquemment et répand une odeur forte

Il est aisé de voir que tous ces défauts proviennent
de sa constitution : sa mèche non tressée est trop
grosse, le suif dont elle est formée est trop aisément
fusible. Mais, là encore, la science sut opérer une
transformation complète.

En 1825, deux illustres savants, Gay-Lussac et Che-
vreul, parvinrent à isoler la partie la moins fusible du
suif, l'*acide stéarique*, et à en fabriquer des bougies
propres et dures, brûlant, grâce à une fine mèche

tressée, sans odeur et sans fumée, sans avoir besoin
d'être mouchées. La bougie stéarique a donc été créée
de toutes pièces, et du premier coup, par la science

Flamme d'une chandelle.　　　Flamme d'une bougie.

pure. Quant aux résidus de sa préparation, à l'acide
oléique et à la glycérine qui, combinés à l'acide stéarique, constituent le suif, ils n'ont pas été perdus.

L'acide oléique est utilisé par la fabrication du savon ; la glycérine a reçu des usages si nombreux que nous ne saurions les énumérer tous ; contentons-nous de dire qu'elle constitue la matière première avec laquelle on fabrique la dynamite.

Ainsi donc, la fumeuse lampe antique s'est changée, en moins de cent ans, en la merveilleuse lampe à modérateur ; la chandelle est devenue la bougie. Que de chemin parcouru, en si peu de temps, par l'éclairage domestique ! Nous allons voir que le progrès a été plus grand encore dans l'éclairage public.

III

LES NOUVEAUX PROCÉDÉS D'ÉCLAIRAGE
ET L'ÉCLAIRAGE PUBLIC

Les anciens ne se sont jamais préoccupés d'éclairer pendant la nuit les rues ni les places publiques. Lorsque le besoin momentané d'une illumination se faisait sentir, à l'époque, par exemple, de fêtes publiques, on y pourvoyait au moyen de torches.

Ces torches étaient ordinairement faites d'un morceau de bois résineux, taillé en pointe et trempé dans de l'huile ou de la poix; d'autres fois, elles étaient en étoupes imprégnées de cire, de suif, de poix, de résine et d'autres matières inflammables, enfermées dans un tube de métal ou dans un paquet de lattes liées ensemble.

Souvent cependant on plaçait aux abords des temples d'immenses candélabres en marbre à la fois pour les éclairer et pour contribuer à l'ornementation de leur architecture. Des plateaux ou des coupes, placés au sommet, devaient supporter de grandes lampes à plusieurs becs ou des pots à feu remplis d'huile, de résine ou de bois odorants. Les plus magnifiques exemples de monuments de ce genre existent dans le musée du Louvre et dans celui du Vatican. « Les ornements employés dans leur composition indiquent, d'après M. Saglio, leur première destination religieuse : leur base est un autel, ordinairement de forme triangulaire, auquel sont suspendus, selon l'usage, des bucrânes ou des têtes d'animaux sacrifiés, et dont les faces sont décorées de bas-reliefs représentant des divinités ou des attributs du culte, comme les candélabres célèbres connus sous le nom de candélabres Barberini, et comme celui qui est figuré ici. Le fût a tantôt la forme de balustre, dérivée, comme on sait, de celle de la fleur du grenadier sauvage, consacrée au dieu de la lu-

Candélabre de marbre, surmonté d'un pot feu.

mière; tantôt des feuilles d'acanthe semblent envelopper des corbeilles superposées, dans lesquelles une interprétation ingénieuse a reconnu les corbeilles remplies des prémices des champs, dont la piété des cultivateurs comblait les autels des dieux, et qui étaient brûlées devant leurs images. »

L'éclairage extérieur était quelquefois aussi employé pour transmettre des signaux à distance. De tous temps les Chinois, les Perses, les Grecs, les Romains ont allumé des feux sur les hauteurs pour annoncer au loin les événements importants attendus de tous. Eschyle nous indique même les postes établis entre l'Europe et l'Asie pour transmettre, au moyen de feux visibles de colline en colline, la nouvelle de la prise de Troie.

De même les Gaulois annonçaient, par des bûchers enflammés sur les hauteurs, le passage prochain du courrier qui devait porter une nouvelle importante. Les populations se portaient aussitôt en foule sur le chemin qu'allait parcourir le messager, et apprenaient de sa bouche la nouvelle.

Les phares furent de même employés dès l'antiquité la plus reculée pour guider les marins dans le voisinage des côtes. Auxiliaires indispensables de la navigation, ils sont nés probablement en même temps qu'elle, et en ont suivi et facilité le développement. Homère y faisait allusion, mais ce n'est que plus tard que s'est établi l'usage d'allumer régulièrement des feux dans des endroits déterminés et de leur consacrer des édifices spéciaux.

D'après M. Léon Renard, les plus anciens phares que l'on connaisse sont les tours bâties par les Libyens et par les Cuschites qui habitaient les provinces de la

basse Égypte. Elles servaient de points d'observation
pendant le jour et de phares pendant la nuit. Le
système d'éclairage était fort grossier ; les feux étaient
placés dans des sortes de corbeilles en fer fixées à l'extrémité d'une forte perche dirigée vers la mer.

Le plus ancien et le plus célèbre des phares réelle-

Phare latin, d'après une médaille d'Apamée.

ment connus est celui que Ptolémée Philadelphe fit
élever à l'entrée du port d'Alexandrie, environ 300 ans
avant l'ère chrétienne. Après avoir excité l'admiration
des historiens contemporains, qui en ont tant exagéré
la portée qu'à les entendre on la croirait égale à celle
de nos plus puissants appareils modernes, il a donné

à tous ses successeurs le nom qu'il avait lui-même emprunté à l'île de Pharos, sur laquelle il était bâti, ou peut-être au mot égyptien *phrah*, qui signifie *soleil*. Le colosse de Rhodes, cette statue d'Apollon d'une si prodigieuse grandeur, n'était pas un phare, comme l'ont prétendu quelques critiques. Aussi la restauration d'après laquelle il aurait été placé au-dessus de l'entrée du port de Rhodes, un pot à feu dans une de ses mains, est-elle entièrement de fantaisie.

Les Romains avaient établi de nombreux phares sur les bords de la Méditerranée, et même de l'Océan; mais il n'en reste à peu près aucun vestige. Leur forme et leur disposition intérieure ne nous sont connues que par quelques dessins. Nous donnons page 232 la reproduction d'une médaille trouvée en Bithynie, à Apamée, représentant un phare de forme ronde; la médaille porte cette légende : Colonia Augusta Apamea, Colonia Julia Concordia decreto decuriorum.

Il est fort probable que l'effet utile des phares les plus fameux de l'antiquité, sans excepter le célèbre monument de l'île de Pharos, était loin de répondre à la hauteur et au luxe architectural des édifices. De simples foyers de bois ou de charbon inégalement entretenus à l'air libre sur une grille de fer, ou des lampes fumeuses renfermées dans une lanterne vitrée, tels paraissent avoir été les seuls moyens d'illumination des phares antiques.

Cette enfance de l'art s'est prolongée jusqu'à nos jours, malgré l'essor que l'invention ou le perfectionnement de la boussole avaient fait prendre, à la navigation maritime, dès le quinzième siècle.

En 1775, nos principaux phares étaient encore

Colosse de Rhodes selon une fausse tradition.

éclairés par des foyers de charbon, et c'est seulement à dater de 1807 qu'en Angleterre les chandelles du phare d'Eddystone, qui signale l'entrée de la baie de Plymouth, furent remplacées par des réverbères à lampe Argand.

A partir de cette époque seulement, les progrès de l'éclairage maritime ont suivi ceux du commerce et de la navigation. Un bon système d'éclairage est devenu le complément indispensable des bons ports et des rades sûres. En multipliant les phares, on s'est efforcé de les perfectionner, soit en les pourvoyant d'appareils d'éclairage plus puissants et d'une plus grande portée, soit en en diversifiant l'apparence, de telle sorte que deux lumières voisines l'une de l'autre puissent être aisément distinguées. Après l'adoption des lampes d'Argand à double courant d'air, on ajouta des réflecteurs destinés à envoyer au loin la lumière. Enfin, en 1821, Augustin Fresnel imagina les phares lenticulaires, dans lesquels une lampe à plusieurs mèches concentriques était entourée de lentilles divergentes destinées à envoyer au loin sa lumière. Aujourd'hui la lampe à huile ou à pétrole est remplacée progressivement, mais fort lentement, par la lumière électrique, bien autrement brillante.

Le premier appareil lenticulaire de Fresnel fut installé, en 1822, sur la tour de Cordouan. Disons deux mots de ce phare qui, dans ses nombreuses transformations, a embrassé la série à peu près complète des divers systèmes d'éclairage maritime successivement adoptés jusqu'ici

D'après M. Léonor Fresnel, « le plateau de roches qui forme, à deux lieues au large de l'embouchure de la

Gironde, l'écueil si dangereux connu des navigateurs sous le nom de Cordouan, était signalé, au temps de Henri III, par un très ancien phare, dont la reconstruction, devenue nécessaire, fut confiée au Parisien Louis de Foix, l'un des architectes de l'Escurial. L'habile ar-

Ancienne tour de Cordouan.

tiste, donnant libre carrière à son imagination, projeta, pour être élevé sur cet écueil que les hautes marées recouvrent de 2 à 3 mètres, un vaste édifice surmonté d'une coupole couronnée d'une lanterne en maçonnerie, dans laquelle devait être installée la grille du foyer, à 41 mètres au-dessus du rocher. Les travaux, commencés en 1584, ne furent complètement achevés qu'en 1610, dernière année du règne d'Henri IV.

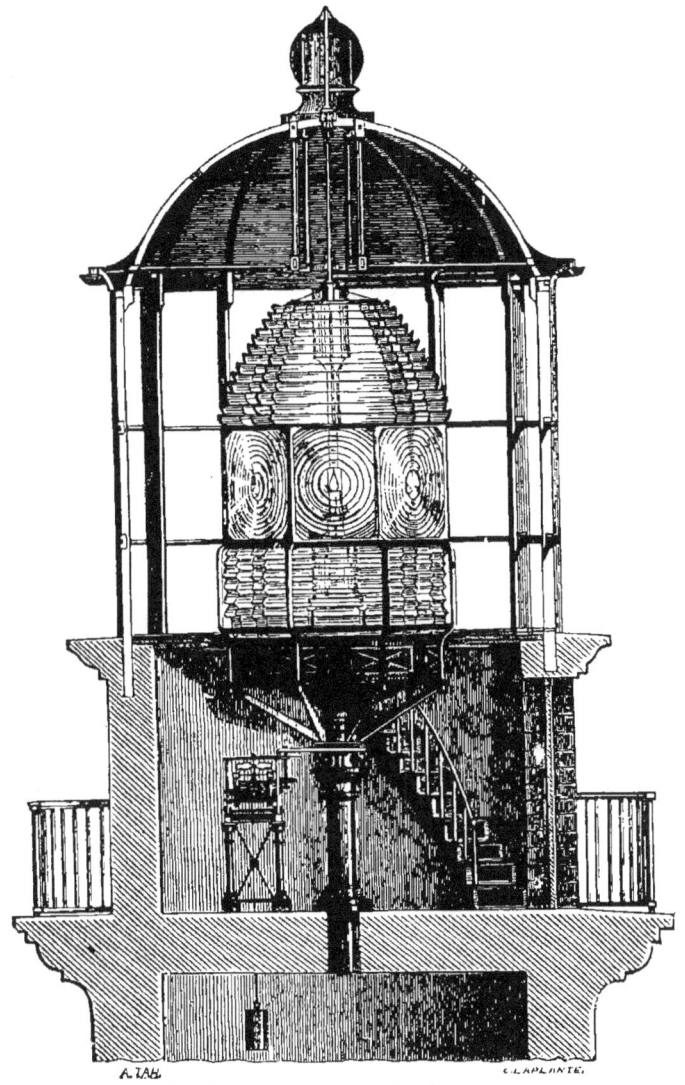

Lanterne d'un phare à réfraction.

On alimenta le foyer d'abord avec du bois, puis avec du charbon de terre. La portée du feu, suivant

Belidor, n'était que d'environ 6 milles marins, en sorte qu'elle aurait à peine dépassé celle de nos petits fanaux actuels d'entrée de port.

La lanterne en maçonnerie, s'étant trouvée en partie calcinée, dut être remplacée, en 1737, par une cage de fer. On y allumait tous les soirs 225 livres de houille, dont l'incandescence se maintenait jusqu'au jour, avec une intensité progressivement décroissante. »

Cet état de choses subsista jusqu'en 1782. A cette époque des réflecteurs concaves, illuminés par un bec de lampe à mèche plate, remplacèrent les foyers de charbon de terre à la tour de Cordouan. L'appareil était composé de quatre-vingts réverbères, en forme de coquilles échancrées dont les lampes, à niveau constant, portaient chacune un bec à mèche plate de 18 millimètres de largeur. Mais ce système d'éclairage se trouva d'un éclat notablement inférieur à celui de l'ancien foyer de houille en pleine incandescence. Les plaintes des navigateurs se renouvelèrent donc plus vives que jamais.

En 1785 Teulère proposa de remplacer les réflecteurs sphériques par des réflecteurs paraboliques et de munir les lampes de la cheminée de cristal imaginée par Quinquet. Ce fut seulement en 1791 que ce système fut installé dans la tour, exhaussée de plusieurs mètres. Ce mode d'éclairage, infiniment supérieur aux précédents, fut remplacé, en 1822, par le système de lentilles de Fresnel.

Nous arrivons maintenant à l'éclairage public des rues, des places et des monuments. Au moyen âge cet éclairage n'existait pas. Les gens que leur mauvaise

fortune contraignait à sortir le soir s'en allaient à tâtons, à moins qu'ils n'eussent le moyen de se faire
accompagner par une escorte de porte-flambeaux. Les
voleurs et les assassins avaient beau jeu, dans cette obscurité, et ils se livraient sans risque aucun à leur coupable industrie.

Le mal devint si grand, qu'en 1524 « commande-
ment fut fait à tous les habitants de mettre chacun à
leur fenêtre, du *côté de la rue*, une lanterne *garnie
d'une chandelle* qui serait *allumée à neuf heures du
soir*. » Mais pareille précaution n'était pas faite pour
en imposer beaucoup, en l'absence de toute police, aux
voleurs et tire-laine qui préludaient naturellement à
leurs expéditions en éteignant les chandelles, qu'ils
mettaient soigneusement dans leur poche. Aussi en 1558
une nouvelle ordonnance supprime-t-elle les chandelles
et les remplace-t-elle par un falot ardent allumé de
dix heures du soir jusqu'à quatre heures du matin dans
tous les carrefours. C'était juste assez pour rendre les
ténèbres visibles.

On vécut ainsi pendant plus de cent ans. En 1667,
M. de la Reynie, lieutenant de police, remplaça les fa-
lots de carrefours, reconnus insuffisants, par des lanternes publiques, éclairées par des chandelles et placées,
autant que possible, hors de la portée des rôdeurs de
nuit. Ce mode d'éclairage fut étendu à tous les quar-
tiers de la capitale. C'était bien réellement là un véritable éclairage public : une médaille commémorative
fut frappée à cette occasion.

Cent ans se passèrent encore sans perfectionnement
nouveau. Vers le milieu du siècle dernier, seulement,
on commença à substituer aux chandelles, dans l'éclai-

16

rage urbain, des lampes garnies de réflecteurs. L'imperfection de ces appareils détermina, en 1765, le lieutenant général de police, M. de Sartines, à ouvrir un concours, dont le jugement devait être déféré à l'Académie des sciences, « sur la meilleure manière d'éclairer les rues d'une grande ville, en combinant ensemble la clarté, la facilité du service et l'économie. » Le prix fut divisé par l'Académie en trois gratifications, qu'elle accorda aux réverbères des sieurs Bailly, Bourgeois et Leroy. Une médaille d'or fut en outre décernée au jeune Lavoisier.

Par suite de ce concours, l'emploi des réflecteurs concaves, à courbure sphérique, illuminés par un bec de lampe à mèche plate, fut exclusivement adopté pour l'éclairage des rues de Paris.

Le mémoire de Lavoisier nous apprend qu'au moment du concours, 6600 lanternes éclairaient Paris, brûlant chacune, en une année, 4 chandelles de trois à la livre, 69 de 4 à la livre, 14 de 6 à la livre, et 107 de 8 à la livre. La dépense totale s'élevait à la somme de 158 400 livres par an. On n'allumait pas les lanternes pendant la période de la pleine lune. Aujourd'hui plus de 50 000 becs de gaz éclairent nos rues, et un bien plus grand nombre de becs, allumés dans les boutiques des commerçants, envoient une partie de leur lumière sur la voie publique.

Quoi qu'il en soit, le changement qui s'opéra en 1765 parut un progrès sensible sur le système qui avait précédé. « Il n'y a plus de lanternes depuis seize ans, lisons-nous dans le *Tableau de Paris* en 1782. Des réverbères ont pris leur place. Autrefois, huit mille lanternes avec des chandelles mal posées, que le vent éteignait ou faisait couler, éclairaient mal, et ne donnaient qu'une lumière pâle, vacillante, incertaine, entrecoupée d'ombres mobiles et dangereuses. Aujourd'hui on a trouvé le moyen de procurer une plus grande clarté à la ville, et de joindre à cet avantage la facilité du service. Les feux combinés de douze cents réverbères jettent une lumière égale, vive et durable. Pourquoi la parcimonie préside-t-elle encore à cet établissement nouveau? L'interruption des réverbères a lieu les jours de lune. » Ajoutons, pour être juste, que cet enthousiasme ne devait pas être de longue durée; quelques années après, l'auteur du *Tableau de Paris* constate avec douleur qu'on oublie souvent d'allumer la plupart des réverbères; il déplore que ceux qu'on allume éblouissent de loin les passants, et projettent au-dessous de leur point de suspension une ombre dangereuse.

Et cependant les monuments publics, et particulièrement les théâtres, étaient encore moins bien partagés. Lavoisier nous donne un tableau pittoresque de ce qu'était une salle de spectacle à la fin du dix-huitième siècle; nous le reproduisons ici, à cause de l'intérêt qu'il présente.

« Le siècle de Louis XIV, qui a pour ainsi dire fixé en France les arts de toute espèce, n'avait procuré ni à la ville de Paris, ni aux villes principales du royaume, aucune salle de spectacle; on ne peut en effet donner ce nom à ces carrés allongés, à ces espèces de jeux de paume dans lesquels on avait élevé des théâtres, où une partie des spectateurs était condamnée à ne rien voir et une autre à ne rien entendre; ainsi il n'avait pas été

donné au siècle qui avait produit de grandes choses
dans presque tous les genres de voir élever des salles
de spectacle dignes de la magnificence du souverain,
de la majesté de la capitale, et des chefs-d'œuvre dra-
matiques qu'on y représentait.

« La manière d'éclairer le spectacle et les spectateurs répondait à cette espèce d'état de barbarie; un
assez grand nombre de lustres tombaient du haut des
plafonds : une partie éclairait l'avant-scène, l'autre
éclairait la salle; et il est peu de ceux qui m'entendent
qui n'aient vu déranger les spectateurs pour moucher
les chandelles de suif dont ces lustres étaient garnis.
On n'a pas oublié sans doute combien ces lustres offus-
quaient la vue d'une partie des spectateurs, principalement aux secondes loges; aussi les plaintes du public
ont-elles obligé d'en supprimer successivement le plus
grand nombre. On a suppléé à ceux de l'avant-scène
en renforçant les lampions de la rampe, et l'on a substitué la cire au suif et à l'huile; les lustres qui pen-
daient sur l'amphithéâtre ont été réunis en un seul,
placé dans le milieu, et la contexture en a été rendue
plus légère : telle est encore aujourd'hui la manière dont
sont éclairées nos salles de spectacle. Mais, quelque
avantageuses qu'aient été les réformes qui ont été faites,
elles ont entraîné deux grands inconvénients : premiè-
rement, il règne dans toutes les parties de la salle qui
ne sont point éclairées par la rampe, notamment à l'or-
chestre, à l'amphithéâtre, et même dans une partie des
loges, une obscurité telle qu'on y reconnaît difficilement, à quelque distance, les personnes qui y sont
placées, et qu'il n'est pas possible d'y lire de l'impression, même d'un caractère assez gros; l'obscurité est

encore plus grande dans le parterre, et les jeunes gens qui suivent le spectacle pour se former le goût, et pour finir l'éducation littéraire qu'ils ont commencée dans leurs classes, n'ont pas la facilité de pouvoir suivre la pièce dans leur livre, lorsqu'ils le jugent à propos. »

L'adoption des réflecteurs, puis des quinquets, devait peu après améliorer ces conditions si mauvaises, mais le gaz seul était capable de faire sortir les rues et les grandes salles de la demi-obscurité dans laquelle elles avaient été plongées jusque-là.

Le gaz d'éclairage devait en effet faire plus pour l'éclairage public, que ne firent la lampe à modérateur, le pétrole et la bougie stéarique pour l'éclairage particulier.

La découverte du gaz d'éclairage est toute française, comme celle de la lampe actuelle et de la bougie stéarique. Elle date de 1798, et est due à un ingénieur des Ponts et Chaussées, Philippe Lebon. Par son caractère, par ses vertus, par les éclairs de son génie, par ses malheurs même, Lebon est un des hommes qui honorent le plus la France et l'humanité entière. Il mérite à la fois notre admiration et notre reconnaissance. Son nom, longtemps obscur, a enfin conquis l'éclat qui lui était dû : Lebon est inscrit au nombre des bienfaiteurs de l'humanité.

Dès l'année 1786, il n'avait alors que 21 ans, Lebon conçut l'idée de faire servir à l'éclairage les gaz qui se dégagent d'un grand nombre de matières organiques quand on les chauffe en vase clos. Et dès lors cette idée devint une idée fixe ; malgré ses occupations professionnelles, malgré ses voyages, Lebon y revient toujours, et

cherche constamment le moyen d'effectuer des expériences nouvelles qui le rapprochent du but qu'il a
entrevu.

Après 12 ans de recherches, après avoir compromis
vingt fois sa position, et dépensé presque toute sa fortune, il arrive à des résultats précis. Il prend en 1798
un brevet d'invention, puis il lance une circulaire
admirable, dans laquelle il montre que son gaz pouvait

Bec de gaz à éventail.

servir à l'éclairage public et particulier, au chauffage des appartements, à la production de la force motrice; il déclare enfin que les résidus de la préparation
deviendront pour le fabricant une source de richesses.

Avec le coup d'œil du génie Lebon avait vu l'avenir
et son invention; il avait annoncé à la fois toutes les
ressources que le gaz ne devait fournir que successivement à l'industrie.

Le brevet d'invention une fois pris, il fallut l'exploiter. Lebon, qui était un esprit actif et un homme d'exécution, se mit à l'œuvre. Il consuma rapidement le reste de sa fortune en tentatives vaines. Enfin il tou-

Bec de gaz en couronne.

chait au but lorsque, le 2 décembre 1804, le jour du sacre de Napoléon Ier, il tomba dans les Champs-Élysées, frappé par une main inconnue de treize coups de poignard : il avait 37 ans.

On chercha à approfondir le mystère de cette mort violente, mais sans y parvenir. On a même nié que Lebon fût mort d'autre chose que de ses chagrins, de ses déceptions, de ses excès de fatigue : ces coups de poignard en valent d'autres. Il mourut, comme presque tous les hommes de génie, sans avoir assisté au triomphe de l'idée à laquelle il avait consacré sa vie entière. Mais au moins, pour celui-là, l'agonie fut de courte durée.

Nous ne suivrons pas le gaz d'éclairage dans sa rapide fortune ; cette question a déjà été traitée avec tous les détails qu'elle comporte dans la *Bibliothèque des Merveilles*. Chacun connaît ses nombreux bienfaits, sa lumière si vive qu'on ne croyait pas possible de l'éclipser jamais.

Aujourd'hui cependant un rival redoutable vient de surgir, la lumière électrique, sur laquelle nous ne donnerons non plus aucun développement. Disons seulement que, depuis 1873, la production de la lumière électrique est devenue industriellement possible, et que ce procédé nouveau d'éclairage est destiné à prendre une grande extension.

Mais il y a place à la nuit pour toutes les lumières. Soyons assurés que le développement de l'éclairage électrique ne nuira pas plus au gaz, que la découverte du gaz n'a été fatale à la lampe à huile. Dans la lutte, les deux adversaires resteront vainqueurs, mais la victoire sera plus grande encore pour les consommateurs : nous serons mieux éclairés, en payant moins cher.

V

LE SOLEIL, SOURCE DE CHALEUR ET DE LUMIÈRE

I

LES ADORATEURS DU SOLEIL

Dans l'antiquité, le culte du soleil est plus fréquent encore que celui du feu. Ces deux cultes s'expliquent aisément chez les peuples enfants. M. Georges Perrot nous montre, dans l'*Histoire de l'art dans l'antiquité*, pourquoi le *fétichisme* est fatalement la religion de tous les hommes peu civilisés.

« Par leurs dimensions, par leur beauté, par le bien ou le mal qu'ils lui font, certains corps terrestres ou célestes frappent d'une manière toute particulière l'esprit de l'homme; plus que les autres, ils le remplissent d'admiration, de reconnaissance ou de terreur. Sous l'empire de l'illusion qui le possède, c'est dans ces corps, qui lui donnent ses plus vives émotions, qu'il groupera les qualités qui lui paraissent les plus hautes et les plus importantes; c'est en eux qu'il localisera les forces amies ou ennemies qu'il chérit ou qu'il redoute. Suivant les circonstances, le fétiche sera une montagne, un rocher ou un fleuve, une plante ou un animal; ce seront, à peu près partout, les grands météores qui ont sur la vie de l'homme primitif une bien autre influence que sur la nôtre; ce seront cette lune et ces étoiles qui tempèrent l'obscurité de la nuit et en diminuent l'épouvante; ce sera le nuage d'où sortent la foudre et la pluie; ce sera surtout le soleil, qui vient tous les matins rendre au monde la lumière et la chaleur. »

L'astre du jour, en effet, dissipe les ténèbres qui couvrent la terre, embrasse une immense carrière dans sa course à travers les espaces du ciel, règle les saisons et les climats, verse sur les campagnes les pluies qui les fécondent, anime tout par sa chaleur, embellit tout par sa présence. Quel être dans la nature peut paraître plus digne de nos hommages?

Comment s'étonner dès lors que l'homme ait considéré le soleil comme la source de la lumière matérielle et de la lumière morale, qu'il en ait fait le symbole de la loyauté, de la vérité, de la vertu? Comment s'étonner aussi qu'il ait attribué au soleil une personnalité semblable à celle dont il trouvait en lui-même le modèle; qu'il en ait fait un jeune héros qui, « sur la voie que lui a frayée l'aurore, s'élance ardent et superbe au milieu du ciel, qui poursuit sa route en triomphant de tous les obstacles, puis qui s'endort, dans la gloire du couchant enflammé, pour se reposer et reprendre de nouvelles forces afin de se remettre le lendemain à la tâche. »

Du reste, comme nous l'avons déjà remarqué pour les adorateurs du feu, le soleil est souvent considéré, non pas comme l'être suprême lui-même, mais comme son représentant. En lui on voit l'image d'un dieu supérieur auquel s'adressent véritablement les hommages.

Aussi voyons-nous un grand nombre de peuples

Le soleil personnifié (buste du musée du Louvre).

divers, dans l'ancien et dans le nouveau monde, rendre aux astres, et principalement au soleil, un culte fervent.

En Europe, la religion du Soleil fut pratiquée par les peuples scandinaves, les Bretons, les Gaulois, les Étrusques, les Grecs, les Romains.... Les peuples scandinaves célébraient la fête de Baal, la nuit du solstice d'été. En Bretagne et en Gaule on offrait au so-

leil des sacrifices de chevaux; d'après Victor Duruy
« chaque année, durant la nuit du 1er mai, le retour
radieux du Soleil, ou de Bel, était célébré par de grands
feux allumés sur les hauteurs. Nos feux de la Saint-
Jean sont un reste de cette fête, comme notre *bœuf
gras* est le taureau de Bel. » Chez les Étrusques, comme
plus tard chez les Romains, Janus n'est pas autre que
le Soleil, qui garde les portes de l'orient et du couchant.

Les anciens Péoniens adoraient le soleil, figuré par
un disque placé au haut d'une perche. L'incarnation de
l'astre du jour était multiple chez les Grecs. C'était
Adonis, emprunté aux Phéniciens, c'était Persée, c'était
Hercule, dont les douze travaux correspondent aux douze
signes du zodiaque. C'était surtout Apollon, symboli-
sant à la fois la beauté, la lumière, et le soleil qui vivi-
fie la nature. Apollon est l'astre du jour lui-même, considéré comme la source de toute prospérité; il reçoit
l'épithète de Phœbus, c'est-à-dire de brillant, de lumineux. Porté sur un char que traînent quatre chevaux
fougueux, il accomplit chaque jour sa course dans les
cieux, lançant autour de lui ses rayons bienfaisants
sous forme de flèches. Comme le soleil de la Grèce,
Apollon est toujours jeune, toujours beau, toujours
noble, il inspire l'énergie, l'ardeur, l'activité.

Bacchus est encore le soleil; mais, emprunté par la
Grèce aux plus chaudes régions de l'Asie, il a le caractère de l'astre qui dessèche ces régions tropicales. Il
est beau, sans doute, mais mou et efféminé, il inspire
la volupté, il engage au repos et à la mollesse.

Nous trouvons en Asie des cultes plus exclusifs et

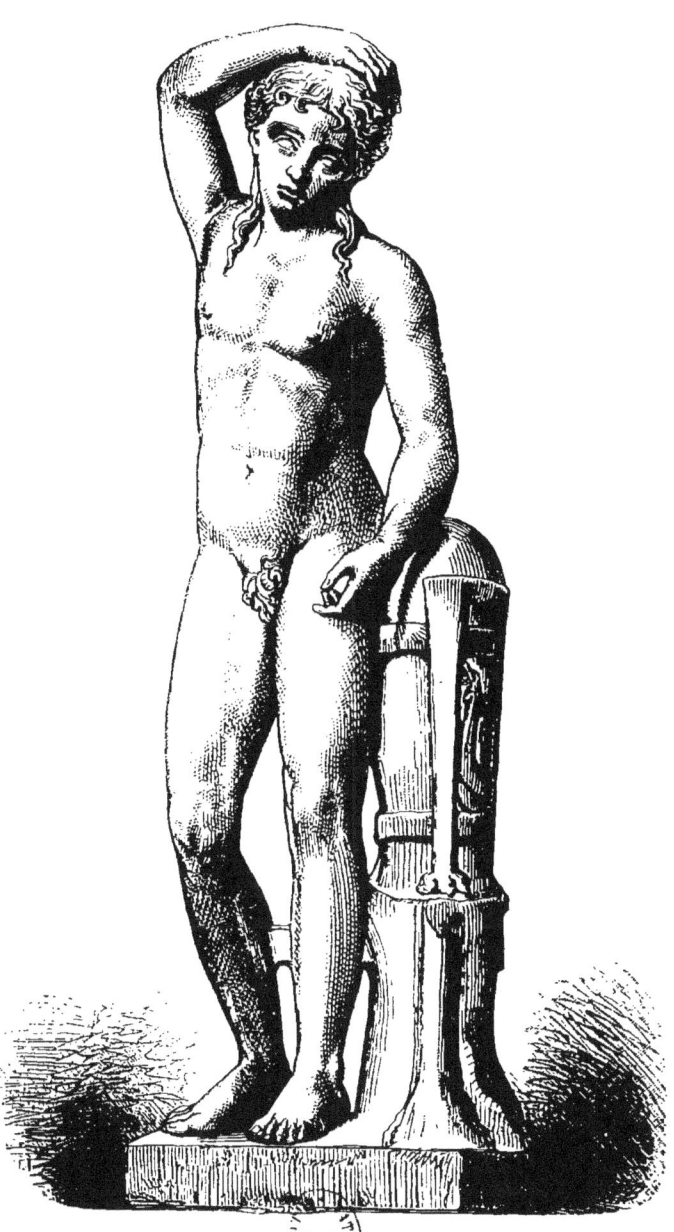

Apollon pythien.

plus simples ; le soleil est parfois considéré comme le dieu suprême. Assyriens et Babyloniens, Syriens, Perses, Phéniciens, Arabes, Moabites, Hindous, Phrygiens, Samoïèdes, Tougouses, Tartares,... se rencontrent dans l'adoration de l'astre du jour.

Les Assyriens et les Babyloniens observèrent de bonne heure les astres, auxquels ils tâchaient d'arracher le secret de l'avenir ; dans toutes les scènes que représentent les monuments qui nous ont été conservés, on voit le disque du soleil, le croissant de la lune, une ou plusieurs étoiles. Baal, le premier de leurs dieux, est le soleil ; il avait un temple dont Hérodote nous a laissé la description. Soixante-dix prêtres étaient attachés au service du culte ; tous les jours ils offraient au dieu douze grandes mesures de farine du plus pur froment, quarante brebis et six grands vases de vin.

Chez les Persans on adorait les quatre éléments et les astres. Immédiatement au-dessous d'Ormuzd, le dieu de lumière, venait Mithras, le soleil qui donne à la terre le bienfait du jour. Il est l'œil d'Ormuzd, le héros éblouissant et parcourant sa carrière avec puissance ; c'est lui qui féconde le désert. Le culte de Mithras pénétra jusqu'aux extrémités occidentales de l'empire romain, et dans le fond du Nord.

« Le culte mithriaque, dit Gustave Flourens, a pour image principale un beau jeune homme, fortement musclé, vêtu du costume national persan, le type tadjik le plus pur : c'est Mithras. La tête levée vers le ciel, il accomplit le sacrifice qui doit sauver l'homme. D'une main il presse l'encolure d'un superbe taureau, de son genou gauche il le maintient courbé, puis, de sa main droite restée libre, il lui enfonce sa dague dans le flanc.

Sur le noble animal, victime expiatoire des fautes humaines, s'acharnent des êtres vils et rampants, symboles des vices de l'homme; en avant, le serpent qui
se colle à ses flancs et boit avidement le sang de la

Prêtre d'Apollon.

blessure; en arrière, le scorpion difforme, puis le chien
immonde. »

Le dieu-soleil des Phéniciens était terrible; on tenait
sa statue enchaînée dans les temples pour l'empêcher
de partir. Le culte qu'on lui rendait était parfois épou-

vantable. On dressait un bûcher, et quand la flamme s'élançait au ciel, comme ce dieu destructeur demandait des victimes humaines, les parents eux-mêmes jetaient leurs enfants dans le brasier, pendant que des danses frénétiques et les coups redoublés du tambourin empêchaient les mères d'entendre les cris. D'après M. Paul Gaffarel, le minotaure de Crète, qui dévorait les enfants, n'était peut-être que ce dieu-soleil, Baal Moloch.

Nous avons dit déjà que les Hindous considéraient Brahm comme le dieu suprême; ce dieu était souvent identifié avec le soleil, ainsi que son subordonné Siva, représentant plus souvent le feu, tour à tour bienfaisant et terrible.

L'Afrique possède encore quelques rares peuplades, dans la région équatoriale, qui rendent un culte au soleil. Mais, là comme dans les contrées du Nouveau Monde, il faut remonter jusqu'à l'antiquité pour trouver des adorateurs du soleil chez les peuples civilisés.

Chez les Carthaginois, Melkarth était le symbole de la course victorieuse du soleil qui embrasse l'univers. « Il devint naturellement, pour ces hardis navigateurs, dit Creuzer, le guide céleste de leurs expéditions lointaines et par suite le dieu du commerce. Tous les ans on allumait en son honneur, à Carthage comme à Tyr, un immense bûcher d'où s'élevait un aigle, symbole du soleil et du temps qui renaît de ses propres cendres. »

Il est moins aisé de voir clair dans les symboles si multiples des Égyptiens; les dieux qui représentent le soleil y sont nombreux.

Là c'est Osiris, personnifiant tantôt le Nil et tantôt le

17

Soleil, souvent les deux en même temps. Autour de son tombeau, à Philæ (car ce Dieu était, d'après la légende, un ancien roi d'Égypte), étaient placés trois cent

Osiris (bas-relief).

soixante vases que les prêtres remplissaient de lait chaque matin; ces vases étaient une allusion au nombre de jours que l'astre éclaire dans l'année.

D'après M. de Pastoret, « Osiris suivait dans une année toutes les phases du soleil et de la vie humaine. Les Égyptiens le représentent enfant au solstice d'hiver, jeune homme à l'équinoxe du printemps, homme fait au solstice d'été, et, depuis cette époque, déclinant insensiblement vers la vieillesse. Ils célébraient même, un mois environ après l'équinoxe d'automne, une fête

Globe ailé, symbole du soleil, ornant la corniche des temples dans la vallée du Nil.

appelée *fête du bâton d'Osiris*; on supposait que le soleil, descendant alors, avait besoin d'appui. »

Ici c'est Ammon-Ra-Harmakhis, ou soleil levant, représenté par le grand sphinx qui s'élève encore tout près des Pyramides de Gizeh et qui étonne le regard par ses dimensions colossales. Harmakhis personnifie l'idée de la vie qui, « comme la lumière du matin, recommence toujours, triomphe toujours de l'ombre de la nuit. » Lisez les hymnes, traduites par M. Maspero,

que lui adressaient ses adorateurs. « Tu t'éveilles bienfaisant, Ammon-Ra-Harmakhis; tu t'éveilles véridique,
Ammon-Ra, seigneur des deux horizons! O bienfaisant,
resplendissant, flamboyant!... Tu sors, tu montes, tu
culmines en bienfaiteur, guidant ta barque sur laquelle
tu croises, par l'ordre souverain de ta mère Nout, la
voûte céleste chaque jour! Tu parcours le ciel d'en haut
et tes ennemis sont abattus! Tu tournes ta face vers le
couchant de la terre et du ciel : éprouvés sont tes os,

L'adoration du disque solaire par Aménophis IV.

souples tes membres, vivantes tes chairs, gonflées de
sève tes veines, ton âme s'épanouit!... »

« Oh! Râ! donne toute vie au Pharaon! Donne des
pains à son ventre, de l'eau à son gosier, des parfums
à sa chevelure..... »

Le dieu-soleil devait bien en effet sa protection au
Pharaon. Car le roi, successeur et descendant des
divinités qui avaient régné sur la vallée du Nil, est la
manifestation vivante de Dieu; il est fils du Soleil, ainsi

qu'il a soin de le proclamer bien haut partout où il écrit son nom.

Mais ce n'est pas tout. Horus, fils d'Osiris, est encore une incarnation de l'astre du jour : c'est le soleil du solstice d'été. Pendant le triste hiver, l'astre a perdu sa force, ce n'est plus qu'un pauvre et faible enfant, le muet Harpocrate, un autre fils d'Osiris.

Le soleil est, en définitive, le plus ancien objet et le plus vénéré du culte égyptien. On adore son disque, représenté comme dardant des rayons dont chacun se termine par une main ouverte. Ce disque, presque toujours ailé, est constamment figuré au-dessus de l'entrée des temples, et sur tous les monuments de l'Égypte.

Quand on découvrit le Nouveau Monde, on y trouva fort répandue l'adoration du soleil, aussi bien dans l'Amérique du Nord que dans l'Amérique du Sud.

D'après plusieurs historiens, la plupart des peuples de la Floride sacrifiaient leurs premiers-nés mâles au soleil; à certains jours de l'année ils lui offraient en grande pompe l'effigie d'un cerf.

Les Péruviens surtout, sous la dynastie des Incas, avaient élevé au soleil des temples somptueux. L'astre du jour, désigné sous le nom d'Inti, était le principal objet de leur culte, le dieu des dieux. Le roi prétendait descendre de cet être suprême par Mancocapac, le principal législateur du Pérou.

Dans les temples péruviens, le soleil est représenté sous des traits humains dessinés sur un disque d'or, comme en Grèce, comme à Rome, des vierges étaient chargées d'entretenir constamment le feu qu'on allumait au moyen d'une lentille le jour du solstice d'hiver.

Des fêtes magnifiques étaient célébrées en l'honneur
d'Inti quatre fois par an, au solstice d'hiver, en sep-
tembre, au solstice d'été et en mai. L'Inca lui-même
offrait au dieu des sacrifices; il lui présentait, dans un
grand vase d'or, la liqueur fermentée du maïs. Lors de
la fête principale, au solstice d'été, on allait en grande
pompe guetter le lever du dieu, puis les adorateurs
accomplissaient une danse fantastique, chacun tenant à
la main un anneau d'une immense chaîne d'or massif,
de la grosseur du poignet et longue de douze cents pieds.
Lors de la conquête, les Espagnols ne durent pas laisser
longtemps, entre les mains des vaincus, un objet de si
grande valeur.

Est-il possible, maintenant, de s'étonner de l'effroi
que causait aux peuples de l'antiquité, et que cause
encore aux peuplades sauvages, le phénomène pourtant
si simple des éclipses? Comment des hommes assez
simples pour adorer le soleil comme un dieu, n'au-
raient-ils pas été saisis de terreur en voyant l'objet
de leur superstition se voiler subitement la face, cesser
de leur envoyer ses rayons bienfaisants? Ne devaient-ils
pas redouter la prolongation de cette obscurité partielle, dont ils ne comprenaient pas la cause?

Les historiens rapportent, en effet, de nombreux
exemples de la terreur folle que faisait éprouver aux
populations l'affaiblissement temporaire de la lumière
du jour. On y voyait le signe de calamités épouvantables, même chez les peuples qui ne professaient
aucun culte pour le soleil; dans maintes circonstances,
les éclipses eurent sur les événements la plus grande
influence. Ne sait-on pas, pour n'en citer qu'un

exemple, que Christophe Colomb obtint la soumission des sauvages de la Jamaïque en les menaçant de les priver de la lumière de la lune? Les Caraïbes se riaient de ses menaces lorsque l'éclipse de lune prévue, commençant à se produire, fit tomber les malheureux, saisis d'effroi, aux pieds de celui qui avait le pouvoir de commander aux astres.

Dans l'antiquité on croyait qu'un dragon noir, l'ange des ténèbres, dévorait le soleil. Aussi organisait-on un charivari fantastique dans l'espoir d'effrayer le monstre et de lui faire lâcher prise. Au moyen âge on avait déjà abandonné cette croyance absurde, au moins dans les pays civilisés, mais on n'en considérait pas moins les éclipses comme de mauvais présages. « Rappelons, dit Flammarion, ce qui se passa, en France même, à propos de l'annonce d'une éclipse de soleil pour le 21 août 1564. Pour l'un, elle présageait un grand bouleversement des États et la ruine de Rome ; pour l'autre, il s'agissait d'un nouveau déluge universel ; pour un troisième, il n'en devait résulter rien moins qu'un embrasement du globe ; enfin, pour les moins exagérés, elle devait empester l'air. La croyance à ces terribles effets était si générale que, sur l'ordre exprès des médecins, une multitude de gens épouvantés se renfermèrent dans des caves bien closes, bien échauffées et bien parfumées, pour se mettre à l'abri de ces mauvaises influences. Petit raconte que le moment décisif approchait, que la consternation était à son comble, et qu'un curé de campagne, ne pouvant plus suffire à confesser ses paroissiens, qui se croyaient à leur dernière heure, se vit obligé de leur dire au prône « de ne pas tant se presser, attendu qu'en raison de

« l'affluence des pénitents, l'éclipse avait été remise à
« quinzaine. » Ces bons paroissiens ne firent pas plus
de difficulté pour croire à la remise de l'éclipse qu'ils
n'en avaient fait pour croire à son influence néfaste. »

II

Les anciens adoraient le soleil, mais ils n'en soup-
çonnaient même pas l'immensité. Plutarque nous ex-
pose les systèmes des divers philosophes grecs relativement aux dimensions de l'astre du jour.

« Anaximandre dit que c'est un cercle vingt-huit
fois plus grand que la terre; que son orbite est semblable à la roue d'un char, qu'elle est creuse et remplie de feu; et qu'elle a dans une de ses parties un orifice par lequel les rayons du soleil sortent, comme par
le trou d'une flûte. Xénophane croit qu'il est un assem-
blage de petits feux formés d'exhalaisons humides, et
dont la réunion compose la masse du soleil; ou même
qu'il n'est autre chose qu'un nuage embrasé. Les stoïciens veulent que ce soit un corps enflammé et doué de
raison, qui se forme des vapeurs de la mer. Suivant
Platon, c'est une masse considérable de feu. Anaxagore,
Démocrite et Métrodore disent que c'est une masse ou
une pierre ardente. Aristote, que c'est un globe formé
du cinquième élément. Le Pythagoricien Philolaüs, que
c'est une substance transparente comme le verre, qui
reçoit la réverbération du feu dont le monde est rempli, et qui nous en transmet la lumière comme à travers un tamis. Empédocle a cru qu'il y avait deux so-

leils, l'un qui est le feu même élémentaire, contenu dans l'autre hémisphère du monde qu'il remplit, et toujours opposé à la lumière de ce feu qu'il réfléchit vers nous : l'autre soleil est celui qui par la réfraction paraît dans notre hémisphère que remplit un air mêlé de feu. Pour le dire en un mot, Empédocle croit que le soleil n'est autre chose que la réverbération du feu qui est autour de la terre. Épicure dit que le soleil est une concrétion terrestre, poreuse comme une pierre ponce, et que le feu a pénétrée. »

Et ailleurs : « Anaximandre a cru que le soleil est égal à la terre, mais que le cercle sur lequel il est porté, et par où il respire, est vingt-huit fois plus grand que la terre. Anaxagore dit qu'il est plusieurs fois aussi grand que le Péloponnèse. Héraclite, qu'il n'a qu'un pied de large. Épicure dit que toutes ces opinions peuvent être vraies; il ajoute que le soleil est de la grandeur dont il paraît, peut-être un peu plus, peut-être un peu moins. »

« Anaximènes croit que le soleil a la figure d'une lune; Héraclite lui suppose la forme concave d'une nacelle. Les stoïciens disent qu'il est sphérique aussi bien que le monde et les astres. Épicure regarde toutes ces opinions comme probables. »

On remarquera la sage réserve d'Épicure : il craignait évidemment de se compromettre.

Voyons maintenant la réalité. Les observations astronomiques ont permis de calculer exactement la distance de la terre au soleil, la grosseur et le poids de l'astre.

Le passage de Vénus devant le disque du soleil,

qu'on a observé en 1631, en 1639, en 1761, en 1769, en 1874, en 1882, et qu'on observera de nouveau en 2004 et 2012, est un des phénomènes qui donnent avec le plus de précision la distance de la terre au soleil. Aussi, dès le siècle dernier, ce passage a-t-il été guetté avec anxiété par le monde savant. Lisez la mésaventure de l'académicien Le Gentil, racontée à ce propos par M. Flammarion.

« A la fin du siècle dernier, Vénus s'était étrangement jouée des astronomes qui lui étaient le plus dévoués; témoin la mésaventure, devenue légendaire, de ce pauvre Le Gentil, que son nom aurait dû tout au moins sauver des rigueurs de la cruelle planète, mais qui fut au contraire accablé d'une série de malheurs inattendus. Il part en 1760 pour observer le passage de 1761; mais la guerre des Anglais dans les Indes l'empêche d'arriver; il ne peut mettre pied à terre qu'après la date du passage. Passionné pour l'astronomie, il prend la décision héroïque de rester à Pondichéry pendant huit ans, pour attendre le prochain passage de 1769!... Comme en cette saison (juin) le temps est généralement superbe dans ces parages, il ne doute pas d'un succès merveilleux, bâtit un observatoire, apprend la langue du pays, installe d'excellents instruments, atteint l'année bienheureuse, le mois de mai fortuné, les premiers jours de juin illuminés d'un soleil splendide.... Enfin le ciel se couvre, une tempête arrive juste à l'heure du passage, le soleil reste obstinément caché, Vénus passe, et, quelques minutes après la sortie, le ciel s'éclaircit, l'astre radieux brille de nouveau et ne cesse pas de se montrer tous les jours suivants! Ne pouvant se résoudre à attendre le passage suivant (de 1874), le pauvre astronome se décide à revenir en France, manque deux fois de faire naufrage, et, en arrivant à Paris, constate que, l'absence de toutes nouvelles ayant fait croire à sa mort, il est remplacé à l'Académie des sciences.... et ailleurs.... à un degré si complet qu'il lui est même interdit de reprendre son propre héritage, la justice ayant décidé qu'il était mort. Il finit par en mourir définitivement lui-même! »

Donnons donc les résultats fournis par l'observation des passages de Vénus sur le soleil, et par diverses autres méthodes.

La distance du soleil à la terre est égale à 150 millions de kilomètres, ou 23 000 fois la valeur du rayon terrestre. Comment se faire une idée nette d'une pareille distance?

La lumière, qui se propage avec la prodigieuse vitesse de 300 000 kilomètres par seconde, met huit minutes à nous venir du soleil. Le bruit produit par une des convulsions dont l'astre du jour est le siège n'arriverait jusqu'à nous, s'il n'était arrêté par le vide des espaces planétaires, qu'après 13 ans et 9 mois; et pourtant le son parcourt 340 mètres par seconde! Un train rapide de chemin de fer, marchant à la vitesse de 60 kilomètres à l'heure, devrait rouler pendant 266 ans sans s'arrêter, pour franchir la distance qui nous sépare du soleil.

Le diamètre de l'astre est 108 fois plus grand que celui de la terre; sa surface est 11 000 fois, et son volume 1 300 000 plus considérable que la surface et le volume de notre planète. La distance de la terre à la lune est égale à 60 rayons terrestres; si donc le centre du soleil coïncidait avec le centre de la terre, la lune se trouverait encore comprise dans l'intérieur de l'astre.

Imaginez qu'à un monceau de blé de 15 décalitres on ajoute un seul grain ; le tas sera accru dans la même proportion que le serait la masse du soleil, à laquelle on adjoindrait la masse de la terre.

Étant données de pareilles dimensions, nous imaginons sans peine quelle prodigieuse source de lumière et de chaleur doit être le soleil, le feu céleste qui entretient à la surface de notre planète tout mouvement et toute vie. Nous donnerons seulement les résultats obtenus par les expérimentateurs, sans entrer dans la description des procédés d'expérimentation.

L'éclat de la lumière solaire est tel que l'arc électrique le plus éblouissant, intercalé entre l'œil et la surface du soleil, fait sur le disque l'effet d'un point noir.

Dans le convertisseur Bessemer, dont nous avons déjà parlé, l'éclat du métal est si grand que le courant de fonte en fusion qu'on verse, à la fin de la transformation, pour le mêler avec le fer du creuset, semble brun par comparaison et présente un contraste comparable à celui du café noir versé dans une tasse blanche. Eh bien ! d'après M. Langley, la lumière solaire est 5300 fois plus éclatante encore que celle du métal du convertisseur.

Et l'on admet que la suppression de l'atmosphère solaire doublerait au moins l'éclat de l'astre.

Le soleil au zénith éclaire une surface blanche environ 60 000 fois autant qu'une bougie placée à une distance d'un mètre.

Si nous considérons, maintenant, la quantité totale de lumière rayonnée dans l'espace par le soleil, nous voyons qu'elle est égale à la lumière rayonnée par le nombre fantastique de bougies écrit ci-dessous :

1 575 000 000 000 000 000 000 000 000

En même temps qu'il nous éclaire, le soleil nous échauffe. C'est en effet un immense globe de matières incandescentes, à une température inconnue, mais certainement fort élevée; il rayonne autour de lui, dans toutes les directions, une énorme quantité de chaleur. Les recherches d'Herschel (1838) et de Pouillet (1840); celles plus récentes de MM. Crova, Waterstow, Ericson, Secchi, Violle, ont permis de l'évaluer avec une assez grande précision.

Si la quantité de chaleur solaire reçue par notre globe en un an était distribuée uniformément sur sa surface, elle serait suffisante pour liquéfier une couche de glace de 30 mètres d'épaisseur et couvrant toute la terre. Elle ferait passer de même la masse d'un océan d'eau fraîche, ayant 100 kilomètres de profondeur, de la température de la glace fondante à la température de l'ébullition.

« Sachant ainsi, dit Tyndall, ce que la terre reçoit annuellement, nous pouvons calculer la quantité totale de chaleur émise par le soleil en un an. Concevez une sphère creuse environnant le soleil, dont le centre soit le centre du soleil, et dont la surface soit à la distance de la terre au soleil. La section de la terre coupée par cette surface est à la superficie totale de la sphère creuse, comme 1 est à 2 300 000 000; d'où il suit que la quantité de chaleur solaire interceptée par la terre n'est que $\dfrac{1}{2\,300\,000\,000}$ du rayonnement total.

Si la chaleur émise par le soleil était employée à fondre une couche de glace déposée à sa propre surface, elle liquéfierait cette glace dans la proportion d'une épaisseur de 732 mètres par heure. Elle ferait bouillir, par heure, 2900 millions de myriamètres cubes d'eau prise à la température de la glace. Exprimée sous une autre forme, la chaleur émise par le soleil en une heure est égale à celle qui serait engendrée par la combustion d'une couche de houille, épaisse de 3 mètres, et entourant l'astre entièrement; la chaleur qu'il émet en un an est encore égale à celle qui serait produite par la combustion d'une couche de houille de 27 kilomètres d'épaisseur. »

Herschel soutient que si l'on imaginait une verge de glace de 72 kilomètres de diamètre, lancée vers le soleil avec la vitesse de la lumière, la pointe de cette verge se fondrait aussi vite qu'elle approcherait si, par quelque moyen, la totalité des rayons solaires pouvaient y être concentrés. Pour poser la question différemment, si nous pouvions construire une colonne massive de glace de la terre au soleil, de $23^{km},8$ de diamètre, constituant un pont prodigieux de 31 millions de lieues, et si alors le soleil y concentrait sa puissance, il la dissoudrait et la fondrait, non dans une heure ni dans une minute, mais en une seule seconde; un seul mouvement du pendule, et ce serait de l'eau; encore sept, et elle se dissiperait en vapeur.

Disons, de plus, que le rayonnement solaire, qui nous chauffe et nous éclaire, possède en outre la propriété de produire des actions chimiques, décompositions ou combinaisons, utilisées particulièrement en photographie. Il importe du reste de remarquer, bien que nous ne puissions entrer ici dans aucune démonstration sur ce sujet, que les propriétés lumineuses, calorifiques et chimiques du feu solaire sont dues à une seule et même cause; ce sont trois manifestations différentes d'un même phénomène. « Rien dans la science n'est maintenant plus certain, dit M. A. Young, que le fait que le rayonnement solaire se compose de battements d'une rapidité inconcevable (mais appréciable), qui peuvent non seulement affecter les nerfs visuels des êtres sensibles, mais produire aussi beaucoup d'autres effets physiques, thermaux ou chimiques, selon la surface qui les reçoit..L'œil humain est cependant très limité au point de vue de la perception; il ne tient compte que des vibrations qui restent dans de certaines limites de fréquence; les oscillations les plus lentes qu'il reconnaît sont celles du rouge extrême, qui accomplit environ 390 millions de millions de vibrations par seconde, tandis que les plus rapides, celles du violet extrême, sont presque deux fois aussi fréquentes et font 770 millions de millions de vibrations dans le même temps. Les rayons émis par le soleil ne sont pas cependant si limités, mais les vibrations visuelles sont accompagnées d'autres qui sont les unes bien des fois plus lentes, les autres bien des fois plus rapides. Il a existé pendant bien des années une idée fondée sur des expériences erronées de Brewster, qui admettait que les rayons thermaux, lumineux et chimiques sont tout à fait différents, bien qu'ils coexistent dans les rayons du soleil. C'est une erreur. Il est vrai que des rayons dont les vibrations sont trop lentes pour être vues produisent des effets calorifiques puissants, et que ceux qui sont invisibles parce que les vibrations sont trop rapides ont une forte influence pour déterminer certaines réactions physiques ou chimiques ; mais il est vrai aussi que les rayons visibles sont capables de produire les mêmes effets à un degré plus ou moins grand, et il y a quelque raison de penser que certains animaux peuvent voir par des rayons auxquels la rétine humaine est insensible. Il n'y a aucune base philosophique pour la distinction entre les rayonnements visibles du soleil et les invisibles, sauf le point unique de la fréquence des vibrations, leur *hauteur*, pour employer un terme usité dans l'étude du son. Les expressions de rayons thermaux lumineux et chimiques peuvent nous tromper ; toutes les ondes du rayonnement solaire transportent l'énergie, et lorsqu'on les arrête, elles travaillent et produisent de la chaleur, de la vision ou de l'action chimique suivant les circonstances. »

Nous montrerons bientôt que le soleil est la cause à peu près unique de toute vie et de tout mouvement à la surface de la terre. Sans la lumière, sans la chaleur, sans l'action chimique du rayonnement solaire, l'obscurité serait profonde autour de nous, les éléments seraient dans un repos absolu ; seul l'océan, soumis à l'action attractive de la lune, remplacerait par ses balancements rythmiques la succession disparue des jours et des nuits ; aucun animal, aucun végétal ne saurait subsister dans ces conditions.

Mais le génie de l'homme a tenu à étendre encore l'action de l'astre du jour. Il en a fait d'abord un peintre incomparable fixant sur l'écran de la chambre noire l'image des objets qu'il éclaire. Il voudrait main-

18

tenant le forcer à illuminer ses nuits, à chauffer ses aliments, à remplacer ses foyers industriels.

N'a-t-on pas, en effet, proposé de recouvrir les murs des maisons de substances phosphorescentes ou fluorescentes, susceptibles d'emmaganiser pendant le jour les rayons du soleil, et de rester ensuite lumineuses après le coucher de l'astre?

N'a-t-on pas tenté surtout, et ceci est plus sérieux, de concentrer la chaleur solaire au moyen d'énormes lentilles ou de vastes réflecteurs, et de la faire servir directement au chauffage de nos appareils domestiques ou industriels? Cette utilisation directe de la chaleur solaire mérite de nous arrêter quelques instants.

Nous avons vu comment, chez un grand nombre de peuples de l'antiquité, la chaleur du soleil, concentrée en un point au moyen d'un miroir ou d'une lentille, servait à allumer le feu sacré. Du temps des Romains, quelques médecins se servaient, pour cautériser les plaies, de la chaleur du soleil qu'ils recevaient sur un ballon de verre incolore, creux et rempli d'eau.

L'histoire des miroirs ardents d'Archimède est fameuse; il les inventa pour la défense de sa patrie, et il lança, disent les anciens, le feu du soleil sur la flotte ennemie qu'il réduisit en cendres lorsqu'elle approcha des remparts de Syracuse. Tzetsès, qui vivait au douzième siècle, nous indique même quelle était la construction de ces miroirs. « Lorsque les vaisseaux romains, dit-il, furent à la portée du trait, Archimède fit faire une espèce de miroir hexagone, et d'autres plus petits de vingt-quatre angles chacun, qu'il plaça dans une distance proportionnée, et qu'on pouvait mouvoir à l'aide de leurs charnières et de certaines lames de

métal : il plaça le miroir hexagone de façon qu'il
était coupé par le milieu par le méridien d'hiver et
d'été, en sorte que les rayons du soleil reçus sur ce
miroir, venant à se briser, allumèrent un grand feu
qui réduisit en cendres les vaisseaux romains, quoiqu'ils fussent
éloignés de la por-
tée d'un trait. »

D'après Buf-
fon, Zonaras, qui
vivait aussi au
douzième siècle,
rapporte qu'au
siège de Cons-
tantinople, sous
l'empire d'Ana-
stase, l'an 514 de
Jésus-Christ, Pro-
cus brûla, avec
des miroirs d'ai-
rain, la flotte de
Vitalien, qui as-
siégeait Constan-
tinople ; il ajoute
que ces miroirs
étaient une dé-

Miroir ardent.

couverte ancienne, et que l'historien Dion en donne
l'honneur à Archimède.

Buffon, désirant vérifier la possibilité de ces deux
faits, entreprit à ce sujet toute une série d'expériences.
En 1747 il parvint, à l'aide de trois cent soixante
miroirs plans convenablement assemblés, à enflam-

mer du bois placé à une distance de quarante pieds.

Au treizième siècle, les Arabes mettaient couramment en usage la distillation des liquides au moyen de la chaleur du soleil concentrée par un miroir concave. Les alchimistes du moyen âge utilisèrent aussi ce mode de distillation.

Plus tard, à la fin du dix-huitième siècle, Lavoisier, à l'aide d'une lentille, accumulait assez de chaleur solaire pour fondre l'or et l'argent.

Mais c'est seulement au dix-neuvième siècle que devait naître l'idée d'utiliser directement la chaleur du soleil dans un but utile. En 1840, l'ingénieur Andraud fit construire un *fourneau solaire*, composé d'un certain nombre de miroirs égaux et mobiles en tous sens. A la suite de ses expériences, il se crut en mesure d'affirmer qu'un fourneau solaire composé de cent miroirs recueillerait assez de chaleur pour faire manœuvrer un moteur à air comprimé. « Toutefois, dit-il, nous ne croyons pas qu'il faille compter beaucoup sur le calorique emprunté au soleil dans nos climats, où cet astre se montre si souvent avare de sa chaleur. Mais dans les régions méridionales, privées pour la plupart d'industrie, faute de combustible, nous croyons qu'il arrivera un temps où le fourneau solaire pourra rendre de très grands services, non seulement pour la production du mouvement par la dilatation gratuite de l'air, mais pour tous les autres besoins des hommes. Dans notre Algérie, par exemple, où il y a pénurie de bois et de charbon, et où le soleil se montre généreux jusqu'à l'offense, quel parti ne pourrait-on pas tirer de notre fourneau solaire? Vingt miroirs seu-

Verre ardent de Bernière (tiré des œuvres de Lavoisier).

lement, sous un soleil à 30°, donneraient des chaleurs de 160 à 170°; c'est plus qu'il n'en faudrait pour la préparation des aliments de toute une armée, de toute une nation. »

Mais la solution du problème ne devait entrer dans une voie réellement pratique que grâce aux recherches

Appareil Mouchot.

de M. Mouchot, commencées en 1860. Après bien des années d'expérimentation ce savant arrêta définitivement les dispositions de l'*insolateur* que tout le monde connaît aujourd'hui.

Il se compose d'un réflecteur tronconique en plaqué d'argent, dans l'axe duquel est placé le récepteur sur lequel se concentrent les rayons solaires. Ce récepteur est noirci à sa surface ; on sait qu'en effet les rayons solaires sont absorbés presque en totalité par les surfaces noircies. Le récepteur est de plus entouré d'un manchon de verre, qui laisse, en vertu de son pouvoir diathermane, entrer les rayons lumineux du soleil, mais ne laisse pas ressortir les rayons complètement obscurs qui partent de la surface noircie.

M. Abel Pifre, qui a introduit dans la forme du réflecteur et du récepteur, ainsi que dans le mécanisme d'orientation de l'appareil, diverses modifications de détail, construit actuellement des insolateurs destinés aux usages domestiques et aux applications industrielles.

« Dans tous les pays chauds, dit M. de Royaumont, un grand ami des appareils Mouchot, l'insolateur peut donner lieu à de nombreuses applications. Il en est quelques-uns où l'insolateur sera d'un usage universel, où il remplacera tous les autres instruments et appareils calorifiques, où tout mouvement, tout travail, toute industrie reposeront sur lui. Alors on verra l'insolateur bijou (un appareil microscopique) entre les mains des enfants et les familiarisant avec le soleil ; l'insolateur pyrométrique et actinométrique dans les cabinets de physique et sur la table à expériences des amphithéâtres ; l'insolateur domestique sur la terrasse de tout colon et remplaçant à la fois le fourneau et le combustible pour la cuisine et les préparations ménagères ; l'insolateur volant à la suite des caravanes, des missions, des armées en campagne. Quant au rôle de l'insolateur industriel, il est multiple : forage des puits, irrigation des plaines, épuration des eaux fangeuses, évaporation des eaux alcalines, distillation des vins, des grains, des plantes odoriférantes ou médicinales, conservation des vins par la caléfaction et des grains par l'étuvage, production de la glace, réduction des minerais, force motrice appliquée aux moulins, tours, scieries, pressoirs, monte-charges, moissonneuses et batteuses, locomobiles et locomotives ; il convient à tout. »

Sans partager l'enthousiasme de M. de Royaumont, sans penser que l'insolateur soit jamais appelé à changer la face du monde, nous croyons toutefois qu'il est susceptible de rendre de réels services dans les pays chauds, en permettant, par exemple, l'irrigation économique des prairies. Nous croyons qu'il viendra en aide à la houille, dont les provisions tendent chaque jour à s'épuiser, et à l'utilisation des forces vives de la nature par l'électricité, utilisation dans laquelle nous voyons réellement, pour notre part, l'avenir de la civilisation.

III

L'ORIGINE DU FEU SOLAIRE

Quelle est la nature de cet astre immense qui répand à profusion sur nous et chaleur et lumière? De quels éléments est-il constitué, et comment est entretenue sa haute température?

A toutes ces questions la science ne répond encore que d'une manière incomplète et hypothétique.

L'analyse spectrale a permis de reconnaître, dans le soleil, la présence du sodium, du magnésium, du calcium, du chrome, du nickel, du cobalt, du baryum, du cuivre, du zinc, du fer, du manganèse, et, parmi les métalloïdes, de l'hydrogène. Mais on ignore à quel état de combinaison se trouvent ces divers éléments.

La partie centrale de l'astre est probablement formée par une masse fluide, incandescente, à température extrêmement élevée, et douée, par conséquent, d'un pouvoir émissif considérable pour la chaleur et la lumière. La couche terminale de cette masse incandescente a reçu le nom de *photosphère*.

Autour de la photosphère se trouve une atmosphère gazeuse dont la température est moins élevée et le pouvoir émissif assez petit. Cette atmosphère gazeuse est relativement obscure ; les rayons émis par la surface incandescente du soleil la traversent avant d'arriver jusqu'à nous. Dans l'atmosphère solaire se trouvent des vapeurs métalliques abondantes, en même temps qu'une proportion prédominante d'hydrogène.

Mais tout cela n'est pas en repos. L'astre du jour, que nous considérons volontiers comme le symbole de la majesté sereine, est au contraire le siège de tempêtes

Explosion et protubérance solaires.

formidables dont les cyclones terrestres ne peuvent nous donner la moindre idée.

La masse intérieure est agitée de mouvements violents qui soulèvent la photosphère et l'atmosphère à des hauteurs considérables en produisant de véritables éruptions. Des jets de flammes s'échappent du globe de feu, et s'élèvent parfois à plusieurs centaines de milliers de kilomètres. Les matières éruptives les plus lourdes, composées de vapeurs métalliques, retombent vers le soleil et se déposent sur la photosphère en nappes obscures ; par leur poids, elles produisent dans la matière photosphérique des cavités moins éclatantes qui constituent ce que nous appelons des *taches*.

La surface de l'immense foyer n'est donc pas régulière; elle est hérissée de flammes, de jets lumineux, de vagues aux crêtes gigantesques, de tourbillons extraordinaires. Mais rien n'arrive jusqu'à nous de ces convulsions terribles, sinon les bienfaisants rayons qui nous font vivre.

Nous insisterons davantage sur l'origine du feu solaire. La dépense du soleil est énorme, et cette dépense a déjà eu lieu pendant des siècles, sans qu'il nous soit possible, depuis les temps historiques, d'y découvrir une diminution sensible. Comment ce puissant rayonnement répare-t-il ses pertes?

Est-il possible, d'abord, de se représenter le soleil comme un feu ne différant de nos feux terrestres que par la grandeur et l'intensité de sa combustion? Non, car si le soleil était fait de charbon massif brûlant dans l'oxygène pur, il ne pourrait durer plus de 6000 ans et aurait été consumé presque au tiers depuis le commencement de l'ère chrétienne.

La chaleur que nous envoie l'astre ne peut pas non plus provenir d'un simple refroidissement de sa masse incandescente. Car, si élevée qu'elle soit, sa température s'abaisserait d'une manière assez rapide, et l'intensité du rayonnement aurait considérablement diminué depuis l'origine des temps historiques.

Cherchons donc, parmi toutes les sources de chaleur que nous connaissons, laquelle est susceptible de réparer constamment les pertes du soleil.

Dans la revue des diverses hypothèses mises successivement en avant, nous prendrons principalement pour guides le remarquable ouvrage de Tyndall sur *la Chaleur*, et le nouveau volume de M. A. Young sur le *Soleil*.

On a songé d'abord à expliquer la production de la chaleur du soleil par le frottement de sa surface contre quelque matière environnante. Mais quel est le frein qui détermine ce frottement, et par quel mécanisme est-il constamment pressé contre la surface de l'astre? On a pu calculer de plus, qu'un frottement assez énergique pour produire la quantité de chaleur que nous avons indiquée, arrêterait la rotation au bout de deux siècles.

Deux hypothèses plus sérieuses ont été mises en avant, qui sont probablement vraies toutes les deux jusqu'à un certain point. L'une d'elles place la principale source de la chaleur solaire dans le choc de la matière météorique; l'autre, dans la contraction du soleil.

La base de la théorie météorique nous est connue. Nous savons que si un corps en mouvement est arrêté, soit soudainement, soit graduellement, il y a production d'une certaine quantité de chaleur.

Or les espaces célestes sont peuplés, non seulement d'astres aux grandes dimensions, mais aussi d'un nombre considérable de corps plus petits, qui tournent autour du soleil dans des orbites elliptiques; ce sont eux qui, lorsqu'ils pénètrent dans l'atmosphère de la terre, s'échauffant par le frottement, nous apparaissent sous forme de météores, bolides ou étoiles filantes.

Ces masses pondérales, tombant successivement sur le

soleil, ne sont-elles pas l'origine de la chaleur de l'astre?

Pour montrer la possibilité de cette théorie, sir William Thomson a calculé la quantité de chaleur qui serait produite par chacune des planètes en tombant de son orbite actuelle sur le soleil. Les résultats sont les suivants; les chaleurs dégagées sont exprimées par le nombre d'années et de jours pendant lesquels elles entretiendraient la dépense actuelle d'énergie du soleil.

	Années.	Jours.
Mercure	6	219
Vénus	83	326
Terre	95	19
Mars.	12	259
Jupiter.	32 244	
Saturne	9 652	
Uranus.	1 610	
Neptune	1 890	
	45 592	

C'est-à-dire que la chute de toutes les planètes sur le soleil produirait assez de chaleur pour entretenir son rayonnement pendant près de 46000 ans. Une quantité de matière égale à la centième partie de la masse de la terre, tombant annuellement sur la surface solaire, maintiendrait indéfiniment sa température au même degré.

La question est de savoir comment les masses météoriques peuvent être amenées à tomber sur le soleil, et si elles sont assez nombreuses pour produire l'effet voulu.

« Or toutes les théories actuelles ont conduit à admettre que l'univers est rempli par un milieu résistant, lequel, par le frottement qu'il exerce, rapproche graduellement du soleil toutes les masses de notre système. Et quoique les planètes, depuis les temps historiques, ne montrent pas de diminution sensible dans les durées de leurs révolutions, on ne peut pas en dire autant des corps plus petits. Pendant le temps qui serait nécessaire pour diminuer d'un seul mètre la distance moyenne de la terre au soleil, un petit astéroïde peut s'être rapproché de plusieurs milliers de kilomètres de ce même soleil.

« Ces réflexions nous amènent à conclure, dit Tyndall, que, tandis que ce courant incommensurable de matière pondérable coule incessamment vers le soleil, il doit augmenter de densité à mesure qu'il s'approche du centre vers lequel tout converge; et de là naît naturellement cette conjecture que cette lumière nébuleuse, faible mais de dimensions énormes, qui entoure le soleil, la lumière *zodiacale*, peut n'être en réalité qu'un amas régulier et serré de météores. Quoi qu'il en soit, il est au moins prouvé que ce phénomène lumineux a sa source dans une matière qui circule conformément aux lois du système planétaire; que la masse totale qui constitue la lumière zodiacale doit se rapprocher constamment du soleil et tomber incessamment à sa surface comme une sorte de pluie.

« Nous avons donc ici un mode de génération suffisant pour rendre au soleil son énergie à mesure qu'il la perd et pour maintenir à sa surface une température qui surpasse celle de toutes les combustions terrestres. Nous trouvons dans la chute des astéroïdes le moyen de produire cette température excessive. On peut objecter que cette pluie de matière devrait être accompagnée d'un accroissement du volume du soleil; cela est vrai, mais la quantité de matière nécessaire à produire la radiation observée, quand même elle se serait accumulée pendant quatre mille ans, échapperait entièrement à l'examen fait avec nos instruments les plus puissants. Si la terre tombait sur le soleil, l'accroissement de volume qu'elle produirait serait tout à fait imperceptible ; et cependant la chaleur engendrée par son choc couvrirait la dépense faite en un siècle par le soleil. »

Il est vrai que d'autres objections plus graves, dans l'examen desquelles nous ne pouvons entrer, empêchent beaucoup d'astronomes d'adopter l'hypothèse de l'origine météorique de la chaleur solaire.

Ces astronomes trouvent l'explication de la chaleur solaire dans la contraction, probablement lente, du diamètre du soleil, et dans la liquéfaction et la solidification graduelle de la masse gazeuse. C'est du moins l'hypothèse qu'Helmholtz a tenté de substituer, en 1853, à l'hypothèse météorique de Mayer.

Nous savons, en effet, que toute contraction produit de la chaleur. Helmholtz, partant donc de l'hypothèse de Laplace, d'après laquelle le système solaire provient de la condensation d'une matière nébuleuse, suppose que cette condensation continue, et qu'il en résulte un continuel développement de chaleur.

De cette contraction résulterait inévitablement une diminution progressive du diamètre du soleil. Mais Helmholtz a démontré, par le calcul, qu'un raccourcissement du diamètre solaire égal à $\frac{1}{2000}$ de sa longueur actuelle engendrerait une quantité de chaleur suffisante pour couvrir la perte causée par l'émission pendant

2000 ans; et une semblable diminution du diamètre solaire serait absolument inappréciable pour nos moyens d'observation. La condensation qui amènerait la densité du soleil à être égale à celle de la terre produirait assez de chaleur pour compenser l'émission à son taux actuel pendant 17 millions d'années.

Ajoutons que la contraction progressive doit être, si elle a réellement lieu, accompagnée de la liquéfaction d'une partie de l'atmosphère solaire. Ce passage de l'état gazeux à l'état liquide doit aussi être accompagné du dégagement d'une énorme quantité de chaleur, suffisante pour diminuer notablement la contraction nécessaire au maintien du rayonnement.

Enfin, en 1882, M. C. W. Siemens a proposé une hypothèse nouvelle. Nous n'en dirons que deux mots.

On sait que, sous l'action de la lumière et avec l'intervention de la chlorophylle des végétaux, la vapeur d'eau et l'acide carbonique sont décomposés à la température ordinaire et ramenés à la forme combustible, charbon et hydrogène diversement associés. M. C. W. Siemens a trouvé que la seule action de la lumière du soleil produit cette décomposition quand on lui soumet, sans autre intermédiaire, la vapeur d'eau et le gaz carbonique excessivement raréfiés, ramenés, par exemple, au vide de $\frac{1}{1800}$. M. Siemens, regardant ses expériences comme décisives, en est venu à supposer l'espace rempli de gaz analogues, déjà brûlés, dont la lumière du soleil revivifierait les combustibles hydrogène et carbone, lesquels seraient tout prêts à fournir l'aliment d'une combustion nouvelle: alors le soleil les ramène-

rait à lui, les brûlerait de nouveau et les renverrait dans
l'espace. Cette immense source de chaleur se raviverait
ainsi continuellement.

Quoi qu'il en soit de la chaleur solaire, il est certain
que l'astre du jour doit finir par s'éteindre. Il répand
constamment une partie de sa chaleur dans l'espace;
mais l'espace ne lui renvoie rien, ou presque rien; il
est donc incontestable, en vertu des lois inexorables
de la mécanique, que l'approvisionnement de notre
système planétaire, si immense qu'il soit, sera un jour
complètement épuisé.

Si le soleil se condense encore actuellement avec
une vitesse suffisante pour compenser ses pertes, ou si
la pluie d'aérolithes qui doit constamment tomber à sa
surface est suffisante pour combler la différence, cet
astre ne se refroidit pas encore; mais, dans le cas contraire, sa période de refroidissement est déjà commencée: c'est même ce qui est probable.

Un jour viendra fatalement où, la masse entière
étant liquide, la condensation s'arrêtera, où tous les
aérolithes du système étant venus se réunir au soleil,
leur pluie prendra fin. Ce jour-là, le refroidissement
s'accélérera et sera complet en moins de deux siècles.
Aucune hypothèse raisonnable ne peut conduire à une
durée de plus de 50 millions d'années pour la vie
lumineuse du soleil. Ce que nous savons de l'histoire
de la terre nous permet de prévoir l'avenir du soleil.
Subissant les phases de refroidissement par lesquelles
a passé notre planète, il est certain que la température de l'astre du jour s'abaissera de plus en plus. De
gazeux qu'il est, il deviendra liquide, puis solide.

Enfin il se couvrira d'une croûte semblable à la croûte terrestre; en un mot, il deviendra une planète.

« Faut-il, dit Helmholtz, nous effrayer de cette disparition inévitable du soleil? Les hommes sont dans l'habitude de mesurer la grandeur de l'univers et la sagesse qui y est déployée par la durée et le bien-être promis à leur propre race; mais l'histoire passée de la terre montre combien est insignifiant l'intervalle écoulé depuis que l'homme a ici-bas sa demeure. Nous contemplons avec une silencieuse admiration ce que les musées de l'Europe nous montrent des restes de l'Égypte et de l'Assyrie, et nous désespérons de pouvoir reporter notre pensée jusqu'à des époques si reculées. Cependant la race humaine doit avoir existé et s'être multipliée pendant des siècles, avant que les pyramides aient été élevées. Nous estimons à 6000 ans la durée de l'existence de l'homme; mais, si vaste que ce temps puisse nous paraître, qu'est-ce en comparaison des périodes durant lesquelles la terre a nourri les séries successives de plantes et d'animaux gigantesques, en l'absence de l'homme? périodes durant lesquelles, dans le voisinage de notre ville (Kœnigsberg), l'arbre à ambre fleurissait et laissait couler sa gomme précieuse sur la terre et dans la mer; alors que dans l'Europe et l'Amérique du Nord prospéraient les forêts de palmiers des tropiques, qui servirent de demeure à des lézards gigantesques, et, après eux, à des éléphants dont les restes énormes sont encore enfouis dans la terre.

« Partant de prémisses différentes, plusieurs géologues ont cherché à mesurer la durée de ces premiers âges de la terre : suivant eux elle aurait été de 1 à 9 millions d'années. Or le temps durant lequel la terre a nourri des êtres organisés est bien court, comparé à la période pendant laquelle elle ne fut qu'un amas de roches fondues. Quant à la longueur de temps exigé par la condensation qu'a dû subir la nébuleuse primitive pour arriver à constituer notre système planétaire, elle défie entièrement notre imagination et nos conjectures.

« L'histoire de l'homme n'est donc qu'une petite ride à la surface de l'immense océan des temps. La persistance d'un état de la nature inorganique favorable à la continuation du séjour de l'homme sur la terre semble assurée pour une période de temps plus longue que celle durant laquelle ce monde a déjà été habité; de sorte que nous n'avons rien à craindre pour nous-mêmes, ni pour de longues générations après nous. Mais ces mêmes forces de l'air, de l'eau, des volcans intérieurs, qui ont produit les anciennes révolutions géologiques et qui ont enseveli les unes sur les autres plusieurs successions d'êtres vivants, agissent encore sur la croûte terrestre. Elles amèneront la fin des races humaines, bien plutôt que ne pourraient le faire les changements cosmiques dont nous avons parlé plus haut, et nous forceront peut-être à céder la place à des formes vivantes, nouvelles et plus parfaites, comme l'ichthyosaure et le mammouth ont été remplacés par nous et nos contemporains. »

Il arrivera donc forcément un moment où le soleil, globe obscur, roulera tristement à travers l'espace, faiblement éclairé seulement par la lueur des étoiles encore incandescentes. A cette époque, si éloignée de nous, la terre n'existera peut-être plus depuis longtemps. Lentement, mais irrésistiblement entraînée vers le soleil par les lois de la gravitation combinées avec le frottement contre l'éther, elle sera sans doute, comme les autres planètes, comme maintenant les aérolithes plus petits, tombée sur le soleil dont elle aura retardé ainsi le refroidissement de 95 années et 19 jours. Aussi sûrement que les poids d'une horloge descendent à leur position la plus basse, de laquelle ils ne peuvent jamais remonter, à moins qu'une énergie nouvelle ne leur soit communiquée, de même, à mesure que les siècles se succèdent, les planètes doivent tour à tour tomber sur le soleil et y produire plusieurs milliers de fois autant de chaleur qu'en produiraient, en brûlant, des masses de charbon de mêmes dimensions.

Il y a plus. Le soleil, une fois éteint, pourra peut-être ressusciter de ses cendres par la rencontre d'un autre soleil éteint. De ce choc formidable, que rien ne nous permet de déclarer impossible, puisque actuellement le soleil se dirige avec une grande vitesse vers un groupe considérable d'étoiles, résulterait un émiettement duquel naîtraient des aérolithes, des planètes, des terres nouvelles capables, par une nouvelle chute vers le centre, de produire de nouveau, pendant des millions d'années, une incandescence bienfaisante. C'est ainsi que serait rallumé le flambeau de la vie pour de nouvelles terres, nées, comme la nôtre peut-être, de la rencontre de deux astres morts.

L'ordre de choses actuel semble donc être borné, et dans le passé et dans l'avenir, par des catastrophes terminales, qui sont voilées de nuages jusqu'à présent impénétrables.

IV

LE ROLE DU SOLEIL DANS LA NATURE

Maintenant que nous connaissons le soleil, voyons quelle est son action sur notre monde terrestre. Non seulement il nous chauffe et nous éclaire avec ses rayons bienfaisants, mais encore il est, à vrai dire, l'âme de notre monde. Les rayons du soleil sont la source dernière de presque tous les mouvements qui ont lieu à la surface de la terre.

C'est en effet la chaleur solaire qui, directement, fait naître les courants marins, évapore l'eau, la conduit gazeuse sur les continents, où elle retombera en rosée, en pluie, en grêle, en neige. Ce torrent qui coule avec furie est l'ouvrage du soleil; semblable à une pompe colossale, l'astre prend l'eau au niveau de la mer, l'élève et la déverse sur les hauteurs d'où elle descend ensuite, le long des pentes, pour revenir à son point de départ. La chaleur solaire produit les vents, elle donne lieu à ces perturbations dans l'équilibre électrique de l'atmosphère, desquelles résultent les éclairs et probablement aussi le magnétisme terrestre et les aurores polaires.

Même la dégradation lente des parties solides qui composent la surface de la terre, et dans laquelle consistent les changements géologiques, est due, comme le remarque Herschel, d'une part aux érosions provenant du vent ou de la pluie et des alternatives de froid et de chaleur, d'autre part à l'action continue des vagues de la mer, agitées par les vents qui résultent de la radiation solaire. L'action des marées exerce ici une influence comparativement légère. « Les courants de l'Océan (qui sont dus en grande partie à l'action du soleil), quoique ne donnant pas lieu à un enlèvement de matière considérable, transportent cette matière au loin, et, lorsqu'on envisage les déplacements ainsi effectués, l'augmentation de pression qui en résulte sur de grandes étendues du lit de l'Océan et la diminution sur des parties correspondantes des continents, on parvient à concevoir comment la force élastique des feux souterrains, comprimée ainsi d'un côté, dégagée de l'autre, vient à éclater en des points où la résistance n'est plus égale à leur tension, ramenant ainsi l'énergie des phénomènes volcaniques sous la loi générale de l'influence du soleil. »

Ainsi donc, du soleil dépendent non-seulement les alternatives du jour et de la nuit, et les vicissitudes des saisons, mais, dans le monde minéral, tous les mouvements terrestres, depuis les grandes tempêtes de notre atmosphère jusqu'à la chute du moindre grain de poussière.

L'importance de ce rayonnement n'est pas moindre si on considère les phénomènes de la vie végétale et animale.

« Lorsque les plantes se constituent, dit Tyndall, l'acide carbonique est la matière à laquelle la plante emprunte son carbone, tandis que l'eau est la substance qui lui fournit son hydrogène. Le rayon du soleil remonte le poids; il est l'agent qui sépare les atomes, met l'oxygène en liberté, et permet au carbone et à l'hydrogène de se réunir en fibre ligneuse. Si les rayons du soleil tombent sur une surface de sable, le sable s'échauffe et finit par rayonner autant de chaleur qu'il en a reçu. Mais que les mêmes rayons tombent sur une forêt; la quantité de chaleur rendue est moindre que celle qui est reçue, parce qu'une partie des rayons du soleil sert à constituer les arbres. Sans le soleil, la réduction de l'acide carbonique et de l'eau ne pourrait s'effectuer, et dans cette opération il faut une quantité de puissance solaire exactement équivalente au travail moléculaire qui s'exécute. »

Sans le soleil, pas de végétation, mais pas de vie animale non plus. La nutrition des animaux n'est qu'une série de combustions, qui reforment, en fin de compte, l'acide carbonique et l'eau décomposés par les plantes avec l'aide du soleil. Tous les animaux se nourrissent soit directement, soit par voie de transformations successives, de végétaux qui n'existeraient pas sans le soleil : toutes les existences animales remontent donc au soleil comme source première.

La chaleur même de nos foyers, la force de nos machines à vapeur, sont empruntées au soleil. Que sont en effet, ces arbres, et surtout ces houillères d'où nous tirons la force de nos machines à vapeur, sinon des approvisionnements de vieille chaleur solaire transformée par une végétation puissante et enfouie en terre par suite des bouleversements géologiques des âges anciens.

Si le soleil s'éteignait, tout rentrerait bientôt dans l'immobilité, la vie disparaîtrait : nous sommes bien véritablement *les enfants du soleil.*

Nous allons montrer que nous sommes appelés à le devenir plus encore, ou au moins plus directement par la suite.

Quelles sont les causes du prodigieux développement industriel qui caractérise le dix-neuvième siècle? Ce sont les progrès de la science et l'emploi de la vapeur comme force motrice. La puissance totale des machines à vapeur fonctionnant dans le monde entier est évaluée, en 1882, à plus de 80 millions de chevaux-vapeur. Le travail produit par toutes ces machines est supérieur à celui que pourraient effectuer un milliard d'ouvriers, nombre de quatre à cinq fois supérieur à celui de tous les hommes valides du monde entier. Plus de 125 000 locomotives sillonnent un réseau de lignes ferrées de 400 000 kilomètres de longueur : elles représentent à elles seules une puissance de 30 millions de chevaux-vapeur.

Qu'on supprime la machine à vapeur, et cette force immense sera du même coup supprimée : toutes les usines se fermeront, les transactions commerciales et les voyages rapides deviendront impossibles, la civilisation reculera d'un siècle, le bien-être de tous disparaîtra, et la moyenne de la vie humaine sera diminuée de plusieurs années.

Cependant les machines à vapeur sont menacées de s'éteindre, dans un avenir qui n'est pas très lointain. Elles consomment, dans leur fonctionnement incessant, une prodigieuse quantité de houille, et le moment peut arriver où la houille nous ferait défaut. En 1880, la production et la consommation du précieux combustible s'est élevée, pour le monde entier, à 300 millions de tonnes. A ce taux, et en tenant compte de la progression rapide de la consommation, il n'y aura plus de houille en Europe dans moins de cinq cents ans, il n'y en aura plus en Asie, en Afrique ni en Amérique dans dix siècles.

Nous avons à notre disposition deux combustibles principaux : le bois, qui pousse constamment, mais avec une grande lenteur, et la houille, provision de bois fossile, accumulée dans le sein de la terre depuis des milliers de siècles. Le bois, c'est notre revenu, revenu malheureusement insuffisant; la houille, c'est notre capital. Nous sommes dans la situation d'un jeune héritier prodigue qui, non content de son revenu, puise à pleines mains dans son capital. Qu'arrivera-t-il quand ce fonds de réserve sera épuisé? Non seulement les machines à vapeur cesseront de fonctionner, mais les usines métallurgiques verront leurs foyers s'éteindre, les fabriques de gaz ne nous fourniront plus ni la lumière, ni les mille résidus précieux dont nous ne saurions nous passer. Plus de force motrice, plus de métaux, plus de lumière pendant la nuit : nous ne serons pas loin de revenir à l'état sauvage.

Heureusement, la science est là pour conjurer le fléau; elle trouvera, n'en doutons pas, plus d'un moyen d'économiser la houille : augmentation progressive du rendement des machines à vapeur, qui utilisent actuellement moins d'un dixième de la chaleur dégagée dans leurs foyers; invention de nouvelles machines thermiques permettant de transformer en force motrice la presque totalité de la chaleur de la houille; enfin, et surtout, utilisation directe des forces vives que la nature met chaque jour à notre disposition, forces vives dont nous trouvons l'origine dans la radiation solaire.

Mais, sans nous arrêter aux découvertes à venir, examinons si la science ne nous offre pas, dès maintenant, les moyens d'économiser la houille et peut-être même de nous en passer presque complètement.

Nous avons vu que le bois, que la houille, sont tout simplement des magasins de chaleur solaire, magasins dont nous tirons cette chaleur au fur et à mesure de nos besoins. Quand du charbon brûle dans le foyer d'une locomotive, que sa chaleur de combustion, transformée en force motrice, détermine la marche du train, nous pouvons dire que le mouvement est produit par la chaleur qu'envoyait le soleil sur la terre il y a des milliers de siècles.

Lorsque la provision de chaleur emmagasinée depuis les âges géologiques sera épuisée, force nous sera bien d'avoir recours à la chaleur actuelle : nous savons qu'elle ne nous fera pas défaut. Nous avons déjà dit que, d'après les expériences de Pouillet, la quantité de chaleur envoyée annuellement par le soleil sur la terre serait capable, si elle était répandue uniformément à la surface du globe, d'y fondre une couche de glace de 30 mètres d'épaisseur; c'est six cent mille fois à peu près la chaleur dégagée par la combustion de nos 300 millions de tonnes de houille. Nous venons de voir que cette chaleur détermine tous les mouvements que nous observons autour de nous; qu'elle est la cause unique des vents, des pluies, des courants marins et d'eau douce, la cause première de la nutrition des plantes, et, par suite, de la nutrition des animaux. Nous le répétons, en effet, « par leur action sur la terre et sur les eaux, les rayons du soleil donnent la première impulsion à tout ce qui se meut à la surface du globe;

c'est de l'astre lumineux que dépend la vie de notre planète. »

Ainsi donc, soit que nous brûlions de la houille ou du bois, soit que nous cherchions à utiliser directement la force du vent ou des chutes d'eau, nous dépendons, pour tout ce qui est application pratique, de l'activité antérieure et actuelle du soleil.

Pourquoi, puisque la diminution des provisions amassées pendant les âges antérieurs de la terre commence à faire concevoir des craintes pour l'avenir, ne tenterions-nous pas d'employer directement, et dès maintenant, l'activité actuelle du soleil? C'est ce qu'a tenté M. Mouchot; mais nous avons vu que le procédé qu'il a imaginé est d'une application très restreinte; ajoutons qu'il exigerait, pour produire les forces motrices considérables dont a besoin l'industrie actuelle, la construction de réflecteurs de dimensions extrêmement considérables.

Ne vaut-il pas mieux recourir aux forces vives du vent et des cours d'eau, sans cesse mis en mouvement par le rayonnement solaire? La houille est plus commode, sans doute, car elle se transporte partout, tandis que les mouvements de l'air et de l'eau doivent être utilisés sur place; mais nous savons que bientôt nous n'aurons plus le choix. De tout temps l'homme a employé le vent et les chutes d'eau pour faire marcher ses machines; pendant de nombreux siècles il n'a pas connu d'autres auxiliaires; aujourd'hui la vapeur les a relégués au second rang, mais cette usurpation sera de courte durée.

« Il ne faut pourtant pas craindre, dit M. C. Siemens, que l'utilisation des forces naturelles nous ra-

mène au temps où le moulin à vent et la roue hydraulique primitive servaient de force motrice à des ateliers
peu nombreux. Nous saurons alors accumuler, transporter et surtout utiliser ces forces d'une manière proportionnée à l'accroissement de nos besoins, et qui
peut dire si nos descendants de la troisième ou de la
quatrième génération ne regarderont pas notre emploi
exclusif de la houille avec les mêmes sentiments que
nous inspire la vue des outils de pierre et de bronze de
nos ancêtres? En réalité, il ne semble pas impossible
qu'avant l'épuisement complet des houillères, on utilise
les forces naturelles simplement à cause de leur bon
marché relatif et de la facilité de leur emploi. »

Pour ne parler que du mouvement des eaux, remarquons que la somme des courants qui se rendent à la
mer a un volume évalué approximativement à un million
de mètres cubes par seconde. Ces courants descendent
d'une hauteur moyenne de 500 mètres; ils sont capables, dès lors, de produire une quantité de travail
trente mille fois plus forte que celle de toutes nos
machines à vapeur réunies. Il s'agit donc d'utiliser
seulement une très faible portion de la force vive des
eaux courantes pour rendre inutiles les machines actuelles et économiser chaque année plusieurs centaines
de millions de tonnes de houille.

Cette utilisation ne sera industriellement possible
dans des conditions avantageuses que si on trouve un
moyen de transporter à distance, partout où on en
aura besoin, les forces naturelles du vent, des eaux
courantes et peut-être même des marées. L'air et l'eau
comprimés, employés comme moyen de transmission

à distance, ont rendu de grands services dans le perce-
ment des immenses tunnels des Alpes. Malheureusement
ils nécessitent une canalisation coûteuse et ne sauraient
servir aux transmissions lointaines. Mais voici l'électricité qui intervient et donne la solution du problème.

L'électricité est actuellement produite en grand, non
plus par des piles, mais par des machines magnéto-
électriques actionnées par des machines à vapeur : la
force que développe la combustion du charbon est
transformée en électricité. Cette électricité, ainsi engendrée dans le voisinage des machines à vapeur,
peut être transportée à distance au moyen de câbles
conducteurs et reproduire, là où on veut l'employer,
une notable partie de la force motrice initiale. Empruntons un exemple à l'exposition d'électricité de 1881.

Au Palais de l'industrie avait été installée une machine à vapeur qui mettait en mouvement une machine magnéto-électrique Siemens. L'électricité produite, transmise le long d'un câble conducteur suspendu à une faible hauteur au-dessus du sol, faisait
fonctionner une autre machine Siemens portée par un
tramway mobile sur des rails. Cette seconde machine
actionnait les roues du véhicule et déterminait sa progression rapide. Là, comme dans un chemin de fer
ordinaire, la force motrice partait de la machine à
vapeur, mais avec des différences essentielles.

Dans le chemin de fer ordinaire, la force motrice de
la chaleur est employée directement ; dans le cas qui
nous occupe, elle était d'abord transformée en électricité, transportée à distance sous cette nouvelle forme,
puis, reprenant sa forme primitive, elle était enfin
utilisée. Deux transmissions, inverses l'une de l'autre,

et un transport lointain étaient venus compliquer l'appareil et diminuer le rendement final. On n'aura donc jamais avantage à actionner un chemin de fer électrique par une machine à vapeur : mieux vaudrait cent fois employer directement une locomotive. A ce point de vue, le tramway de l'exposition n'était qu'une coûteuse curiosité.

Mais imaginez qu'on dispose d'une force gratuite, comme celle d'une cascade ou d'un cours d'eau; si nous l'employons à faire marcher un train de chemin de fer, par l'intermédiaire d'une roue hydraulique et de deux machines Siemens, nous aurons réalisé une importante économie de combustible.

Tel est le rôle que l'avenir réserve à l'électricité. Créée par les forces vives que le soleil fait naître à profusion autour de nous, elle sera transportée partout et utilisée dans nos usines et dans nos maisons. Avant qu'un siècle se soit écoulé, la cataracte du Niagara sera peut-être devenue le centre d'une colossale usine d'électricité. Les 5500 mètres cubes d'eau qu'elle précipite par seconde dans un abîme de 50 mètres de profondeur représentent, en bas de leur chute, une force vive presque égale à celle que fait naître la houille actuellement consommée dans le monde entier. Cette puissance sera conduite dans tous les États voisins sous forme d'électricité, et elle mettra en mouvement les chemins de fer, les marteaux-pilons des usines, les métiers des ouvriers en chambre, en même temps qu'elle servira à l'éclairage et au chauffage publics et particuliers. On sera abonné à l'électricité comme on est abonné au gaz : on aura à tous les étages des villes et des campagnes la lumière et la force électriques; et cela sans dépense de houille. « Nous voyons approcher le moment, dit M. Mascart, où l'électricité sera transportée à domicile, mise à la disposition du public par un jeu de robinets, réglée par des soupapes et mesurée par un compteur, plus rigoureusement qu'on ne le fait aujourd'hui pour l'eau et le gaz d'éclairage. »

Les bateaux eux-mêmes emprunteront leur force de propulsion à l'électricité, quoiqu'ils ne puissent conserver aucune communication directe avec les centres de production. Les *accumulateurs*, chargés d'avance à l'usine au moyen de la machine magnéto-électrique, leur fourniront une provision de force suffisante pour accomplir les plus longues traversées.

L'électricité nous donnera donc à elle seule la *force*, la *chaleur* et la *lumière*. Le charbon, réservé dès lors à un petit nombre d'usages métallurgiques, ne sera plus consommé avec une si inquiétante prodigalité ! Aujourd'hui nous utilisons, dans les machines à vapeur, les provisions de chaleur solaire enfouies dans le sein de la terre; dans cent ans nous emploierons, par les machines à électricité, les mouvements que la chaleur de l'astre fera naître chaque jour à la surface de notre planète. A l'inverse de ce qui se produit d'ordinaire, nous verrons notre revenu s'accroître à mesure que le capital aura été dilapidé. Au siècle de la vapeur succédera le siècle de l'électricité : la force brutale de nos machines de fer, force terrible qui souvent se retourne contre son maître, sera remplacée par une autre, tout aussi puissante, mais assez docile pour être introduite sans danger chez l'ouvrier le plus modeste.

Et ce n'est pas tout. L'électricité, tout en nous rendant ce nouveau service, économie de combustible, ne cessera pas de nous fournir le concours moins important qu'elle nous offre dès aujourd'hui : elle continuera, comme aujourd'hui et plus encore qu'aujourd'hui, à transmettre à distance, en un clin d'œil, l'écriture et la parole ; ses applications dans la galvanoplastie prendront une extension de jour en jour plus grande ; elle s'introduira sous mille formes dans nos demeures. Il y aura, en un mot, grâce à l'électricité, autant de progrès accomplis pendant le vingtième siècle, qu'il y en a eu, grâce à la vapeur, pendant le dix-neuvième siècle. Et nous ne pouvons tout prévoir, car la science nous étonne chaque jour par les découvertes les plus inattendues.

FIN

TABLE DES MATIÈRES

8835. — Imprimerie A. Lahure, 9, rue de Fleurus, Paris.

BIBLIOTHÈQUE DES MERVEILLES

à 2 fr. 25 c. le volume in-18 jésus

La reliure, Genres rouges, se paye en sus 1 fr. 25 c.

ALLÉ DE JESSUS. Voyage aux Sept Merveilles du monde. 31 vign.

BADIN (A.). Grottes et cavernes. 55 vign.

BELMAR. L'électricité. 71 vignettes.

BERNARD (Frédéric). L'évasions célèbres.
75 vignettes.

— Les iles célèbres. 55 vign.

MARQUILLOUX. La vie des plantes. 172 v.

BRÉHAT (de). La migration des oiseaux.
50 vign.

CASTEL (A.). Les fortifieries. 22 vign.

CAZIN (A.). La chaleur. 91 vignettes.

— Les forces physiques. 36 vign.

— Les marées. 35 vign.

COLLIGNON. Les marbres. 64 vignettes.

[plusieurs lignes illisibles]

LEFÈVRE (A.). Les merveilles de l'architecture. 60 vignettes.

— Les parcs et les jardins. 19 vig.

LE PILEUR (D^r). Les merveilles du corps
humain. 45 vignettes.

LEBRAZEILLEZ (E.). Les colosses anciens
et modernes. 55 vignettes.

LÉVÊQUE (CH.). Les larmes prodige-
tieux à eaux-fortes.

MARION (F.). Les merveilles de l'optique.
68 vignettes.

— Les ballons et les voyages
aériens. 30 vignettes.

— Les merveilles de la végétation. 44 vignettes.

MARY (F.). L'hydraulique. 57 vignettes.

MASSON (M.). Le dévouement. 14 vignettes.

MENAULT (E.). L'intelligence des animaux.
58 vignettes.

— L'amour maternel chez les
animaux. 78 vignettes.

MEUNIER (Mme). L'écorce terrestre. 1 v.
illustré de 75 gravures.

MEUNIER (V.). Les grandes chasses. 78 vignettes.

— Les grandes pêches. 87 vig.

MILLET. Les merveilles des fleurs et des
racines. 68 vignettes.

MOITESSIER. L'air. 95 vignettes.

— La lumière. 19 vignettes.

MONNEL. L'envers et l'endroit. 60 vign.

PETIT (MAXIME). Les sièges célèbres. 1 v.
52 vignettes.

— Les grands incendies. 24 vign.

RADAU (R.). L'acoustique. 116 vignettes.

— Le magnétisme. 00 vign.

RENARD (L.). Les vers à soie. 52 vignettes.

— Les abeilles. 52 vign.

RIMAUD (A.). L'optique. 45 vignettes.

REYBAUD (J.). Les modernes essais. 3 pl.

SAGLET (A.). La serrure. 66 vignettes.

SIMONIN (L.). Le monde souterrain. 18 v.
et 9 cartes.

— L'or et l'argent. 67 vign.

SONREL (L.). Le fond de la mer. 95 vign.

TISSANDIER (G.). Les merveilles de l'eau.
71 vign. et 6 cartes

— La houille. 54 vign.

— La pierre cuite. 76 vig.

— Les fossiles. 135 vign.

VIARDOT (L.). La peinture. 1re série. 25 v.

— La peinture. 2e série. 11 v.

— La sculpture 52 vignettes.

ZURCHER et MARGOLLE. Les ascensions
célèbres.

— Les glaciers. 45 vign.

— Les [illisible]

— [illisible]. 50 vig.

— Les [illisible] déserts
et [illisible]

— Trombes et cyclones. 43 vig.

— Les tremblements de terre. [illisible]

Paris. — Imprimerie A. Lahure, rue de Fleurus, 9, à Paris.

www.ingramcontent.com/pod-product-compliance
Lightning Source LLC
Chambersburg PA
CBHW072107020726
47501CB00003B/751